旅伴文库·锦囊旧书

聂震宁 / 总主编
刘硕良 / 主编

在撒旦的阳光下

SOUS LE SOLEIL DE SATAN

[法] 贝尔纳诺斯 —— 著
李玉民 —— 译

漓江出版社

图书在版编目 (CIP) 数据

在撒旦的阳光下 /（法）贝尔纳诺斯著；李玉民译 .— 桂林 : 漓江出版社，2019.5
（旅伴文库 · 锦囊旧书）
ISBN 978-7-5407-8538-3
Ⅰ . ①在… Ⅱ . ①贝… ②李… Ⅲ . ①长篇小说—法国—现代
Ⅳ . ① I565.45
中国版本图书馆 CIP 数据核字 (2018) 第 232266 号

ZAI SADAN DE YANGGUANG XIA
在撒旦的阳光下
［法］贝尔纳诺斯　著
李玉民　译

出版人：刘迪才
出品人：张谦
责任编辑：张谦
助理编辑：辛丽芳
书籍设计：石绍康
责任监印：张璐

漓江出版社有限公司出版发行
广西桂林市南环路 22 号　邮编：541002
发行电话：010-85893190　0773-2583322
传真：010-85890870-814　0773-2582200
邮购热线：0773-2583322
电子信箱：ljcbs@163.com
网址：http://www.lijiangbook.com
印制：三河市中晟雅豪印务有限公司
［河北省三河市沟阳镇错桥村　邮编：065299］
开本：880mm × 1230mm　1/32
印张：13.25　字数：208 千字　插页：16
版次：2019 年 5 月第 1 版　印次：2019 年 5 月第 1 次印刷
书号：ISBN 978-7-5407-8538-3
定价：52.00 元

出版说明

《旅伴文库·锦囊旧书》，从改革开放初期的80年代，即漓江出版社初创阶段，广西最早走向全国的畅销外国文学名著中遴选书目，旨在重温党的十一届三中全会开创的改革开放新时期的光辉岁月。选题视野开阔，经典意义鲜明，且多属市场稀缺之作，在全国以至海外产生过很大影响，至今仍在市场上具有竞争力。

漓江出版社是改革开放的产物，又是改革开放的见证者、促进者、服务者。在不断深化改革开放的新时代，出版这样一套经典文集，既是对漓江优秀传统出版物的一次有效梳理，更是对改革开放成果的纪念性回顾。

宝物压舱，好货沉底。书虽曰旧，读之弥新。此番重印，装帧设计统一，内文略有校正，并在可能条件下增入译者附言，或相关资料、图片，以期焕发更多新的光彩，为更多的后来读者服务。

在此谨向诸位译著者致以深切的谢意，对业已离世的先贤哲友表示深深的怀念！

刘硕良

乔治·贝尔纳诺斯

（Georges Bernanos，1888—1948）

李玉民，我国著名翻译家，从事法国文学翻译已有 40 年，译著上百种，译文超过 2500 万字，其中半数作品是国内首译。其“译文洒脱，属于傅雷先生的那个传统”（柳鸣九语），译序也多个人感悟，亲切新颖，不落俗套，成为译作的一道风景。

《法国廿世纪文学丛书》柳鸣九 主编

《在撒旦的阳光下》

1990 年 9 月首印 5100 册

装帧设计：刘绍荟

↑贝尔纳诺斯出生在巴黎的房屋的牌匾

↑巴勒迪克的房屋，贝尔纳诺斯在这里创作了《在撒旦的阳光下》

↑贝尔纳诺斯位于弗雷桑的住宅

↑贝尔纳诺斯在佩勒瓦桑公墓的坟墓

1978 年，法国发行的贝尔纳诺斯头像邮票

目 录 / Contents

译本序

在撒旦的阳光下

附　录

译本序

给我们展示了一个陌生的精神世界的书

柳鸣九

这部小说曾于1970年在法国由皮埃尔·加尔狄拉尔改编成电视剧搬上荧屏，这也许能说明一点问题并构成我们对它进行分析说明的一个出发点。

在当今影视事业空前发达的时代里，改编成电影或电视的文学作品，既有纯文学性的名著，也有非纯文学性的、娱乐性或消遣性的通俗文学，我们这里只在纯文学性的名著范围里进行讨论。正如我们所见到的，虽然并非所有一切不仅具有内在的价值，而且还具有生动有趣、引人入胜等外向型特点的文学名著，都能被改编为电影或电视，但得以被搬上银幕或荧屏的文学名著，却几乎都具有某些外向型的特点：故事性强、描写生动、场景独特、有戏剧性、能激起人们的想象与回味，等等。根据这种常情，当你读完眼前的这部小说后，你也许会产生一个问题：这样一部小说怎么可以改编成电视剧？

当你产生这个问题的时候，你的注意力与着眼点是放在这部小说某些不生动的场景上，放在人物的某些抽象的对话与某些神学气味十足的精神活动上，放在某些被蒙上了一层宗教的纱幕因而令人难以窥其真相的事件上。总之，所有这一切会使你感到，这部作品不充分具备某些外向型特点，不足以改编成有吸引力的电视剧。

当然，编导选中这部作品不无原因，如果说它有些章节没有什么戏剧性、没有这种或那种吸引人的因素的话，但它的故事框架，它所表现的那么一件事，却具有十足的戏剧性，具有足以引起人们的兴趣甚至好奇心的内容与成分：

乡村姑娘穆谢特，青春的精力无处宣泄，为了追求浪漫的经历，反抗单调的日常生活，她委身于当地的一个乡绅卡迪尼昂侯爵，成了他的情妇并怀了身孕。她本想与卡迪尼昂私奔，不仅遭到拒绝，而且眼见自己就要被抛弃，愤怒之下，她用猎枪打死了这个厚颜无耻、卑劣自私的破落贵族。而后，她又与当地另一个老爷、专区议员、好色的医生卡莱私通，求卡莱给她施行人工流产，又遭拒绝。在歇斯底里大发作后，她生下了一个死婴，成了闻名的荡妇。当地的本堂副神甫、年轻的多尼桑教士，信仰虔诚，品性忠厚，德行高洁，在教区深得民心，一个神秘的黑夜里，他在荒野与穆谢特偶然相遇，有了一段奇特的经历，他洞悉了穆谢特的罪过，认定她为撒旦所掌握，终于使她忏悔了自己的罪孽。这个已经被撒旦剥夺了一切，包括自己罪恶的女人，最后只有以自杀结束自己的一生，临终前，多尼桑把她背到了教堂，此事引起了轩然大波，多尼桑神甫被迫进了精神病院。出院后，他被派到偏远的地区任一小差事，他继续致力于与撒旦的斗争，他没有成功，他被人世间的深重的罪恶耗尽了自己的精力，最后死在自己的职守中。

这样一个故事框架无疑是很容易被影视编导格外看重的：独特的乡村生活、不寻常的事件、包法利夫人式的追求、性、私通、情杀、神秘的邂逅、善与恶的斗争、修行者的坚毅与软弱、殉道者的奋斗与悲剧……所有这些内容与基因都可以用影视的手段加以渲染、放大、绘声绘色，足以生产出一部既吸引人、使人感到“有看头”，又引人深思的佳作……

是的，你会承认这部作品的故事题材的确能引起人们的兴趣，但是，当你在读这本小说的时候，你却又的的确确有枯燥之感，你会感到奇怪，为什么这样一个“有看头”的故事被写得如此没有吸引力，被写成了这样一本需要有耐性才看得下去的书。如果这本书真是失败之作，那你可以把它丢下了事，不再一顾，而这部书却偏偏是法国现代大作家贝尔纳诺斯的一举成名之作，它已经作为一部名著进入了法国二十世纪文学的经典文库，闻名于世的“七星丛书”在选入贝尔纳诺斯的时候，就选入了此作……这的确是一个矛盾，作品与阅读的矛盾，这个矛盾颇值得加以分析。

首先，应该承认你的感受是事出有因的，这部作品的某些章节的确使人感到枯燥，读起来需要有耐心，而造成读者这种感受的原因不外是这么几个：一是有些章节无故事情节与生活场景可言，而是充满了书中几个教会人物莫努－斯格雷神甫、德芒日神甫、吕扎尔纳本堂神甫、多尼桑神甫等人之间关于宗教事务、宗教哲理的对话，而且这些对话既不是以作者的语言加以复述，也没有由作者加以注释，而是完全用教会人士特定的宗教语言与表述方式进行的；二是有些章节亦无心理描写与心理分析可言，而是充满了教会人物头脑中那种玄学式的思考；三是有些章节在对事件与对人物进行分析与评述的时候，经常不是用我们所熟悉的世俗的语言与概念，而往往也是抽象的、形而上学的分析，同样也带有浓厚的宗教玄理的色彩。有了这些情况，要使读者兴趣盎然就很不容易了，而且还应该指出，这些情况所占的篇幅还不少，除了“序幕”以外，不论在第一部还是在第二部，也就是说在将近三分之二的篇幅，都不同程度地存在着上述那些情况。

根据这些情况，你也许会认定作者显然缺乏形象思维与形象描绘的能力，显然不善于利用这样一个吸引人的故事框架，在一个个生动充实的现实空间里，扮演一段段、一节节富于变化的生活进程，不善于以叙述的艺术引人入胜，看来作者是一个缺乏小说家重要的禀能与技艺的人，一个喜欢在抽象的、形而上学的唠叨中使人厌烦的人。然而，你在真正要做出这种结论的时候，你又会感到有些犹疑，你会想起你在读这本小说的“序幕”时的感受，这种感受会制止你对作者做出上述的判决，甚至会使你得出相反的结论，因为占全书将近三分之一篇幅的“序幕”，与后两部分恰成鲜明的对照。它是对世俗生活生动而真实的描绘，它是对人物内心深刻的剖析与揭示，它完全是巴尔扎克式的小说，是伦勃朗式的图景，它充分地显示了作者的小说家描写与叙述的才能，不仅仅是小说家的才能，而且还有戏剧家的才能！

“序幕”里集中了穆谢特的故事与经历：她的包

法利夫人式的追求、她的失足沉沦、凶杀、堕胎，等等；也集中了所有的矛盾：穆谢特与两个情夫的矛盾、她与自己家庭的矛盾以及她的家庭与败坏者的矛盾，等等；另外，乡村环境的丑陋、人与人关系的粗俗、人心的卑劣、情欲的狰狞等这些现实内容，也都在这一部分里得到展示，而所有这些又都是通过穆谢特家庭中一两个场景、她父亲与侯爵吵架的场景，特别是通过穆谢特与两个情夫打交道的场景表现出来的。我们知道，在场景的构成中，对场面景况的描绘、对人物在场面中状态的叙述以及对时空两方面的有关背景的交代，固然都是重要的成分，但场景中人物的对话无疑更为重要，它能带动其他成分形成一个活跃的整体，它能给予场面以生气或灵魂。贝尔纳诺斯在“序幕”里证明了自己是写对话的能手，他非常善于写世俗生活中充满了生活气息的对话，他利用对话既把过去的故事背景巧妙地透露出来，又自然地推动着目前事态的进展，而且，他还通过对话把人物之间绷紧的张力与对话双方内心深处的活动、意图揭示无余。对话写得如此成功，其中竟浓缩着如此多的事件内容与心理内容，充满了如此丰富的戏剧性，简直可以说是戏剧语言了。因此，“序幕”中一个个场景以其紧凑集中而言，也就像是戏剧中一场场扣人心弦的戏。这的、实在的明确性，它像噩梦一样，朦胧不清，扑朔迷离，充满了神秘主义的气氛与色彩，使人难以辨识其中的真相，更谈不上具体的细节了，读者只能通过模糊不清的事实的幻影、那些奇特的带有象征意味的对话与动作，隐约地感到那是一段奇特的经历：多尼桑所遇到的很可能不是一个男人而是一个女人，这女人看来也许就是穆谢特，而在这奇特的黑夜里，青年神甫与这个神秘的人物之间有了一种不寻常的关系。这样一个故事情节，如果作者从使人爱读的目的出发，采取旁观的、全视野的描述角度，本来可以把它写成浪漫情调十足、使人感到“可读性强”的一章，而今在贝尔纳诺斯的笔下却需要读者在阅读中仔细加以辨析，原因就在于他没有采取通俗小说中常有的那种描述角度。

其二，穆谢特事件后，教会对多尼桑神甫的处置。自杀的穆谢特临终前要求把她抬到教堂去咽气，多尼桑不顾其父母的反对，竟亲自背着她去了教堂，此事在地方上与教会中都引起哗然，在教会看来，此举极为有失体统，不啻是一大丑闻。为了保全教会的面子，教会当权者宣称多尼桑神父有精神病，把他送进了精神病院。要把一个精神正常的人送进这种病院，教会当然得设法取得诊断医生的合作。这个小小的阴谋如果作者采取巴尔扎克在《杜尔的本堂神甫》中的描述角度与方法去加以描叙，他完全可能写成深刻揭示教会事务的有戏剧性的篇章。巴尔扎克在他那部小说里以客观的全视野的描述方法，把教会人物围绕着现实利益，甚至是鸡零狗碎的小利，所展开的钩心斗角表现得十分有戏剧性，使读者并不因为其题材的平淡而失去阅读的兴味；但是，在贝尔纳诺斯的这部小说里，虽然多尼桑案件的每一个环节几乎都是有戏剧性的，然而，贝尔纳诺斯却把这一切都压缩在主教给议事司铎的一封信里，让所有这一切通过一个教会人物的立场、眼光与语言来加以概述，而这样一个教会人物的看法显然有很大的限定性。贝尔纳诺斯采取这种描述角度，当然不可能像巴尔扎克在《杜尔的本堂神甫》中那样，把事件表现得充分、透彻而淋漓尽致以使读者感到满足。

叙事者与故事的关系、叙事者的角度，从来都是小说家十分用心的问题，一个作家采取某种描述角度即使不是合理的，对他来说，也是有意的、自觉的、事出有因的。当贝尔纳诺斯十分自觉地丢舍了叙事的情趣、致力于把小说写得“不吸引人”的时候，他是为了什么？看来，他的目的只有一个，那就是从一个新的角度、一个接近宗教界与宗教人物的角度，来展示这个领域与这一类人物。

因为宗教与教会的统治曾给人类带来了黑暗的中世纪，也因为宗教与教会在历史上是与那已经被否定的封建主义紧密相连的，所以，在近代的文学中，宗教与教会人物总处于一种被揭露被批判的地位，当作家带着否定的倾向、以一种冷眼旁观的角度来对待与描述他的教会人物时，他作品中的这类人物不是可笑就是可憎。然而，作为一个相当庞大的社会组织，教会所拥有的人数众多的神职人员难道不是可笑就是可憎？须知，低级的教士往往出自社会的下层，何况，神职人员、教士也都是具体的人，只不过是在特定的观念体系支配下、控制下的人而已，特别是随着教会在资本主义关系确立以后的社会里所具有的地位与作用的变化，文学描绘中的漫画化倾向就更开始成为问题。当然，文学中也有正面的神职人员，如像雨果的《悲惨世界》中的卡福汝主教，但这样的人物头上又有着一种特异的光圈，完全是作者理想化的结果。贝尔纳诺斯是在教会学校完成他的中等教育的，他受到宗教的熏陶自不待言，而且，在这期间，他结识了修道院院长拉格朗热，他的成名作《在撒旦的阳光下》中的多尼桑神甫就是以拉格朗热为原型塑造的。他所受的教育与他的交往经验既给他提供了写作的题材与灵感，也造成了他要尽可能就近地、贴切地描述这种人物的自觉意图，使他选取了这部小说中这样一种描述角度，正如我们所看到的，他着意于描述他们平淡无味的生活，他们如何交谈，他们用什么特定的语言方式，他们如何进行思维以及他们对事物有什么样的感受，等等。即使是对客观现实生活中不平常的事件，他也是从他们的角度、他们的眼光、他们的感受去加以描述的，虽然他在小说中并没有以“我”的形式让教会人物自述，“现身说法”，但他所选取的描述角度无疑是最贴近人物的，如果不说是已经合二而一了的话。

特别与这部小说的描述角度、描述方法有关的，是作者以多尼桑神甫为作品的中心，而多尼桑又是一个忠于上帝、忠于信仰、忠于职守的教士。世界上任何一种思想体系、主义学说，都有自己忠实的、积极的、抱着绝对的主观真诚、具备忘我的献身精神的信奉者与追随者，也就是说，自己的“圣徒”。在这部小说里，多尼桑就是一个名副其实的圣徒。对于圣徒式的人物，以常人的标准往往难以理解，特别是对于这样一个与我们的文化传统相距很远的思想体系的“圣徒”更是如此，如，他说话用的全是宗教语言，他进行思考全是以宗教概念，他的感受总带有神秘主义色彩，他不仅把真正属于人间罪恶范畴的东西，而且也把一切与教义不符的东西、一切与自然人性有关的东西，都视为来自撒旦，他几乎与一切世俗的观念、世俗的希求决裂，等等。这岂不是一种抽象精神的化身？岂不是一个概念化的人物形象？一种主观臆造的产物？然而，如果考虑到任何主义都有自己绝对忠诚的成员，那么在天主教思想体系中出现多尼桑这样的圣徒也就不足为怪了，多尼桑那种圣徒的语言也就是可以理解的了。多尼桑这个圣徒形象正揭示了一种主义学说，特别是一种曾经与政治统治权结合在一起的主义学说，对于人心人脑的控制与支配可以深入到什么程度。正是为了真实地表现出一个圣徒，贝尔纳诺斯才在自己的小说里着力写圣徒的语言、圣徒的思考方式与感受方式，这也就决定了他在小说里的描述角度与作品的风貌。

如果多尼桑神甫这个形象只具有这一面，那他终究是一个苍白的、没有血肉的形象，一个贝雅特丽齐式的理想化身，一个顶着光圈的半人半神。但是，多尼桑具有另一面，他身上存在着灵与肉、上帝与撒旦、教义与人性、教规与人情的激烈斗争。为了压制自己身上、自己内心里的后一个方面，他竟穿上了那样可怕的苦行衣，还把自己的肉体鞭打得伤痕累累。他那身苦行衣、他身上那些可怕的伤痕、他在荒野黑夜里所感到的“眩晕”“痛苦”“迷乱”“幻觉”，都说明了他身上两种倾向、两种成分、两种“人格”斗争的激烈程度。直到他的晚年，这种斗争也没有结束，以至他整个一生都不断施用“惩罚自己的酷刑”，用“严重损害了身体”的方法“折磨自己”。他这样忠于上帝、忠于教义而扼杀自己身上一切世俗成分、自然成分的精神搏斗，的确是惊心动魄的。然而，他终于认识到这种努力是徒劳的，撒旦无处不在，难以清除，也难以从自身中根除。从这个意义上来说，他是一个悲剧形象。他的悲剧是深刻的，因为正如作者的书名所指出的，他是在“撒旦的阳光下”。《在撒旦的阳光下》，多么深刻的题名！这里没有上帝的阳光，只有撒旦的阳光普照，因为这个世界是人的世界，人性的世界，而不是上帝的世界，抽象教义的世界，要在这样一个世界上实现上帝的完全胜利、抽象教义的绝对统治，那是违反自然，难以达到目的的。

最后，让我们回到读书趣味的问题上来，这里不妨把读书趣味区分为两种，一种是追求生动有趣的情节故事，甚至追求消遣娱乐的读书趣味；另一种则是求知、追求思考与研究乐趣的读书趣味。当我们怀着前一种趣味来读《在撒旦的阳光下》时，我们会感到某些失望与不耐烦，因为贝尔纳诺斯的确丢舍了一些叙事的情趣；但当我们怀着后一种兴趣来读这部作品时，我们则会深感有所获、有所悟，因为贝尔纳诺斯在作品里向我们展示了一个我们很感陌生的精神世界与一种相当特殊的人物，使我们看到他们如何言行、如何对待事务、如何经受自己灵魂中的骚动与困扰。不可否认，这是一本难写的书（比编写一个通俗小说故事要难上百倍），一本难译的书，因而也是一本难读的小说，然而它又是一本向我们阐明了一个思想体系的书，一本足以引起研究的兴趣与思索的启示的书。在当今书市上的口味愈来愈浓、大有非追求烈性刺激不可的情况下，《法国二十世纪文学丛书》在漓江出版社，特别是刘硕良同志的支持下，把它推了出来，不知是否可以冲淡一点书市上的浓烈气息？

1988 年 7 月 27 日

在撒旦的阳光下

献　给

罗贝尔·瓦尔里－拉多——

第一位阅读并喜爱此书的人

乔·贝

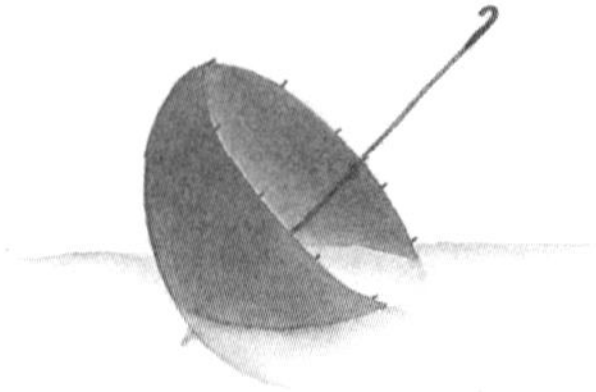

序幕　穆谢特的故事

一

这正是佩－捷·图莱所喜爱的黄昏时刻。天际渐渐模糊，似水般寂静，只见西边一大块象牙色云，中天至地面，暮色苍茫，无限孤独已经凝冻……这正是诗人在心中提炼生活的时刻，以便摄取熏香而浸毒的隐秘精华。

芸芸众生，无数臂膀，无数张口，已经在昏暗中蠕动；林荫大道已经延展，灯火辉映……而他，双肘倚着大理石书案，凝望着如百合的夜色冉冉上升。

这正是热尔曼娜·马洛蒂的故事开场的时刻。她家在阿图瓦省特尔南克镇。马洛蒂家族在布洛奈世代开磨坊和面粉厂，他们全是一个模子出来的人，收活时一袋小麦称足斤两，但生意兴隆，一个个非常活泛。热尔曼娜的父亲是头一个来康帕涅落户的；他在当地结了婚，丢掉小麦，经营起大麦，从事政治和啤酒生产，可是两桩买卖都相当糟糕。打那以后，多夫尔和马基斯的面粉厂主都把他视为危险的疯子，说他败坏了无求于人、公平赢利的生意人之后，非得变成穷光蛋不可。“我们家世代都是自由主义者。”他们这样讲，以表白他们始终是无可指责的商人。因为高唱反抗的空头理论家[①]虽受到时间的鞭辟入里的嘲弄，他却完全扎根于安分守己的百姓之中。民政局的花名册里列满了布朗基精神的徒子徒孙，而圣器室里却挤满了拉姆奈[②]的继承人。

康帕涅村有两位老爷。一位名叫卡莱，是专区议员，他行医，啃了不少拉斯帕依[③]的著作。他大运亨通，身居显位，却依然忧郁地凝望失去的资产者生活的天堂，他那昏暗的小镇，凝望自家那间四壁装饰绿纹布的客厅，想当年他的空虚就是在那里膨胀。他诚心诚意地以为自己危及社会秩序与繁荣，不免叹惋，于是每逢例会，他不是缄口就是缺席，希望从而延长这些宝物的弥留时间。

“别人对我不公道，哼！我也有良心哪！”有一天，这个幽灵慨叹道，那坦率的口气好不凄惨。

---

① 指法国社会主义理论家路易·奥古斯丁·布朗基（1805—1881）。
② 拉姆奈（1782—1854），法国思想家、作家。
③ 弗朗索瓦·拉斯帕依（1794—1878），法国化学家、政治家。

在同一时间，同一地点，德·卡迪尼昂侯爵过着没有王国的国王生活。他定期看《高卢报》的社会新闻栏和《两世界》杂志的政治专栏，通晓天下大事，壮心不已，要在法国恢复失传的放隼捕猎体育。可惜得很，以高价从挪威买来的优种隼实在成问题，竟然洗劫了他的食品橱；他大失所望，干脆扭断所有这些条顿骑士[①]的脖子，然后降低目标，训练雄雀鹰捕捉云雀和喜鹊。这期间，他还追姑娘，至少有人这样讲；人都轻口薄舌，难免要讲坏话，说三道四。须知那位老兄拈花惹草，跟狼猎物一样，总是一声不响。

二

马洛蒂夫妇生了一个女儿；父亲忠于共和思想，想给女儿取名叫卢克雷蒂娅[②]。小学教师却好心出错，把那位守身如玉的夫人当成了格拉古兄弟的母亲，就此议论一番，提示说在他之前，维克托·雨果

① 十字军于1128年在耶路撒冷建立的德意志的军事慈善会。

② 卢克雷蒂娅是古罗马一位贵妇，因受暴君塔奎尼乌斯（一说他儿子）的污辱而自杀。这一事件导致在罗马共和制取代了王国（公元前510年）。而雨果同名剧中的女主人公卢克雷蒂娅·波尔吉亚，则是教皇亚历山大六世（1431—1503）的女儿。至于格拉古兄弟，兄提比略（公元前163—前132）、弟盖约（公元前153—前121），他俩曾先后任罗马保民官。格拉古兄弟的母亲与两个卢克雷蒂娅毫无关系，小学教员把这三个历史人物搞混了。

就颂扬过这个伟大的历史人物。户籍册上已经注上了这个光荣的名字。可惜本堂神甫顾虑重重，说是要等待红衣主教的谕旨；结果暴性子的啤酒厂主勉强接受女儿取热尔曼娜的教名。

“要是个小子，我决不让步，”他扬言，“不过，一个丫头嘛……”

丫头长到了十六岁。

一天晚饭时分，热尔曼娜拎着一桶鲜牛奶进屋，离门槛两步远猛地停下，双腿弯曲，脸失去血色。

“天哪！丫头要晕倒！”马洛蒂嚷了一声。

可怜的姑娘双手捧住肚子，失声痛哭。母亲的锐利目光同女儿的碰在一起。

“爸爸走开，让我们单独待一会。”母亲说道。

常有这种情况：先是不动声色，产生种种怀疑，最后突然真相大白，事情爆发了。这个丫头真犟，只是一个劲地哭天抹泪，恳求也好，威胁也罢，甚至动拳头，也逼不出她一句话。在这种危急时刻，目光再短浅的女人，也能又清醒又冷静，这无疑全赖卓越的本能。男人犯难，女人就默不作声。女人深知，只要引起好奇心，就能使人消气。

过了一周，马洛蒂边抽烟斗，边对他老婆说：

“明天我到侯爵家去。我心中有数，事情全猜到了。”

“到侯爵家去！”他老婆惊诧道……“安托万，你一点把握也没有，性情又傲慢，非吃亏不可，准得挨人一顿嘲笑。”

“走着瞧吧，”丈夫答道，“十点了，你睡吧。”

不料，次日到了可怕对手的前厅，坐进皮沙发里，马洛蒂就一下子衡量出自己有多么冒失。他气也消了，心中暗道：“可能我太过分了……”

的确，他像许多农民那样，仗着狡猾，不讲自爱，满以为能对付这件事。他心中的情绪第一次提高声音，讲一种陌生的语言。

雅克·德·卡迪尼昂眼下四十有五，个头儿不高，因年岁关系，已开始发福。他一年四季总穿一套棕色丝绒衣裳，愈发显得体态蹒跚。别看这副尊容，他却身手不凡，善于摆出一副粗豪有礼的蔼然样子，颇能讨人喜欢。不过，他跟许多生活淫荡、时刻在想象中或确实同女人鬼混的人一样，不管如何装作豪爽、刚愎，甚至装作有点粗鲁，可是一开口就露了馅；他的声音极有韵味，极为细腻，具有宠儿的音色，显得急切而柔和，叫人难以琢磨。他的眼睛像他爱尔兰籍的母亲，呈浅蓝色，闪着寒光，清澈见底。

“晚上好，马洛蒂，请坐。”侯爵说道。

马洛蒂的确刚刚站了起来。奇怪，他事先准备好的一段话，此刻一句也想不起来了；开头讲话犹如梦呓，只待怒火把他从木讷状态中解脱。

“侯爵先生，”他说道，“是关于我们女儿的事。”

“哦！……”对方一声诧异。

“男子汉大丈夫，我来跟您面对面谈一谈。发现这事五天以来，我一直考虑，权衡利弊；事情只有说开，才能握手言和。在走得更远之前，最好同您见见面。总归不是野蛮人嘛！”

“走到哪儿去？……”侯爵问道。

接着，他又以同样口吻，平静地说：

“我这不是要弄您，马洛蒂，可是，真见鬼！您这是跟我打哑谜呀！您我二人，都老大不小了，何必围着葫芦打转转，耍花枪。您要我替您说破吗？好吧，女儿怀了孕，您想给外孙子找个爸爸……说得对吗？”

“孩子是您的！”啤酒酿造者赶紧嚷道。

这个胖子的镇定态度使他脊背冒凉气。那些论据，事先一条一条反复考虑过，是无可辩驳的，而现在却连一条也不敢摆出来了。在他的脑海里，明显的事实化为青烟了。

"咱俩不要打哈哈，"侯爵又说道，"在您讲完理由之前，我不会对您无礼。马洛蒂，咱俩相互知根知底。您了解我不会往姑娘脸上吐唾沫。跟大家一样，我也有过风流事。然而，以老实人的人格担保！这地方只要出生个孩子，那些长舌妇就往我身上扯，说什么'如果''但是''好像''可能'……现在不是贵族老爷的时代了，我享受的利益，是让我自由享受的。活见鬼，共和国是为所有人的呀！"

"共和国！"马洛蒂愕然，心中暗道。在他看来，这种政治表白不过是硬充好汉，尽管侯爵的话毫无夸饰的意味，尽管他作为地道的农民，内心还是倾向于一个实行扶助农业、奖励肥牲口政策的政府。再说，康帕涅这位领主的政见和历史观，跟他最穷苦的佃农也相差无几。

"那又怎么样呢？……"马洛蒂说，他一直等待回答一个是或者否。

"怎么样，我原谅您；常言道，您这是设的圈套。您本人、您那魔鬼议员，以及此地所有的坏男人，给我造出了一个蓝胡子的名声。侯爵干了这事儿，侯爵干了那事儿，农奴制、封建特权——全是胡说八道。虽说我是侯爵，我想我也有权要求公道吧？马洛蒂，您愿意讲公道，讲诚实吗？坦率地告诉我，您登门向我讲这种令人不快的事，还居然指控我，究竟是哪个笨蛋给您出的主意？……这背后恐怕有个女人吧，嗯？哈，哈，女光棍！”

说着他放声大笑，如同在酒吧间那样。啤酒酿造者差点也笑起来，就像长时间讨价还价之后那样，还差点说一句：“好！侯爵先生，去喝一杯！……”这不足为奇，法国人天生热情嘛。

“嗳，德·卡迪尼昂先生，”马洛蒂叹道，“即使我没有别的证据，这地方的人也都知道您追这个姑娘，而且时间不短了。对了！就在一个月之前，我经过瓦依路，还看见你们两个在勒克莱尔草场的角落里，并排坐在沟沿上。当时我心想：‘这不过是调调情，过一阵就没事了。’再说，她已经跟拉伏那小伙子订婚，她的自尊心非常强！不管怎么说，已经造了孽。像您这样一位富人、贵族，总不会拿荣誉当儿戏……当然，我并不是要求您娶她，我还没糊涂到这种地步。不过，也不要把我们看成是道德败坏的人，不要玩够了把我们一甩，让大家耻笑我们。”

讲到最后几句，他未假思索，就恢复了农民妥协时的惯用口气，话语显得和婉，又略带哀怨的情绪。他心中暗道：“他不敢否认，要提出个商量办法……没错儿。”然而，他那险恶的对手却任他无的放矢地讲下去。

冷场持续了一两分钟，只听见远处叮当的打铁声……这是八月的一个下午，天朗气清，万籁齐鸣。

“怎么样呢？”侯爵终于开了口。

马洛蒂趁这一短暂的间歇，又重新鼓起了勇气。

他回答：

“您来说吧，先生。”

然而，对方却沿着自己的思路，问道：

“那个拉伏，她很久没跟他见面了吗？”

“我怎么晓得！”

“可以找到点线索呀，”侯爵平静地答道，“这个情况很重要……唉，当爸爸的都那么笨！换了我，用两个钟头，我就能把作孽的家伙捆起来交给您！”

“真的吗！”马洛蒂不胜惊愕，高声说道。

他没有见识过这种高级形式的泰然自若，自命不凡的人把这种神态称为厚颜无耻。

“亲爱的马洛蒂，”侯爵依然平静地继续说，“我可给您出不了什么主意；况且，像您这样一个人，碰到倒霉情况，也听不进去别人的话。我只想对您说一点：过一个礼拜您再来；这期间，您冷静一下，考虑考虑，千万别张扬出去，也不要谴责任何人，否则，您会碰到耐性不如我的人。真见鬼，您不是小孩子啦！您既没有证人，又没有情书，一点把柄也没拿到。过一个礼拜，差不多就能听进去别人的话，利用一件小事大捞好处了；静观事态的发展吧……您明白我的意思吗，马洛蒂？”他以轻快的语气结束了这段话。

这时，诱惑者略微迟疑，一刹那声音降低了。

马洛蒂思忖道：“他想让我把想法全倒出来，当心哪！……”这种一时心软的迹象，倒给他增添了勇气。况且，他感到火气渐渐上来，精神也为之一振。

“您仔细打听，”卡迪尼昂又说道，“别纠缠这个姑娘。何况，您从她嘴里什么也问不出来。跟您说，那个可爱的小猎物，就像藏在苜蓿草中的一只秧鸡，能在最出色的猎犬的鼻子下溜走，能把一只老猎犬逗得发狂。”

“这正是我要讲的话，”马洛蒂点着头，字字加重语气地说道，“我已经尽力而为了。要我等一个礼拜、半个月，要我等多长时间都行……马洛蒂什么也不欠别人的；姑娘要是有个好歹，也全在她咎由自取。她年岁不小了，容易失足，但是她也能够自卫……”

“好了！好了！别讲空话。”侯爵高声说道。

可是，马洛蒂却不再犹豫了，他以为吓住了对手。

“打发一个老家伙，可不像打发一个漂亮姑娘那样容易，德·卡迪尼昂先生，人人都懂得这一点……哼！您是这一带知名的人物，到时候她会亲口告诉您，妈的！当众对质，要知道，小姑娘是有种的！……大不了，咱们一齐出丑……”

“真的，我倒想瞧一瞧。”对方说道。

“有您的好瞧。”马洛蒂发誓。

“您去问问她吧，”卡迪尼昂高声说，“您本人去问问她看，朋友。”

刹那间，啤酒酿造者眼前又浮现那张小脸和那张嘴：那张脸苍白而倔强，那张嘴傲气十足，一周也不肯吐露秘密……于是，他嚷道：

“恶人自有恶人磨！……她全对她父亲说了！”

说罢，他倒退两步。

侯爵的眼神迟疑了一下，上下打量他，继而，突然凶狠起来，浅蓝色的眸子也变绿了。此刻热尔曼娜要是在场，就会从那眸子里看到她的命运。

侯爵走到窗口，关上窗户，又反身朝桌子走来，但始终沉默不语。接着，他晃了晃壮实的肩膀，凑上前去，几乎碰着客人的身子，只说了一句：

“你发誓，马洛蒂！”

“我发誓！”啤酒酿造者答道。

他立时觉得，这种谎言是动机好的诓骗。再说，自己要是改口，也就太难堪了。不过，他脑海还是闪过一个念头，但一时捕捉不住，只是觉得隐隐不安。眼前两条路，他依稀感到自己选了一条坏路，而且已经走得很远，无法回头了。

他预料对方会暴跳如雷，甚至盼望这样。然而，侯爵却平静地说：

“您走吧，马洛蒂。今天，最好到此为止吧。一个小婊子，舌头还没学灵呢，就把我们俩给骗了：您在这种意义上受骗，我则在另一种意义上受骗。当心哪！……给您出主意的人也许相当狡猾，使您少干两三件蠢事；其中最大的蠢事就是企图恫吓我。对我，别人随便怎么想，我根本不在乎！反正法院不是给狗设立的，您要是愿意的话……好，再见！”

“走着瞧吧！”马洛蒂不甘示弱地答道。

他正考虑再回敬一句，不料已经独自出来，真是又羞又恼。

“这个鬼东西，”后来他说道，“他就是拿酒糟换大麦，也还要让人家感谢他呢……”

他边走边回想这次较量的全部细节，又照例认为自己占了上风。然而，无论他怎样想，他的理性却不得不承认，一件事实压抑他的自尊心；他热切盼望的这次平起平坐的会面毫无结果。卡迪尼昂的最后几句话神秘莫测，也时时令他担心未来……“我们俩给骗得好惨：您在这种意义上受骗，我则在另一种意义上受骗……”这个小丫头仿佛使他们俩背对背了。

他举目望去，看见树木中他那漂亮的红砖房、草坪上的秋海棠，以及向晚天空中垂直上升的啤酒厂烟柱，心里便不觉得痛苦了。他自言自语：“今年是个好年成，能给我补回来。”二十年来，他一直梦想有朝一日成为此地领主的对手，这种梦想实现了。他固然没有通观全局的能力，但具有识别实惠的锐利目光。他不再怀疑，自己已成为这个小镇的头号人物，跻身于主子老爷之列；每个世纪的法律和习俗都映现出这类主子老爷的形象与模样：半从商，半吃年利，拥有一台象征科学与进步的喷气发动机；总之，既强于那个有爵衔的乡巴佬，也胜过那个破落资产者的从政医生。他决定送女儿去亚眠分娩。不得已而求其次，他至少确信侯爵会守口如瓶。再说，关于侯爵古堡即将出售一事，瓦迪古尔和撒兰两地的公证人也不再保守秘密了。野心勃勃的啤酒酿造者期待这种拍手称快的时刻。他没有更高的奢望，因为想象力不够丰富，还不至于盼望一个对手暴死。他属于那种心地善良的人，想记仇而又容易淡忘。

……那是六月份的一个早晨，六月份，一个特别澄莹而清亮的早晨，一个澄莹的早晨。

“去瞧瞧咱家的牲口夜里过得怎么样！”马洛蒂妈妈吩咐道（因为从昨晚起，六条良种奶牛就放在草场上）……一如既往，热尔曼娜又要望见索夫森林的那个尖顶，蓝色的山丘，望见朝海边延伸的平野，以及照耀沙丘的太阳。

天际已经升温，云气氤氲；洼路依然一片阴影；草场四周长着低矮的苹果树，阳光跟朝露一样清爽。一如既往，她又要听见六条良种奶牛在澄莹的早晨呛咳，打鼻息。一如既往，她又要吮吸带有桂皮和烟味的雾气；这股味刺人嗓子，迫使人唱歌。一如既往，她又要看见旭日东升，点燃洼路辙沟里的积水……还有更为美妙的景物：在树林边上，她心目中的英雄，身穿一套丝绒装，足蹬粗皮靴，抽着欧石楠木烟斗，他那两条名叫追魂和逐乐的犬护卫左右，那神态俨如国王。

三个月前的一个星期日，他们俩在德夫尔路上相遇。二人并排走着，直到碰到第一座房舍……她脑海中又渐渐浮现父亲的话，以及农奴制、城堡中的地牢，《阿图瓦觉醒报》的多少著名文章，伴随拳头敲桌子的声音，还有法国历史画册、戴着尖顶睡帽的路易十一世（他身后荡着一个吊死的人，还能看到普莱西大钟楼）……她昂着头，毫不做作地回答，显得又温柔又勇敢。然而，想到共和派的啤酒酿造者，她还是不寒而栗——已经有了一个秘密，她的秘密！……

到了十六岁，热尔曼娜情窦初开（并不是梦想爱情，那不过是社会上的逢场作戏）……热尔曼娜情窦初开，也就是说，犹如结了一个渐渐成熟的美果，她身上孕育着向往欢乐和冒险的好奇心，孕育着百折不挠的自信；凡是具有这种自信的姑娘，个个都要在机运上孤注一掷、敢于面对陌生的世界，每代都重演古老宇宙的历史。这个资产阶级家庭的少女，肤色乳白，眼神倦慵，柔嫩的小手默默地打着毛线，等待着敢和生活搏斗的时刻。在想象或渴望方面，尽量放开胆子，但是，既已做出选择，就要以高度的理性组织各种事情。一个勇敢的少女，心脏每跳动一下，都激情满怀，要献身给尚不了解的乐事；对她来说，无知该是多么美妙的障碍啊！马洛蒂婆娘生来相貌丑陋，但是很有钱；她从未企盼过风流际遇，只想找一个体面的婆家，这不过是公证人承办的事；虽说鉴于身份而恪守妇道，但是对于任何女子生活的不稳定性，她依然非常敏感，如同谙熟一个稍微挪动就会散开的错综复杂的结构。

“她爸，”她对丈夫说，“咱们的女儿必须入教……”

她只是心里明白，要让她讲透点，真像赶鸭子上架。而且，马洛蒂也听不进去。

“她找神甫有什么用，就是为了在忏悔中学会她不该知道的东西吗？神父会使孩子想入非非，这谁都知道。”

他以此为由，禁止女儿去听教理课，甚至“禁止她跟任何那类迷信的人来往”。他说：“他们能给最和睦的家庭制造纠纷。”他还使用晦涩的语言，谈到毁坏女孩子身体的秘密恶习；她们在修道院学会那种实践和理论。“修女往女孩子脑袋里灌有利于神父的思想，”这是他的一句名言，“她们抢先毁掉丈夫的威信。”他用拳头敲着桌子，下了这种结论。须知他不准别人拿夫妇之权开玩笑；这是人类某些救星要求的唯一绝对权利。

马洛蒂太太还抱怨女儿连个朋友都没有，总待在凄清的小园子里，同修剪的紫杉相伴。丈夫听了便答道：

“让她安静些吧。这个该死的地方的姑娘，一个个都鬼得很。有当地的赞助，还有圣母会和其他名堂，每个星期日，本堂神甫都把她们留下一个钟头。你要是想教女儿生活，当初就该听我的话，送她上蒙特勒伊中学，现在她都会拿到文凭了！真的，在她这种年龄，小姑娘的友谊一钱不值……我这可不是瞎说……”

马洛蒂就是这样议论卡莱议员的诚实。那个可怜的矮个男人，对女性教育的这些微妙问题并非无动于衷；说来不怪，从前他任蒙特勒伊中学校医，了解女生的底细，而且也不保守秘密。

“从科学角度来看……”他时常微笑着说道；看那神气，就像他憬悟了许多幻想，自己不再寻欢，而对别人作乐则十分宽容。

在紫杉修剪整齐的园子里，在散发烤乳香味的光秃秃的廊下，雄心勃勃的小姑娘，正是在那里等腻了；不知道等什么，而且一直未来……她正是从那儿启程，走到比印度还远的地方。对克里斯托夫·哥伦布来说，所幸地球是圆的；那传奇的舰队刚刚启航，就已经驶入返回的路上……然而，可能还有一条诱人的路，它笔直，不可改变，又时时偏离，人有去无回。热尔曼娜或者明天走上那条路的女人，要是还能讲话，就会这样说：“你们的正路不通向任何地方，即使走上去又如何呢？……要我拿跟线团一样圆的世界做什么呢？”

一个人生来似乎要平静过一辈子，生途上却等待着悲惨的命运。事情出人意料，可以说无法预料……然而，事实无足轻重：悲剧在她心中。

马洛蒂拜访侯爵府，如果自尊心不是伤害得那么深，他定会把那情景好好向老婆描述一番。他想最好还是保持沉默，以傲慢和咄咄逼人的态度，来掩盖一阵自己的不安和尴尬。何况，他要报复，打算在家里谋划，拿女儿撒气，轻而易举地挽回面子。许多虚荣心重的笨伯，在生活中失了意，就把家庭当成耍威风的地盘，因为家里一小撮弱者，连懦夫都能使之害怕，由他们支配，真是手到擒来。这也不怪，无能之辈就爱在别人的痛苦中，看到自己的这种平庸。

因此，刚吃罢晚饭，马洛蒂便突然以命令的口气说：

“丫头，我有话跟你说……”

热尔曼娜抬起头，慢慢把毛线活放在桌上，等父亲说下去。

“他蒙了我，”父亲以同样口气继续说道，“严重地蒙了我……家庭里，一个女孩子失了足，就跟破产的商人一样……明天，人人都可能戳我们的脊梁骨，而我们是无可指责的人，做生意守信用，不欠别人一文钱。哼，你本该求我们宽恕，跟我们商量，可是你偏不这样，究竟干什么呢？整天呜呜呜，哇哇哇，哭哭啼啼，像要死似的，就知道号丧！然而情况呢，一点也不告诉你爸爸妈妈。嘴紧紧的，一字不露，没治了！这种情形，再拖一天也不行。”他用拳头敲着桌子，最后说道：“否则，要让你知道我叫什么！别哭了！你到底想不想说？”

“我巴不得讲出来。”可怜的姑娘答道，还想拖延时间。

她不再怀疑，她怀着恐惧的心情等待的时刻已经来到；在这关键时刻，她一周来打好的主意，忽地全拥入头脑，乱糟糟搅成一团。

“刚才我见到你的情郎了，”马洛蒂接着说道，“亲眼见到的……小姐胃口挺高，找了个侯爵；对爸爸的啤酒感到脸红了嘛……可怜的傻丫头，已经认为自己成了贵妇，成了侯府女主人，由伯爵和男爵陪伴，还有一个少年侍从替自己捧着长裙！……我和他，我们终于一起谈了谈。看看我们能不能谈得拢：你要向我保证闭着眼睛服从，一直朝前走。”

女儿无声地抽抽搭搭，明亮的眼神透过泪帘，事先担心的耻辱已不再令她恐惧了。“我肯定羞得要寻死！”昨天她一小时一小时挨，等待爸爸发作，心中还反复这样嘀咕。可是现在，她寻觅这种羞愧，却无影无踪了。

“你听我的话吗？”马洛蒂追问道。

“您要我做什么呢？”女儿反问一句。

马洛蒂沉吟一下：

“卡莱先生明天到这儿来。”

“明天不行，”女儿打断他的话，“星期六，是坦率交易的日子。”

马洛蒂瞠目结舌，打量她一下。

“哦，对，我倒忘了，”他说道，“你说得对，星期六吧。”

她提出这种异议的声调既干脆又沉稳，是她父亲从未听到过的。坐在火灶旁的老太婆却像挨了一击，哼哼起来。

“星期六……好！我是说星期六，”啤酒酿造者谈话思路中断，接着说道，“卡莱，那人有阅历，办事认真，也有感情……丫头，存着眼泪，到他面前流去吧！到时候我们一起去找他。”

“噢！不……”女儿来了一句。

既已下定决心，在激战时刻，他觉得十分自由，精神抖擞！这个不字在她嘴唇上，犹如初吻一般，给她又甜美又苦涩的感觉。这是她的第一次挑战。

“真的吗！”老头子暴跳如雷。

“瞧你，安托万！”妈妈插言道，“让她喘口气嘛！这么大姑娘，你让她跟你那议员讲什么呀？”

“讲真话呗，还用问！”马洛蒂嚷道，“首先，我那议员是医生，这是一！如果没结婚就生下孩子，我们到亚眠告状，也好有他一个证词，这是二！再说，一名医生，这就是教育，就是科学……并不是一个人，而是共和派的本堂神甫。况且，你们把秘密当成宝贝，真叫我好笑！你以为侯爵会头一个讲吗？当时，小丫头还不足年龄，也许是诱奸，这可能给他带来严重后果！天杀的，会把他送上刑事法庭！那家伙摆出大老爷派头，把人当成傻瓜，瞪眼说瞎话，明摆着的事也否认，一个穷光蛋侯爵！……小冤家！”他转身冲女儿喊道：“他还揍了你爸爸！”

最后这句谎话，他并不是蓄意讲的，仅仅是辩术的一句妙语。妙则妙矣，可惜没有击中目标。起来反抗的姑娘的心跳得更加剧烈，但头脑里想的并不是一家之主遭受的侮辱，而是那位英雄盛怒时的依稀形象……他的巴掌！那只吓人的巴掌！……于是，她放肆地瞧了一眼，在父亲的脸上寻找巴掌印。

“听听我的，”马洛蒂老太婆开了口，“让我说两句！……”

她用双手抱住女儿的头，说道：

“可怜的小傻瓜，不跟爸爸妈妈讲实话，又跟谁去讲呢？我发觉出事儿的时候，已经太晚了，可是后来呢！现在，你也知道了，男人的许诺值多少钱吧？热尔曼娜，他们全都满口谎言！马洛蒂小姐？算了吧！我不认识她呀！你还不够心高气傲，不会把他的谎话给堵回去吧？你要让别人以为，你失身是跟一个穷小子，跟一个仆人，跟一个流浪汉吗？好了，承认吧！他让你保证什么也不说吧？……他不会娶你的，我的闺女！你要我告诉你吗？他在蒙特勒伊的公证人，已经接受委托出售夏尔梅特庄园，包括磨坊和所有财产。那座府邸也要出手！有那么一天，全玩完！就光杆一个！可是你哪，要当众人嘲笑的对象吗？……你倒是说呀，木头脑袋！”她嚷道。

“……就光杆一个……”听了那么多话，她只记住这几句。孤单一人……被抛弃，黄粱美梦，一场空……在芸芸众生里孤孤单单……悔恨当初！……在世上，除了孤单和寂寞，还怕什么呢？想到此处，她双手交叉在胸口，天真地寻找初长的乳房，那瘦小的胸脯已经深深地受伤。她的手指狠命压薄布里的心口，直到伴随一声本能的喊叫，从疼痛中迸发出一种新的信念。

“妈妈！妈妈！我宁愿死去！”

“好了，”马洛蒂说道，“你在他和我们之间选择。说话当真，就跟我叫安托万一样，我再容你一天工夫……听见了吗，小冤家！多一个钟头也不行！”

在她和她情人之间，她看见了这个怒气冲冲的胖男人，丑事不可挽回，木已成舟，通向未来和欢乐的唯一的一扇门重又关上……诚然，她已经答应守口如瓶，但是，沉默也保护她自己。现在，她憎恶这个胖男人。

“不！不！”她又说道。

“老天爷，她疯了！”妈妈举起胳膊，叹道，“简直该捆起来送疯人院！”

“我肯定会疯的，”热尔曼娜哭得更凶，又说道，“嗳！你们为什么折磨我！随便你们怎么决定，打我好了，把我赶出去，我就自杀……可是这件事，我就是一句也不告诉你们！说人家侯爵先生，都是瞎话；他连碰都没有碰我一下。”

“小婊子！”啤酒酿造者嘴里咕哝一声。

“你们既然不相信我，干吗问我？”她以孩子的声音重复道。

她跟父亲对垒，透过泪水同父亲对视；她仗着自己的青春，仗着自己残忍的青春，感到更加强大。

“相信你？”马洛蒂说道，“相信你？要想欺骗精明的爸爸，你还得再狡猾些……要我告诉你吗？你那个情郎，最后承认了！我有招儿，打他个措手不及；我说：‘随您怎么否认，小丫头全讲了。’”

“噢！妈……妈！妈妈，”热尔曼娜结结巴巴地说，“他真……敢……他真敢！”

他那美丽的蓝眼睛突然干得冒火，变成紫色，额头苍白，口里燥热，干动嘴唇也讲不出话来。

“住口，你要把她逼死，”老太婆说，“咱们家灾难啊！”

然而，女儿尽管讲不出话，蓝眼睛却充分表达出来。啤酒酿造者被这满含蔑视的目光偷偷盯了一下。这个姑娘一看要被人夺走心头肉，夺走她的爱，这另一个果实，立即现出凶神恶煞的样子，比一个卫护自己孩子的女人有过之而无不及。

“出去，滚开！”受到挫辱的父亲结结巴巴地说道。

热尔曼娜一时未动弹，她眼睛低垂，嘴唇颤抖，招认的话犹如天大的侮辱要冲口而出，但是憋住了。接着，她收拾针和线团，拿起毛线活，傲然地走出去，而她的脸比收割时捆麦子的女人的还要红。

可是，她一离开父母的监视，便如小鹿一般，三步两步蹿上楼梯，啪的一声关上自己的房门。窗户半敞着，望得见在两侧栽着绣球花的路径尽头，一片韭葱地的边缘，是封闭她这小天地的漆成白色的铁栅门……外面是别人家的小砖房，一直排列到街道的拐弯处；那里有一个冒烟的破房，茅草顶，四面柴泥墙布满裂缝，那是本区最贫贱的乞丐吕戈老头的住所……在红墙亮瓦中间的那间摇摇欲坠的破房，那又是另外一个乞丐，另外一个自由人。

她躺在床上，面颊贴在枕窝里，极力收拢心思，要理出眉目，可是脑子里却乱哄哄的，只听见怒火的嗡嗡声……唉！可怜的姑娘！她的命运就在一张孩子床上决定；而这张床多么明净，还散发着涂蜡和新布的气味！

有两个小时，热尔曼娜头脑里转了不少计划，企图征服世界；至于世界是否已经有了主人，姑娘们是不考虑的。她呻吟，喊叫，哭泣却丝毫改变不了严酷的现实。她承认了错误，艳事为人所知，还有可能早些见到情人吗？再说，还能见到他吗？他还肯见面吗？她自言自语：他以为我泄露了他的秘密，就不再敬重我了。“有那么一天，全玩完！”刚才马洛蒂老太婆嚷道。怪事！她第一次产生惶恐的预感，但想的是将来的孤独，而不是被人抛弃。她并不害怕对方负情，对此也从未存过幻想。这种可敬的资产者的平庸生活、这栋体面的砖房、这座装备有喷气发动机的啤酒厂、这本身就涵有报酬的好品行，以及一个少女，有名商人的女儿所应有的自爱自重，对，所有这些宝贵的东西即使一齐丧失，也不会引起她瞬间的不安。看到她穿上节日的衣裙，头发梳得整整齐齐，听到她欢快清新的笑声，马洛蒂老头毫不怀疑他家小姐已臻于完美；他时常不无自豪地说："调教得像位王后。"还说："我心安了，这就足愿了。"然而，他的良心，一向只对照他的总账。

晚风清爽；远处，小格子窗户一扇一扇映现灯光；外面的沙径变成一条模糊的白带，而可笑的小园子扩延了，融于夜色，突然幽邃难测了……热尔曼娜从愤怒中醒来，好像从梦中惊醒。她跳下床，走到房门倾听，唯有啤酒酿造者惯常的呼噜声，以及挂钟庄重的嘀嗒声，于是反身走向敞着的窗户，在狭窄的笼子里转了十来圈，脚步宛似小狼悄无声息，既敏捷又诡秘……咦，怎么？已经半夜啦？

夜深人静，这已经意味涉险与闯荡，美妙的冒险；博大的心灵可以展翅翱翔。万物进入梦乡；没有一处陷阱……"自由啦！"她突然说道。这低哑的声音，伴随着快感的呻吟，对她情人并不陌生……她的确自由了。

自由啦！自由啦！她再三重复，也越来越确信。

诚然，她还说不清谁使她自由，当初又锁在什么铁链上。她只是在会意的寂静中心花怒放……刚入皎洁之夜，一只雌性的幼兽，再次试它长成的肌肉、牙齿和利爪，先是胆怯心虚，继而进入陶醉的状态。

她离开整个过去，犹如离开临时的窝。

她摸索着打开房门，一级一级走下楼梯，在锁眼里咯吱吱拧钥匙，忽觉户外空气扑面，从未有过的畅快。小园子影子般滑过去……越过铁栅门……大路，以及大路的头一处弯道……直到那边，把村镇抛在身后，在密集而幽暗的树林中，她才喘口气……于是，她还因为新发现而高兴得浑身发抖……她觉得这段路十分漫长。面前展开的夜，宛如避难所，又好似猎物……她心中毫无打算，只感到头脑空空，无比惬意……“出去！滚开！”刚才马洛蒂老头说。还有比这更容易的事吗？她走了。

三

“是我。”她应道。

他不禁愕然，腾地起了床。他要是听到一声温柔的呼叫、一句责备的话语，无疑会大发雷霆。然而，他看见她站在门口，样子十分坦然，十分随便，几乎一点也不激动。在她身后的砾石路上晃动着她的轻影。他立即认出这种他非常喜爱的严肃而沉静的眼神，而另一位的难以捕捉的小亮光，在闪亮的眸子深处，也被认出来了。他们彼此确认了。

“爸爸来过，霹雳就悬在我头顶，凌晨一点钟又来我家，你这不是找挨打吗！”

“天哪！我累死了！”她说道，“林荫路上有一条辙沟，我摔进去两次，一直湿到膝盖……你给我点喝的，行吗？”

在这之前，尽管二人亲亲密密，甚至还有过之，但是他们谈话的习惯口气却丝毫没有改变。她叫他“先生”，有时还叫他“侯爵先生”。然而今夜，她第一次直呼“你”。

“没法否认，”他快活地高声说，“你真有胆量。”

她严肃地接过水杯，送到嘴边，尽量控制不颤抖，无奈她的细齿碰在杯边咯咯直响，眼睑紧眨也拦不住，一滴泪珠一直滚到下巴颏儿。

“喔唷！”她终于舒了口气，“你瞧，我哭得嗓子眼都发紧了。在床上哭了两个钟头，简直要疯了。他们差点要了我的命，要知道……哦！对，我那二老，可真出色！他们这辈子休想见我了。”

“这辈子？”他高声说，“别说傻话了，穆谢特

（这是她的昵称）。不会让姑娘像小山鹑在田野里乱跑。哪个警察一看到，就会把你装进他的挎包里。”

“怎么可能？”她说道，“我兜里有钱，明天晚间上火车去巴黎，谁又阻挡得了呢？我埃格莱姨妈住在蒙特鲁日镇，有一幢漂亮房子，开食品杂货店。我在那里干活，日子会过得很愉快的。”

“小傻瓜，你成年没有？”

“总有那么一天，只要等待就行了。”她镇定地答道。

她眼睛移开一下，然后抬起目光平静地望着侯爵。

“留下我吧。”她说道。

“留下你，怎么可能！”他高声说道，随即在屋里踱来踱去，以便更好地掩饰尴尬的神情，“留下你？你倒跟没事似的。让你待在哪儿？你以为我这儿有藏娇的金屋吗？那只能在小说里看到，机灵鬼！到不了明天傍晚，他们就会扑到我们身上，会全来，你爸爸举着叉子，同警察、全村的一半人……就连卡莱议员，那个魔鬼医生，傻大个儿也会来！”

她拍着巴掌咯咯大笑，接着，笑声戛然而止，她表情一下严肃起来，柔声地说：

“哦，对！卡莱先生？明天我得跟爸爸去找他。是爸爸的主意。”

“爸爸的主意！爸爸的主意！瞧她说的！穆谢特，我跟你说过多少回；我并不是个坏蛋，知道自己做错了事。可是，见鬼又见鬼啦！我一贫如洗了。把最后一只酒桶卖掉，我也只能有口饭吃，饿不死罢了，名副其实的穷困！是的，我还有阔亲戚，头一个就数我的阿尔努姨妈；可是，别看她六十岁了，身板就跟骑兵皮裤一样结实，家里堆金积玉，那女人能耗到参加我的葬礼……我的是非够多的了。穆谢特，这回得小心为妙；首先要争取时间。”

“嘿！”她说道，“真漂亮！天哪，多漂亮！”

她已经转过身去，双手抚摩一个路易十五朝代式样的小五斗柜，那是个涂中国漆、镶饰金光闪闪的铜片的柜子。她在尘封的紫色角砾大理石面上，用指尖画着神秘的符号。

“别摆弄五斗柜了，”他说道，“这种旧货，我这库房里装得满满的。也许你肯赏脸回答我吧？”

“回答什么？”

她面对面看着他，眼神依然那么沉静。

“回答什么！……”他又开了口，但是不得移开目光。

“不要打哈哈，姑娘，话要讲明白。再说，我也不想发火。你应当明白，躲过这场风暴，对你我二人都有好处。让我明天带你去乡政府，可能不可能？怎么样？真的，咱们还有好戏看！一点半了，”他想结束谈话，掏出表来看一看，“我去把马套上，飞速把你一直送到戈尔德路。天亮前你就能到家。神不知鬼不觉。到白天，你就跟马洛蒂耍赖。时机一到，咱们再商量。就这样说定了。好！快，快！”

“噢，不！”她说道，“今天晚上我不回康帕涅。”

“木头脑袋，你睡在哪儿？”

“睡在这儿，大路上，随便什么地方。这和你有什么关系？”

这下，他可沉不住气了，开始胡乱骂起来，可是徒劳无益，犹如戴着水草笼头的塔拉斯克龙咬牙切齿，咕咕哝哝。

玛尔特的身子抖了几抖，
用水草细缰绳将它套住带走[①]……

“我是好心，希望说服一个固执的人。好吧，你要是愿意，就陪云雀去睡吧。归根结底，难道怪我

① 原诗为奥克语，引自法国奥克语作家弗雷德里克·米斯特拉尔（1830—1914）的史诗《米蕾依》。全诗分十二章，叙述圣玛尔特的传奇。她使阿维尼翁城人皈依之前，降伏了塔拉斯克恶龙。

吗？我可以干得漂亮些，可是得给我时间哪：再容一个月，把老房子卖掉，我就自由了。然而，今天，你爸爸像颗炮弹落到我的家，拿警察威胁我；一句话，就跟中魔似的，闹得凶极了。明天，全区的人都可能揪住我不放。只要这个厉害的丑家伙一招呼，就能聚起上百只乌鸦。何至于此？怪谁？还不是因为现在固执的这个姑娘害怕了，把我们捆起手脚交给人家，听天由命吧！全跟爸爸讲了，就像忏悔一样……然后，我的朋友，你自己应付吧！我毫无责怪你的意思，我的美人，但也实在不像话！……好了！好了！别哭了，别哭了。”

她脑门儿顶着玻璃窗，无声地哭泣。他以为说服了她，便不犯难了，动点恻隐之心，可怜可怜她。因为，男人看到别人痛苦，自然而然就恨自己的痛苦。

他想把倔强的小脑瓜儿搬向他，双手按住覆盖金发的脖颈。

“你干吗哭呀？我刚才说的话，一句也不是心里想的……其实，我在这儿也看得清清楚楚：马洛蒂爸爸，摆出选民会时总顾问的架势……‘回答我，小冤家！……对你父亲讲实话……’最后还打了你……他还不至于打你吧？”

“嗳，没有。”她边抽泣边答道。

“你倒是抬起头啊，穆谢特；这事就算完了。”

“他什么也不知道，”她握起拳头喊道，“我什么也没有讲！”

“真的吗！”他惊叹道。

诚然，他不大明白，为什么她的自尊心受到伤害，恼怒起来。但是，他更感到诧异的是，面前挺起一个陌生的热尔曼娜：目光凶狠，额头有一条男性愤怒才会出现的横纹，上嘴唇微微翻起，露出满口白齿。

“算了！”他断言道，“要是这样，你早就说了。”

“说了您也不会相信。”她沉默片刻之后答道，声音虽然还有些颤抖，但是眼神已经明亮冷峻了。

他望着她，心里将信将疑。这种任性、这种大胆冲动的性情、这类跟兔子急拐弯一样出人意料的话，他早已熟悉了。但是，当初他追得正起劲，完全认为一个慧黠的小美妞儿进行微不足道的自卫，是由于还有一点顾虑，在决定以身相许的时候，还幻想自己依然是自由的。壮年容易产生盲目的自信，人们也想象不到，最厚颜无耻的老手在情场上，却会表现出近乎天真的幼稚。“小老鼠在猫面前窜来窜去，”他时常说，“很快就会被逮住。”他并不怀疑确实逮住她了。有多少情人，就是这样把一位陌生女子，完美而灵活的敌手搂在怀里。

然而有一阵，这位老兄头一回清清楚楚有一种预感：一种莫名的危险逼近。大厅凌乱不堪，堆满了新近从顶楼搬下来的烂得差不多的家具；此刻他突然感到这厅过分宽大，空荡荡的。他睁大眼睛，看见光晕圈外的纹丝不动的倩影，面前只有这个沉默的人……继而，他快活地敞声大笑。

“是吗……马洛蒂爸爸拿名誉担的保？是瞎扯淡喽？”

“担什么保？”她问道。

“没什么，一个玩笑，只是对我而言……你回个身，把门关上。”

她身后的门，果然冷不防无声地开了。一阵风吹进来，散放在桌子上的纸张纷纷飞向天棚，一条长长的红火苗蹿出玻璃罩，又缩回去化为烟炱。这带咸味的疾风从远海吹来，一路又满载上泥塘的乏味的水汽，给人以凉爽之感。庭园从一侧到另一侧，惊醒的杉树齐鸣。

她把钥匙在锁孔里拧一圈，阴沉着脸走回来。

“喂，靠近点儿。”卡迪尼昂说道。

然而，还有两步远，她却敏捷地一拐，便与她情人隔桌相望了，然后坐在椅边上，恢复小姑娘的姿态。

“咱们就这样过夜啊，穆谢特？呸！赌气的姑娘！”他挤出个笑脸，高声说道。

他深知左右不了这种固执，就只好听之任之；但是，他现在的满腹心事，不是他厌腻的一次交欢的欲望，而是要冒风险的念头。“明天会来得相当快。”他颇为高兴地想道。要说休息舒服，但一次短暂的喘息更为惬意。

况且，他到了这种年龄，很快就受不了跟女人厮守了。

“只一会儿，行吗？”穆谢特未抬眼睛，冷淡地说道。

他只看见她那执意低垂的光滑的额头。然而在寂静中，她那尖酸的细嗓音听来有些奇特。

“我给你五分钟！”他开玩笑似的高声说，以便掩饰内心的慌乱，因为，姑娘的冷淡放肆的态度打消了他的好兴致。（犹如摇头摆尾的粗爪小狗鼻子上着实挨了一爪子。）

“你不相信？”姑娘沉吟许久又说道，仿佛给自己内心独白下此结论。

“我不相信你？”

“算了，别想蒙骗我了！这一个礼拜，我仔细考虑过，但是一刻钟以来，我觉得全明白了，有什么，明白了生活呗！你就笑吧！首先，我都根本不认得自己了，不认得我，热尔曼娜。人家无知，有点什么都快活，一件芝麻大的事、一个好太阳……傻话蠢事……可是也太快活了，快活得使人透不过气来，甚至强烈感到暗暗渴望别的东西。是什么呢？反正已经不可缺少了。啊！要是得不到，其余的就毫无价值了！我并不那么傻，会以为你能忠诚可靠。没这事儿！姑娘小伙子，我们总好奇，眼睛不闲着；沿着树篱遛弯，要比听神甫讲教理了解的东西多。我们议论你：'亲爱的，最漂亮的姑娘，他都弄到手了！……'我心想：'为什么不算上我呢！正该轮到我了……'现在却看到，爸爸的大眼珠子把你吓坏了……哼！我讨厌你！"

"老实说，她真疯了，"卡迪尼昂不胜惊愕，高声说道，"你一点理智也没有了，穆谢特，净讲小说里的话。"

他从容地装上烟斗，点燃，又说道：

"照顺序来。"

什么顺序？要抓住一个全副武装的十六岁漂亮姑娘的把柄，在他之前，有多少人抱过这种幻想啊？有多少回，您以为用最拙劣的谎言欺骗了她，而其实她连听都没有听，仅仅注意我们不屑一顾的种种琐事，注意躲避的目光、没有讲完的一句话，注意您的声调——而对这声音越来越熟悉，越来越有把握——她假装俯首帖耳！却在耐心地观察，一点点吸收您特别得意的经验，但依靠的不是耍心眼的缓慢功夫，而是极为灵验的本能，完全是顿悟，豁然开朗；她的机灵不在于理解，而在于察言观色，而且不学会自己也能害人的功夫，决不罢休。

“按顺序来。你责备我什么呢？难道我一直把你藏在我这古堡里了吗？难道我比一个乡巴佬有钱吗？咱们顶得住吗，能还是不能？闭眼不看将来的麻烦，那当然美，在拈花惹草中，偷情的人也很容易被自己的花言巧语迷住。然而，明知办不到还许诺，那就是地道的无赖骗术了。如果礼拜天，咱俩手拉手去做弥撒你就瞧瞧本堂神甫和他那个大个子副手的嘴脸好吗？我那座布里莫磨坊卖掉，还了债，见鬼，还能剩下一千五百路易！这才是干货。就此商定：一千五百路易，我两份，你一份。就这么办。一言为定！”

“嗬！嘿！嘿！”她笑着说（眼里却充满泪水），“说得多好听！”

他大失所望，满脸通红，眼神露出愠色，透过烟斗的烟雾凝视这个古怪的姑娘。但是姑娘并不示弱，同他对视。

“您那五百路易自己留着吧，您比我更需要！”

当然，要让她对这种奇特的乐趣说出个道理来，并给充塞她顽强之心的各种模糊情绪命名，还真会使她为难。不过此刻，她只求折辱她这陷于困境的情人，任意摆布他。

深更半夜闯出来，铤而走险，藐视舆论，结果却会见了另一个粗俗的家伙，另一个气壮如牛的爸爸！唉，真能把人气疯！她失望至极，顿生强烈的鄙夷情绪，以致她身上确实已经呈露出随之发生的事件的端倪。有人说，这纯系偶然。其实，偶然往往与我们相通。

一种长期抑制的意志猛然奋飞，让笨伯大惊小怪去吧！殊不知一种几乎无意识的，却又必不可少的掩饰，已使这种意志显露出几分残忍；这是一直布好的圈套，弱者借以进行难以言喻的报复，而强者则永远意想不到！一个人自以为观察细致，步步注视在无常变幻的比闪电还要强烈、还要难以捕捉的激情，结果在自己的镜中所见的别人，仅仅是他可怜而孤单的怪相！最朴实的感情，是在从未洞烛的夜中萌生滋长，按照秘密的亲缘关系，同夜或相融合，或相排斥，犹如负电的乌云；而我们在茫茫黑夜的表层，仅仅瞥见无踪影的雷雨的瞬间闪光。因此，关于心理的最高明的假设，也许能使人重新描绘过去，却根本不能使人预言未来。而且，这类假设同许多假设一样，只能向我们掩饰一想就令人沮丧的奥秘。

北风刮了一阵，终于停了。绕古堡三匝的月桂树丛早已重新入梦，而在庭园深处，枝叶浓密的大树、六十尺高的松树冠顶还在颤抖，飒飒声如熊低吼。在胡桃木桌子一端的油灯更亮了，独自噼啪作响，制造着一种温暖的家庭气氛。夜近在咫尺，只见玻璃窗漆黑一片，室内温暖而略微沉闷的空气，就显得格外沁人心脾。

“嘿！穆谢特，随你怎么发脾气，”侯爵平静地说，“今天晚上，你不会使我发火。我以人格担保，看你这样闹挺有趣儿！”

他用手指仔细按实烟斗的烟灰，又半认真半开玩笑地说：

“可以拒绝五百路易，小妞儿，但是，一个不幸的人把钱袋的底全倒出来，总不会往他手上吐唾沫吧。于你于我，这点解释就足够了。我人穷，并不感到寒碜，姑娘……”

听了最后这句话，热尔曼娜脸唰地红了。

“我也不感到寒碜，”她说道，“首先，我要过什么东西吗！”

“没有……没有……穆谢特。然而，马洛蒂，你爸爸……”

他讲这话本无恶意，但是看见他情人嘴唇抖动，像孩子般抽泣，可爱的脖颈都涨起来，也就煞住话头。

“哼，怎么！马洛蒂，马洛蒂？说到底，这跟我有什么关系！太过分啦！说我告发了你，那是假话是谎言！哼！昨天晚上……在我面前……他竟敢说……我气得发狂！对了！我真想操起剪刀捅自己的喉咙！我真想捅破喉咙，倒在台布上，特意死在他的面前！你们两个都不了解我。哎！灾祸刚刚开始！”

姑娘极力拉粗她的细嗓门，用小拳头不住敲着桌子，那气愤的样子略显夸张，有点可笑；哪怕是最坦率的女人，在拿定主意之前，总不免做出点夸饰的举动来自遣。

卡迪尼昂没有打断她，反而头一次感到佩服。他产生一种不同于情欲的感情、一种从未有过的父爱的同情，觉得这个反抗的孩子可亲，觉得这个女伴比他更粗暴、更骄傲……难说呀！……也许有一天？……他对面凝视她，微微一笑。然而，姑娘却以为是同她对抗。

“我不该发火，”她冷冷地说道，“当初那样倒好了。对，我本该死在他们的砖房里，死在他们巴掌大的园子里……可是您呀，卡迪尼昂（直呼名字，俨如挑战），我原以为您是个男子汉。”

她全身绷紧，以便在嗓音撕裂之前讲完这句话。不管她竭力表现得多么大胆和自信，但是这阵工夫她已看出，除了父亲的住宅别无出路；那是躲不开的陷阱，很快又要把她关起来，而两个小时之前，她还怀着极大的希望逃离。她思忖道：“他叫我大失所望。”但是在思想里，她却说不清如何以及为什么使她失望。一对情侣虽然还面面相向，但相互已经陌生了。这个家道衰败的人拿出最后一点家当，天真地抵赎有产者的寻欢作乐，就以为仁至义尽了；殊不知这个野姑娘憎恶钱甚于穷困和耻辱……她穿过这头一个自由之夜，来向这个肚子开始发福的男人讨什么呢？此公从他务农兼从武的家族，只继承了孔武有力的体魄，犹如一个土绅士。小姑娘不过是逃出来的，她还因为感到自由而激动得发抖。她跑来找他，就好像投入罪恶；这也是长久滋生的幻想，迟早要跨出关键的一步，彻底堕落。某本书、某种坏思想，以及在呼呼的火炉旁、双手合拢放在丢下的活上、闭目瞥见的某种形象，以一种极大的讽刺突然浮现在她的记忆中。她幻想的丑闻，一种令人回头指点的丑闻，悄悄地与这女学生的冒失头脑合拍了。回家去，秘密分娩，几个月不见人，在一个蠢货的怀抱里恢复名誉……然后年复一年，年年都那么灰暗，在一帮孩子中间过日子，这情景在她眼前闪过，她不由得呻吟一声。

唉！真像一个孩子早晨动身去发现新世界，绕菜园走了一圈，结果又回到水井边，看到自己的头一个梦想破灭了，热尔曼娜的所作所为，仅仅是向大道之外徒然迈出的一小步。“毫无变化，”她自言自语，“没有一点新东西……”尽管明显的事实摆在面前，但是内心却有一个异常清晰的声音，证明过去的一切崩溃了，一个广阔的天地展现出来，证明存在某种意料之外的甜美东西，这种时刻终于来临。她在失望的纷乱情绪中，感到升腾起无声而巨大的喜悦，犹如一种预感。随便在什么地方，找一个避难所，哪里都没关系！一个人，一旦跨出家门，又发现身后的门轻轻关上，找个避难所又有什么关系？她硬装无视镇上的舆论，而这个放荡的侯爵却害怕了吧？无所谓！她在他人的怯懦中衡量了自己，但还是感到自己的力量。就从此刻起，她那放肆的眼神深处已映现逼近她的命运。

二人相对无言。在无窗帘的高窗中央，突然出现月亮，它纹丝不动，隔着玻璃显得一览无遗而又生气勃勃，近在咫尺，似乎听得见它淡黄光辉的颤音。

这时，好似一种有趣的巧合，几小时前马洛蒂所提的问题，又从卡迪尼昂嘴里讲出来：

“由你来说吧，穆谢特。”

由于她不开口，只是眨眨眼睛以示询问，卡迪尼昂又说：

“大胆提吧。”

“带我走。”她答道。

她拿眼睛审视衡量他，并做出最准确的估价，完全像家庭主妇端详一只童子鸡那样，然后补充一句：

“去巴黎……去哪儿都成？”

“先别说这个好不好？不点头，也不摇头……等你分了娩，孩子出了世……”

她已经欠起身，张着嘴，那吃惊的样子完全真实而且无法抑制似的：

“分娩？孩子？……”

说罢，她咯咯大笑，双手按住裸露的胸脯，脖颈朝后仰去，沉醉于自己响亮的挑战，那爽脆的嗓音冲向古老大厅的各个角落，宛如征战的呐喊声。

卡迪尼昂的脸涨红了。姑娘哭个不停，气喘吁吁地说：

“我爸爸嘲笑了您……您相信吗？”

说谎越大胆，就越能排除任何怀疑。做得逼真，就不用拿出证据。侯爵并不怀疑她讲的是真话。而且，他气得几乎要背过气去。

“住口！”他用拳头捶着桌子嚷道。

姑娘还一声声咯咯笑着，但已小心起来，眼睛眯缝着，两只小脚收拢在椅子下，随时准备噌地一下逃掉。

“该死！天雷轰的！天雷轰的！”可怜的受骗者重复道，同时摇晃着肉眼看不见的投枪。

一瞬间，他的目光同情妇的相遇，还是嗅出了圈套。

“等着瞧，看谁讲的是真话，”他气哼哼地说，“如果你那糊涂爸爸嘲笑了我，看我不打断他的腿！现在还是安静点儿吧！”

然而，姑娘只想面对面注视他，用长睫毛的眼睛察看他，拿他的困惑开心，同时因为感到自己如此危险狡猾，跟男人一样厉害而脸色刷白。

有半晌工夫，侯爵烦躁地扯着自己的胡须，心里嘀咕：“这事真怪……究竟哪个骗了我？……”况且，谎话从来没有如此入耳，酷似一种未加考虑的自卫举动，跟喊叫一样出自本能。

“怀孕没怀孕，我都不会把话收回来，穆谢特，”

他终于说道……“破房子一旦卖掉，我一定找个两个人的窝儿，一定在通向河边树林的半道上，找一间猎场看守的房子，安安静静地生活。以烟斗发誓，到头来很可能结婚……”

这位老兄动了感情；而姑娘却平静地说：

“明天咱们就去吧？”

“嗳！小傻瓜，”他真的动了心，高声说道，“老实说，你讲得也太轻松，就好像星期天傍晚要上街散步似的……你还未成年，穆谢特，法律可不是开玩笑的。”

此话有七八分诚恳，但他农民本性根深蒂固，不肯贸然许诺，还等待一声欢叫，等待拥抱和眼泪，总之，等待能使他摆脱尴尬处境的动人场面。然而，狡黠的姑娘却由他讲去，自己嘲讽地保持沉默。

“哼！”她说道，“一间猎场看守的房屋，要等这么久，我可不干。像我这年龄！待在您说的河边和树林，我该是什么脸色啊？……如果再也没有人需要我，那我也许会感到不自在吧？”

“这样可能不会有好下场。”侯爵不屑地反驳道。

“我才不管什么下场呢，”姑娘拍手高声说，“况且，我呀……我自有主意。”

卡迪尼昂只是耸了耸肩膀，热尔曼娜觉得伤了自尊心，又说道：

“一个现成的情人……”

“可以打听打听吗？”

“那一位什么也不会拒绝我，而且有钱……”

“年轻吗？”

“比您年轻……没错儿！总归相当年轻，只要我的脚在这样的桌子底下捅一捅他，他准会心慌意乱，脸色白得像块台布。”

“看来……”

“一个受过教育的人，甚至可以说有学问……”

“我猜到了！……议员……”

“你说对了！”姑娘高声说；她的脸通红，眼神显得惶恐不安。

她等待对方发火，可是侯爵晃了晃烟斗，仅仅答道：

“但愿你幸福美满！一个顶呱呱的对象！有两个孩子，还有一个总盯着他的悍妇……”

话虽如此，声音却颤抖……这种挖苦话根本骗不过警觉的小姑娘；她注视她情人的每一个动作，估量了把他俩隔开的桌子的宽度，只觉得心剧烈地跳动，手掌又潮又凉。不过，她感到自己轻捷如小鹿。当然，要是从前，一两个情妇，卡迪尼昂也就不当回事了。就在昨天，他还不怕失掉金发的穆谢特，倒因为被一个可笑的对手当场抓住自己说谎而无地自容。他也毫不怀疑穆谢特供出了他，而在他天真自私的心里，指责她这种懦弱行为是犯罪，决不肯宽恕。尽管如此，他最恨的、出自农民本性恨之入骨的那个男人的名字，还是搅得他心乱如麻。

“像你这样一个机灵的姑娘，是决不会让人乘虚而入的，”他说道，“有种的就不会说谎。爸爸卖劣质啤酒，还卖女儿……有什么卖什么。”

穆谢特极力摇头，还要故逞英雄，可她毕竟初出茅庐，迎面遭受这种卑鄙下流的侮辱，一时屈服了，呜呜哭起来。

“你要是活得年头长，还会听到许多不堪入耳的话，”侯爵平静地继续说道，“卡莱的情妇！大概还不避讳爸爸吧？”

“在巴黎，等我愿意的时候，”穆谢特眼泪汪汪，结结巴巴地说，“对！在巴黎！”

她双手按着桌子，十个小爪抠得桌子吱咯作响。各种意念纷乱如麻，搅得她昏头涨脑。千百种流言，无数谎话，在头脑里像蜂群一样嗡嗡喧闹；五花八门的念头，个个都很奇特，刚一形成就立即打消，在头脑里川流不息，宛如连续不断的梦境。从全部思想活动中，迸发一种难以言传的自信，好似生命的勃发。刹那间，甚至时空的界限，在她面前似乎也降低了，时针跑得跟她这初生之犊的果敢一样迅疾。她生来除了囿于习惯和成见的幼稚的网，没有受过任何约束，除了惹人议论，也想象不出别种恶果，如今像在海上遇难而登上了神奇的岸，她举目望不到边。不管领略多长时间邪念的又苦涩又甜美的欢愉，也绝不能事先消除终于作恶中魔时的可怖的快乐——如获重生那样初次反抗的可怖的快乐。因为，罪恶在心灵扎根又久又深，而满含毒汁的鲜花仅仅盛开一瞬。

“在巴黎？”卡迪尼昂。

穆谢特看出来，他渴望追问，却又不敢。

“在巴黎，”她的面颊更加光洁，眼神冷淡，重复说，“对……在巴黎，在我家—— 一个漂亮的房间——自由自在……所有那些议员先生，就是这样同女友交往的，”她极沉着极严肃地补充道，“这谁都知道……法律，难道不是他们制订的吗？咱俩之间，算了，已经了结，而且早已如此！”

那位康帕涅的立法者神情忧郁，脾气坏到了骨子里；老婆又厉害，嫉妒成性，耗尽他的精力而又不能满足她。他遇见啤酒酿造者的女儿时，的确不止一次表示了慈父般的感情；而这种感情的真意，绝骗不过一个狡黠的姑娘。事情不过如此……然而，诡诈的穆谢特却借题发挥，敢于说谎说到天亮。每个谎言都带来一种新的快感，只觉得胸口像受到爱抚似的收紧了；这个夜晚，就是挨骂挨打，甚至送命，她也要撒谎；她要为撒谎而撒谎。后来想起来，她觉得这种奇异的冲动好似快意的梦魇，好似她从未有过的最疯狂的自我消耗。

“怎么不可能呢？”卡迪尼昂心下暗道。“瞧这个傻姑娘，”他高声断言道，“瞧她，居然听信一个不讲信义的草包、一个说空话的家伙，那是个最大的酒囊饭袋！姑娘，他像对待他的选民那样摆布你！呸，议员的相好！”

“随您笑个够，”穆谢特说，“更糟的也见过。”

这个乡巴佬的鼻子平时红润，喜气洋洋，现在变得比他的面颊还要苍白。他憋着一肚子气，双手插在宽大的丝绒上衣里，来回走了一会儿，接着朝他情妇走了几步。然而穆谢特始终留心，为了避开她的危险的对手，她小心翼翼地绕向左边，跟他总是隔着桌子。不过，他垂着眼睛走过去，径直走向门口，锁上门，把钥匙放进兜里。

然后，他反身坐到扶手椅上，冷淡地说：

“小丫头，不要再把我惹火了。既然你愿意，我就让你在这儿一直待到明天，我这样无所图，只图个高兴……这可冒风险。现在，要乖一点儿，要是可能，就回答我。这些话，全是开玩笑吧？”

穆谢特的脸也跟她的小细脖一样苍白。她咬着牙，回答：“不是！”

“算了！”卡迪尼昂又说，“你想让我相信？……”

“没错，他是我的情夫！”

她放出这句新的谎言，如同吐出一口又苦又烫的液体。等到听不见自己声音的回响了，她就感到心力衰竭，就像往下荡秋千那样。她的声调几乎骗了她自己；她向侯爵抛出情夫二字时，双臂叉在胸前，那动作既天真又不要脸，就仿佛这具有魔力的字眼会当众把她的衣服扒光似的。

“见鬼！”卡迪尼昂高声骂了一句。

他已经腾地一下冲起来。动作极快，可怜的小姑娘判断错误，猛一闪，却险些撞到他的怀里。他俩在客厅的角落里相遇面对面愣了片刻，谁也没有讲话。

姑娘又已逃脱，跳上一张椅子，见椅子要翻，她又蹿上桌子，怎奈高跟鞋在胡桃木桌面上打滑，干伸手却无东西可抓。侯爵已伸手抓住她的腰，猛然往后一拉。她摔得昏头昏脑，像猎物一样被胖男人抱走，只觉得重重地摔在皮沙发床上。随后一分钟，她只看到一双眼睛；那双眼睛的目光开始凶狠，继而渐渐流露出惶恐的神色，又流露出惭愧的神色。

穆谢特又重新自由了，只见她披散着头发，黑袜子从折起的裙子下露出来，站在灯光里扫视周围，却寻找不到那个可鄙的主人，只依稀看见一个大暗洞，以及油灯照在墙上的反光。她这是愤怒已极，气花了眼，同时还感到剧烈的肉体疼痛难以忍受，但主要是伤了自尊心，而不是伤了肢体……她终于发现了他，猛地觉得血液如潮涌入心田。

“好了！穆谢特，好了！”卡迪尼昂不安地说道。

他不住嘴地说着，张开双臂，小步逼近，想重新抓住她。但动作并不粗暴，如同要逮住他的一只怕人的鸟儿。可是这回，姑娘却逃脱了。

“你这是犯了什么毛病，穆谢特？”卡迪尼昂反复说道，但声音不免游移。

穆谢特远远地窥探他，那张美丽的小嘴狡狯地咧着。“难道她在做梦？”他又想道……因为，他已经勃然变色，并于恼怒中突然上来欲火，此刻他感到的困惑多于内疚；况且，他对情妇向来不手软，酷似在激烈的赌博中的一个寸步不让的对手。他认不出穆谢特来了。

“你倒是说话呀！”他见她不吭声，气急败坏地嚷道。

然而，穆谢特在他面前一步步退却，忽然朝门口逃去；他急忙把座椅推过狭窄的过道，想堵住她的去路；姑娘吓得尖叫一声，轻捷地一跳躲开障碍，他反倒气喘吁吁，愣在原地。过了一刹那，待他转过身来要追，只见姑娘闪电般跑到客厅另一头，踮起小脚，伸直胳臂，正极力够挂在墙上的东西。

“喂，哎！放下爪子，小疯子！”

只要猛蹿两步，他就一定能及时赶到，缴下她的武器，但碍于虚假的羞耻而控制住了。他不慌不忙地走上前，沉稳的脚步俨如一个不会轻易罢休的人。因为，他看到他的内击猎枪，一支精良的安森牌猎枪，正操在他情妇的手里。

“怎么着！”他边走边说，如同吓唬一条危险的狗。

穆谢特又恐惧又气恼，完全慌了神儿，仅仅呻吟一声；同时，她举起了枪。

“傻瓜！枪有子弹！”他还要讲下去……可是，一声枪响，就好像把他最后一句话堵在嘴里。子弹击中下巴，炸开了下颚骨。枪口离得极近，以至油乎乎的飞绒穿过脖颈，沾到了领带上。

穆谢特打开窗户，逃之夭夭。

四

卡莱大夫写好信，又往信封上写地址；他的字体纤巧，下垂笔画非常圆畅。这时，他的园丁蒂莫莱翁来到身后，说道：

“热尔曼娜小姐要我告诉先生……”

马洛蒂小姐已经出现在门口；她穿着一件紧身黑大衣，手里拎把雨伞。她像阵旋风卷进来，急促的脚步踏在石板的回声还未在她身后消失。

她冲着园丁咯咯大笑，园丁也笑起来。窗扇半启，夜晚气味透进来总是那么令人心旷神怡；皮椅边上的淡黄褐色光顿时熄灭了。

“找我有什么事，热尔曼娜小姐？”卡莱大夫问道。

他急忙封上信。

“本来爸爸要来通知您，镇议会的下次会议改在本月 9 日举行；可是……正好我路过这儿……”她像往常一样平静地回答，讲到“镇议会”和“改在本月9 日”时，强调的语气特别怪，弄得蒂莫莱翁不知为什么还大笑不止。

“走吧！走吧！”卡莱先生把信递给园丁，生硬地说道。

他目送园丁，一直到房门重新关上。

然后，他说道：

“你这是什么意思？”

“你想马上知道吗？”她反问一句，并随手把雨伞横放在皮椅上，“告诉你，我怀孕了，就是这事儿！”

“住口，穆谢特，要不，说话就小点声。”他嗓音哽噎，终于变成窃窃私语。

“我不准你叫我穆谢特，”马洛蒂小姐反驳道，“叫我穆谢特，不行！”

她将大衣扔在椅子上，站在卡莱大夫面前。

“你可以弄清楚，”她说道，“这事儿，谁乍一听也绝不相信。”

“有……有多久了？”

“大约三个月。”（她开始不慌不忙地解裙子，牙齿咬住一个别针。）

“可你原先没有对我……现在你承认……”

“嘿！嘿！承认！”她没有放下别针，尽量笑道，“你可真会用词儿！”

她抿着嘴唇，眼睛的笑意无异于孩子。

“瞧你，总不至于在这儿脱衣裳吧！”康帕涅的大夫竭力恢复冷静，“至少到诊室去呀。”

“这有什么关系？”热尔曼娜·马洛蒂说道，“把门锁上就行了。到你诊室里，我会冻得发抖。”

大夫不屑地耸耸肩膀，可是，他嗓子眼发干，已经在斜眼观察她，姑娘则把一条腿放在扶手椅上，另一条卷起来，不慌不忙地解高帮皮鞋的鞋带。

“我这是顺便，瞧见了吗？”她解释说，“这双鞋挤得我脚疼死了，我穿着跑了一整天。你把矮帮麂皮鞋给我，星期四我撂在这儿，没错儿！就放在盥洗室箱子后边的板上。还有，你知道吗？今天晚上我不走了。我跟爸爸说，我可能去科兰古，到我马尔维纳姨妈家……我想，你老婆明天回来吧？”

大夫瞠目结舌，只顾听她讲，却没有注意到她那异常木然的小脸上，有种不稳与播动的神色，一种疲惫与困顿的神色，连笑意都因之变成怪相了。

“你也太不谨慎，最后非把事情搞砸不可，”大夫抱怨道，“起初，我只是在布洛涅或圣波尔同你见面，而现在呢，你找个碴儿就……你瞧见蒂莫莱翁了吗？对我来说……”

“不冒风险，一事无成，”热尔曼娜严肃地断言，“你还是先把我的鞋拿来，好吗？注意随手关上门。”

大夫脚趿拉一双毡拖鞋，身穿后摆很短、两肘发亮的紧领瘦礼服。姑娘目送她这位古怪的情人悄悄走了。

她想什么呢？或者，她什么也没想吧？这个满口黄牙的伪君子又可笑又可恶的样子，她甚至见而不怪了。更糟的是，她爱他。她尽其所能爱他。那天夜晚，马洛蒂小姐干了一件不可挽回的事，杀害了平和的侯爵，同时也杀害了她自己的虚幻形象，小马洛蒂。从那以后，她就同落空的雄心进行徒劳的搏斗。溜走，逃之夭夭，那就无异于不打自招；无可奈何，她只好回家，不顾廉耻地乞求父亲宽恕，在难以容忍的怜悯的目光下，越发显得驯顺和默默寡言，一点一点在自己的周围制造假象。“明天，”她心痛欲绝地自言自语，“明天，事情就会淡忘，我也就自由了。”可是，明天遥遥无期。第二天，从前挣断的绳索又重新捆住她。真是令人心酸的讽刺：牢笼变成了避难所，她只有在当初憎恨的铁窗里才得以喘息。她极力装扮的角色渐渐毁掉了自己的影像；支撑她的种种梦想，被烦闷这种无形的蛆啮噬，一个个坍塌了。她与之对抗的这个昏暗的小镇，又重新逮住她，重新合围消化她。

再也没有如此急转直下、如此不可挽回的堕落了。在穆谢特的记忆中，那个罪恶之夜犹如突然松懈的巨大努力，又如一件毁掉的珍宝；然而如今回想那个夜晚的每个插曲，她却看不出任何理由能证实这种记忆。她原先追求的东西，那个瞄准了的、第一次扑空而又永远消逝的猎物，她已不知赋以何名。再说，从前她又何尝叫得上名字来呢？噢！并不是那个横躺在地上的胖男人……但又是什么猎物呢？

其他一些姑娘，不管只活一天还是长命百岁，就匍匐在椴树下死掉吧！生活大门敞开的一瞬，展现其全部景象，犹如罡风抽打面门……继而重新合拢，像块岩石垂直跌落。

然而，那些姑娘并未杀人，或许仅仅想象过。她们毫无秘密可言。她们捋着褶边软帽下的灰带子，可能会说："当初我真疯啊！"她们永远也不会想到，在一个暴雨之夜，她们只要伸出小爪玩耍，就可能杀人。

除了这个人命案，跟卡莱的私情是热尔曼娜的另一个秘密，另一个无声的挑战。起初她丧魂落魄，投入了这个粗俗家伙的怀抱，抓住了这个漂流物。可是，反抗的姑娘凭着把握十足的狡计，很快就剖开了这颗心，有如切开一个脓包。她将一个可笑的小丑变成了一个害人精，这是追求作恶的乐趣，当然也是进行危险的游戏；这个害人精唯独她了解，是由她孵出来的，如同那些困扰青年的邪念，但是，她终于爱如至宝，把它视为她本人堕落的形象与象征。

尽管如此，她已经玩腻了这种游戏。

“给你。”卡莱说着，把一双鞋扔到小地毯上。

他见没有动静，当即感到奇怪。他依旧斜瞟了一眼，只见暗影里，小身子躺在皮椅上，双膝蜷曲，头歪向肩膀，一边嘴角微微翘起，脸毫无血色。

“穆谢特，穆谢特！”他叫道。

同时，他急忙走上前，用手指轻拂闭合的眼睑，眼睑缓缓微启，但眼睛还没有神。继而，她扭过头，呻吟道：

“我不知道怎么了，浑身发冷……”

他这才发现，她是光身穿着薄呢大衣。

“怎么样？”他问道，“睡觉啦？有什么新情况？”

他始终站着，脑袋俯向前，脸上一直挂着那副酸溜溜的笑容。

“这阵发作过去了，”他又说道……（他拉起她的手）“脉搏还偏快；这是习惯性的，没有什么。你不会生活……你要……你要……真叫人可怜！你咳嗽吗？”

他在她身边坐下，猛地拉开她的半合的领子。无与伦比的狐媚般的削肩一时裸露，哆嗦起来。可是，姑娘把他推开，但并不显得粗暴。

“等你愿意的时候，”他说道，“不过要承认，不先检查呼吸道，我就不能确诊。这是你抵抗力弱的部位。再说，你的卫生状况糟透了。”

他继续讲了一阵，这才发现穆谢特哭了。那双眼睛睁得大大的，凝视不动，那张小脸也很平静，弓形小口一直紧绷着，只是流泪，甚至没有一声叹息。

一时间，他瞠目结舌。在自己身边的这一个人身上，有一种无法理解的感情，他既想探询又恐惧；这种远远高出他本性的好奇心，使他瞬间显得高尚。然而，期待的惊呼却停滞在他嘴唇上；他脸涨红了，移开目光，沉默不语。

“你爱我吗？”穆谢特忽然问道，那哀怨的声调变得出奇地低沉和生硬。

随即她又补充道：

“我问你这话，是因为我产生了一个念头。”

“什么念头？”

“你爱我吗？”突然她又以同样声调追问。

说着，她站起来，神情十分激动，在半敞开的大衣里娇小的裸体，未免有些可笑，而眼睛里还是那副傲气荡然无存的神色。

“……回答我！”她又说道，“立刻回答我！”

“瞧你……热尔曼娜……”

“就这话！”她嚷道……“不要听这话！只要你对我说：我爱你！……对……就这样讲！”

她头往后一仰，闭上了眼睛；在颤动的嘴唇中间，露出雪白坚硬的牙齿；即使沉默不语，轻微的咝咝喘息声还隐约可辨。

“怎么的？”她问道，“就这些？你不敢讲？”

她凑到卡莱的脚下，双手捧着下巴颏儿，沉吟片刻……继而，她重新抬起头望他，眼神里漾溢狡狯之色。

“……说……说……尽管说呀，”她点着头说道……“我知道你恨我……但还是不如我！”她又严肃地说道。

随即她又补充一句：

“其实，你呀……你甚至都不懂怎么回事。”

“什么，怎么回事？”

“仇恨与蔑视。”她说道。

于是，她滔滔不绝地讲起来；她每次打开话匣子，都是因为偶然一句话唤醒了她心底的这一本能渴望；但唤醒的是这颗心灵本身，而不是这颗鲜为人知的小小心灵的喜悦与烦恼。在这裹着鲜艳皮肉的、已经遭受蹂躏的纤弱躯体的震颤中，在这双手时张时握的无意识的节奏中，在这个不知疲倦的肩膀与臀部抑制的冲动中，赫然显示出几分野性的庄严。

“真的吗？你从未感到……怎么说呢？这就像产生一个念头……像一阵眩晕……不由自主地跌倒、滑下去……一直沉到底层，沉到最底层，连蠢人的蔑视都达不到的地方……可是，老兄，即使在那儿，您也毫不满足，还觉得缺点什么……啊！从前……我真胆小！怕一句话……怕一个眼神……什么都怕。哎！那个桑尼埃老太婆……（没错儿！你认识她，她是拉若先生的邻居）……有一天，她就搞得我很难堪！——那天，我打普朗克桥上过，她一下子把她小侄女罗珥从我身边拉开……怎么着，难道我是瘟神吗，我心里嘀咕……哼！现在！现在……现在……现在……她的白眼，我敢于迎上去！那些假正经女人，见一个眼色就不知所措，对，见一个眼色就会扫兴，总幻想自己清白贤淑，即使在情夫的怀抱里也这样想，她们脉管里流的是什么血啊……感到丢人吗？当然，说起来，是感到丢人！不过，咱们私下讲，从第一天起，人难道寻求别的东西吗？这种事既吸引您，又排斥您……人怕它，可又不紧不慢地逃开……每次重新见到它，心总是一阵抽搐——它仿佛成为人呼吸的空气——我们的要素——可耻啊！的确，追求玩乐，就应当为了玩乐……只为玩乐！情人算什么！时间地点又有什么关系！有时……有时……深夜里……离这个打呼噜的胖男人不远，独自一人……独自一人在自己小房间里，夜深人静……我，受所有人指责！（我心想，指责我什么？）我起来……我倾听……我感到多么强有力！——而这身子却瘦小得可怜，小肚子这么瘪，乳房用手就能捧住；我走近敞着的窗户，就好像外面有人叫我；我等待着……时刻准备……要知道，不仅仅一个声音叫我！而是几百个，几千个声音！那就是男人吗？不管怎么说，你们只是些孩子——哼！一个个道德败坏，但终归是孩子！我敢向你保证！我觉得呼唤我的——这里还是那里，无论哪儿！……在滚滚的喧闹声中……另一个……在我身上自我作乐和自我欣赏……人或野兽……嗯，我疯了吗？……我简直疯啦！人或野兽抱住我……抱得紧紧的……我可恶的情人！”

她的咯咯笑声戛然而止，盯着她同伴眼睛的那副眼神也完全失去光泽，她如同死尸一样，奇迹般立在那里。继而，她双膝弯下去。

“穆谢特，”大夫站起来，认真地说道，“最后再讲一遍，你情感过分强烈，叫我害怕。我劝你冷静一点儿。”

他照这样讲多久也无济于事，穆谢特根本听不见了。她的身子难以觉察地朝前倾去，肩头滚到沙发床上。大夫用双手捧起她的小脑袋，只见那张小脸惨白，宛如石像。

“见鬼！”他骂了一声。

他怎么也撬不开穆谢特的上下颌，像牙刮刀捅在合拢的牙齿上咯吱直响。翻卷的嘴唇流了血。

他朝药房走去，打开门，在药瓶中间摸索一阵，挑了一个闻了闻，同时侧耳倾听，眼神慌乱，因为身后有个无声无息的人而感到不自在，心里虽不承认，其实却期待一声呼唤、一声叹息、玻璃反光中的一个信号，也说不清期待什么，反正只求打破这种迷人心性的氛围……终于，他转过身去。

穆谢特现在脑袋挺得直直的，端坐在地毯上，看着他走来，惨然一笑。在这笑容中，他仅仅看到一种无法解释的怜悯，一种上天赐予的、其温柔非人间所有的怜悯。上面的灯光直照在苍白的额头上，下半张脸则隐没在暗影中，因此，这一笑容只是隐约可见，显得格外谨慎而凝滞不动。乍一见，他还以为她睡着了；不料她却突然平静地说：

“你拿着这个瓶子，径直走过来，到底想干什么？放下吧！嗳，求求你，放下吧！听我说：刚才我犯病了吗？昏过去了吗？没有！真的吗？哼，还别说，万一我死在这儿，死在你家里！……别碰我！千万别碰我！”

大夫搭着椅边坐下，粗大的手一直拿着药瓶，样子未免滑稽可笑。不过，他的脸渐渐恢复往常那副阴沉、有时甚至凶狠的顽固表情。终于，他耸了耸肩膀。

“你可以说这是瞎胡闹，”穆谢特又说，声调依然那么平静，“然而就是这样。只要我一激动……激动……激动……最怕别人碰我了……就觉得自己成了玻璃体。对，正是这种感觉……成了一只空空的大酒杯。”

“机能过度增强，在神经性休克之后，这是正常的。”

“机能过……什么？这词儿真怪！看来，你了解这个喽？你治疗过我这样的女人吗？”

“有几百名，”他得意扬扬地答道，“有几名百……在蒙特勒伊中学，我见过严重得多的病例。在集体生活的少女中间，这种神经性发作并不少见。善于观察的人甚至认为……”

“这么说，”穆谢特说道，“你以为了解像我这样的女人喽？”

她住了口，继而突然说：

“哼，你说谎！你说谎啦！”

她俯过身去，抓住他的双手，低下头……与此同时，他手腕被利齿咬了，感到一阵钻心的疼痛。未待他反应过来，灵活的小畜生已经同他滚倒在皮垫上；他仰面朝天，只看见那副无垠的眼神，以及里边她那渐趋成熟的快乐……穆谢特抢先站了起来，笑着说：

“起来吧，起来呀！你这狼狈相，自己瞧瞧！像猫一样喘息，眼神还未定下来……像我这样的女人，老兄！……没有——没有第二个——能把你变成情人的……”

她凝视这个羽毛丰满的坏蛋。的确，几周来，康帕涅的立法者在她的温暖的怀抱里，开始了另一种生活。“咱们的议员发福了。”忠厚的人都这么讲。因为在从前，这个可怜的家伙一副瘪三相，除了他老婆，任何别的女伴见了将恨不起来。然而，他显肚子了。他寻欢作乐，非但没有安稳下来，反而新添了膘，再者，他不得不掩藏这种吝啬鬼式的快乐，便狼吞虎咽，绝不因讲空话而失掉一点一滴，要把这快乐囫囵个儿消化。他无时无刻不在装模作样，连他情妇都不免惊奇。穆谢特也许尚未完全认识到自己有多大力量，但是她说谎既微妙，死硬，又精细，从而显示了她的力量。倒霉的情夫在这种谎言中自得其乐；别看这家伙胆小，有时他还真想冒冒险，触触霉头，从中尝尝报复的麻辣滋味。他在夫妇生活中长期所受的气，也在这种冒险中像泥水泡一样破碎了。想到家里那位母老虎，从前他又恨又怕，现在却觉得是一种乐事了。那位不幸的女人一直怀疑有鬼，东寻西找，从地下室搜索到阁楼。在这受诅咒的四堵墙里，她似乎还是王后和女主人。（“也许我还当家吧！”便是她一句挑战的话。）可是又有什么关系！她已经不当家了……甚至她呼吸的空气，也被他窃取了：她现在呼吸的是他们的空气。

“我爱你，”医师说道，“爱你之前，我一无所知。”

“讲给你自己听吧，”穆谢特说道。（她又笑起来；可是这笑容，唉！日益呆板而又生硬了。）“我呀，你也知道，我的胃口从来就不大……胃口小……唔！我完全清楚……（因为，他听她讲话的神态故作轻松，却流露出指责和讥诮的意味。）你蠢到家了！你把我当成了放荡的女人！多么可笑！”

她笑也无济于事：她这略微提高的声音，显示出一种野性的骄傲。她的眼神，又一瞥，斜刺向内心，又溜走了。这眼神所真正保留的人性，唯有这种自负固执的、女性所特有的一丝憨愚的模糊表情。

“然而……”大夫想辩解。

穆谢特捂住他的嘴。他嘴唇上感到她的五根手指。

“啊！女人模样俊多有趣呀！追求我们的男人总是美的。但是，我们天天渴望的男人，还要美上千百倍。你呀，老兄，你的眼睛就像那种男人。”

她把他的头往后扳，目光好一直探到他浮肿眼皮的里面。这独一无二的火焰如此鲜明，升腾得如此之高而又虚狂，是前所未有的。一时间，康帕涅的议员真以为自己迥若两人。他情妇的阴险意志似乎看得见，摸得到了；他呻吟一声，手臂朝她伸去。

“穆……穆谢特，”他哀求道，“我的小穆谢特！”

她由他搂住。然而，她在他的怀抱里，目光却盯着倒霉的日子。

“好……好……你爱我……”

“哦，”他说道，“刚才……”

“等一下，”她说道，“我得穿好衣裳，都冻僵了。”

听她重新说话的时候，他看见她已经扣上大衣纽扣，双手交叉放在膝盖上，两脚乖乖地收拢在一起，整个人缩成一团。

“老兄，折腾了半天，你怎么都没给我检查呢？”

“等你愿意的时候。”

“不！不！”穆谢特嚷道，“有什么必要？下次再说吧。况且，这事儿，我比谁都清楚；再过六个月，正如大家讲的，我就当母亲了。多妙的母亲！”

卡莱先生的目光随着地毯的图案移动。

“听到这消息我感到意外，”他终于说道，那严肃的口气颇为滑稽，“刚才我本来要解释的。这次怀孕不太对头。老实说，这话也有充分理由……不过，你又该发火了。”

“不发火。”热尔曼娜说道。

“你我二人，在爱情方面，既不怀成见，也没有顾虑。卫生保健学是一门跟数学一样精确的科学。怎么能相信一种每天都被这门科学揭穿的道德呢？婚姻制同其他事物一样在演变，这种演变的终点，我们医生称为自由结合。我尊重你，把你看成是主宰自己命运的自由女子；我这里绝不会冒失地影射什么，谈起过去一定十分谨慎。不过，我有充分理由断定这个怀孕期要早。我确信检查一下——如果你允许的话——就会证实这种先验的诊断。我只求你给我五分钟。”

“不行！”她说道，“我改变主意了。”

“好吧。那我就暂时说到这种程度。”

他白等了半晌，对方没有气愤地叫喊，争辩，甚至没有怏怏赌气，只是久久地沉默，这再次令他深为诧异。刚才听他说话的时候，他的情妇神情木然，现在则陷入沉思；在这种时刻，穆谢特的面孔显得很憨厚。

“科学真妙，”她终于说道，“别人什么也瞒不了您。然而，我并没有说谎……你瞧瞧嘛，这还看不出来呢……就是！不管怎么说，我相信，你不会让我为难。”

“你乱说什么呀？”卡莱先生说道。

“过三个月也好，六个月也罢，我不会生孩子。我永远也不会生孩子。”

他笑道：

“你真叫我吃惊！”

可是，她那锐利的目光又抬起来，射向他。

“哼，我并不那么傻！我知道这样处理，对你们这些人来说易如反掌。一、二、三、扑哧！完了，飞了，什么也没了……”

“你要我干的这种事，小家伙，是一种违法的严重行为。在这方面，我也照例直言不讳。不过，处于我这种地位的人，必须考虑舆论，要说偏见也可以——那些偏见也许很可观，肯定很有市场……法律就是法律。”

难怪这么讲，当时他就想到，穆谢特的冒失行为已经把他暴露；一个情妇泄露阴私的时候，要轻率得多！

“我干这行，小家伙，用不着你来指点，”他又得意扬扬地说道，“我跟人相爱，绝不会晕头转向，连起码的小心都丢在脑后……况且，有的症状你搞不清，也许胡乱解释。即使怀孕了，穆谢特，你也不是跟我有的。”

“别说了，”她笑着高声地说，“这事儿好办，我干脆到布洛涅去。总不至于说，我要你上天摘月亮吧？”

“单纯讲诚实，我也责无旁贷，还有个义务……”

“什么义务？”

“我必须提醒你，人工流产总是危险的，有时会丧命……就是这话。”

“就是这话！”她说道。

说着，她起身走向房门，脚步很轻，几乎是恭顺的。然而，她拧门把手，怎么也拧不开；起初她还有点迟疑，接着越来越焦躁，乃至惊慌失措。她退回几步，直退到诊室，停在那儿，脸上没有一点血色。她自言自语，岔声地重复好几遍：

“这使我想起点事儿，可是什么事儿呢？”

难道是雨打玻璃窗的响声吗？还是完全黑下来

的夜色？抑或更为隐秘的原因？卡莱跑到门口，拧开锁，把房门完全打开。他打开了门。主要不是为了放出他的情妇，而是为了放出他的恐惧、他本人的风险——他也说不清是什么，反正就在周围空气中，伸手可及——差点讲出来而又不该听到的话——为了放出神秘的供认——那嘴唇已经颤抖，恐怕憋不住多久了。他的动作十分突兀，完全是下意识的，以致在昏暗的走廊里回身转向灯光，他突然同伫立不动的情妇面面相对，不免感动惊奇。

不过，他怕人讥笑，虽瞠目而未结舌，赶紧说道：

“丫头，你要是这么着急走，我也就不留你了。只求你原谅我刚才锁上了门，”他深谙礼貌之道，又补充说，“我没有考虑，是顺手把门锁上的。”

穆谢特垂着眼睛听他讲，脸上没有一丝笑意。继而，她从他面前走过，垂着头离去，脚步依然那么驯顺。

这种服服帖帖的态度出人意料，康帕涅的医生全然困惑不解了。在这种严重关头，许多笨伯总有话要讲，又总是马后炮；他也不例外，看到争吵的结果只是噤声了，实在有些扫兴。在马洛蒂小姐走向临街房门这一瞬间，卡莱的狭窄头脑终于考虑成熟那句关键的话：那句话既灵活又坚定，既不会失面子，又会把穆谢特叫回来，让她乖乖坐到绿棱纹布的扶手椅上。然而，他一看到那只可爱的小手触着门把手，一看到那黑黑的身影挺立在门口，整个可怜的身躯只迸发出一声呼叫：

“热尔曼娜！”

他一下抱住她，把她弯曲的身子搂在胸前，用脚猛一踢关上门，然后把她扔到空椅子里。

随后，他仿佛用力过猛，一时消耗了全部勇气，面无血色，随便坐到身边的一张椅子上。穆谢特头发散乱，已经朝他爬来，双手伸向前，眼神因惶恐而惨淡无光，更加哀求地反复说：

“别丢开我，别丢开我。今天不要把我赶出去……刚才我做了个梦……噢！多可怕的梦……”

“厨房门已经关了，蒂莫莱昂又出去了……好像有人……”战败的英雄轻轻推开情妇，悄声说道。

可是，穆谢特两条胳臂却搂住他的胸脯。

“留下我！我发疯了！我从来不害怕。这是头一回。完了。”

卡莱又推开她，扶她躺到沙发床上。可她马上又起来。她的面颊已经红润了，但还机械地重复：“完了……完了……”不过声调变了。

卡莱刚离开一下，几乎立刻又回来，一副疑虑重重的样子。

“我简直摸不着头脑，”他说道，“水房门开了，厨房的窗户也开了。然而蒂莫莱昂并没有回来；我看见他那双木鞋还在台阶上……”

他做了一个可怕的怪相，提高声调对他情妇说道：

“瞧你让我做出多荒唐的事来！”

穆谢特微微一笑。

“这是最后一次。以后就老实了。”

“该死的蒂莫莱昂！真的，这里像座磨坊！”

“你担心谁呀？”

“有一阵，我以为是我老婆回来了。”大个子男人天真地答道。

他觉得应当马上补充一句：

“有时她就这样，回来也不打声招呼。”

“让你老婆消停点吧，”穆谢特答道，她已经完全平静下来了。“要是回来，我们就会看见她了。我也要请你原谅，我可怜的小猫，我刚才那通闹也太讨厌了！你要是放我走就对了，反正我要回来。我离不开你，我的猫咪……嗳！不是你所想的缘故，”她抓住他的手，提高声音说，“咱俩不会为一个微不足道的孩子吵翻，而且我向你保证，他绝不会出世！我不愿意在这里闹出丑事。至于风险，我才不在乎！不是这些缘故。我需要你，是因为此刻你是唯一我对着不说谎的男人。”

见他耸了耸肩膀，穆谢特又说道（她说得很快，有一种迷人的热情）：

“你以为这无所谓。看来，亲爱的，你跟我不大一样。我小时候常常撒谎，并不觉得好玩。如今，这更由不得我自己。在你面前，我愿怎样就怎样。讨厌的小疯子，不是在扮演角色，而恰恰是令人厌恶的角色。咱们来来往往，吃喝到死，为什么就不能像牲口一样，根本不考虑别人呢？在中心屠宰场门口，你会看到在卡盘旁边的牛还吃草，而胳膊血红的屠夫看着它们大笑。我真羡慕那样！甚至我还可以对你说……”

“得了，得，得！”康帕涅的医生打断她的话，“你还不如一五一十地告诉我，为什么刚才？……喂！看样子，你倒是服服帖帖、老老实实地听进了我的道理；看样子，你甘心去找别人——我不想了解，也不想知道他们的姓名——去找别人做那件危险的、有争议的事，按说，我可以承担这种责任；可你也不生气就走了，那副神情就像挨了打的狗，唯唯诺诺……而突然间……唔！唔！你觉得我太好奇，可你却不知道：这正是我们所说的一种病例，一种特别值得注意的病例……突然间，只因为门锁上了，一下子推不开，你就发起谵妄，真正的谵妄！……（模仿她）‘刚才我做了个梦……！’我冲过去抓住了你。你那样子怪极啦！你要上哪儿去？”

“你想知道吗？可说了你也不会相信。”

“你就说吧。”

“我要去寻死。”穆谢特平静地答道。卡莱狠劲用巴掌拍膝盖。

“你跟我开什么玩笑！”

“你愿意这么说也可以，”她不动声色地继续说道，“当时我看见伏鲁水塘，就像现在看你这样真切，我要跳进去。那水塘在农场附近，边上有两棵柳树，从树中间回头望去，能望见古堡的青石板瓦。你让我跟你怎么说呢？这是些蠢话。我完全清楚……当时我发疯了。”

“糟糕！”康帕涅的医生高声说着，冲向门口，“这回，楼上有人走动！是她的脚步！”

由于她咯咯大笑，他便用眼睛瞪她，目光凶极了，使她感到最好收敛点儿，赶紧用小手帕捂住余下的笑声。

她听见他的拖鞋一直趿拉到楼梯，头几个梯级咯吱响了，接着肃静下来。他又回到她面前。

“是泽勒达，”他说道，“我看见她的旅行包放在一楼的楼道里。她一定是乘二十点半的火车，好省一夜的旅馆费。我怎么没有料到呢！她回来有十分钟，也许有二十分钟了，谁知道呢？……溜吧！”

他在极度的屈辱中，虽然尽量拿架子，但还是急得直跺脚。然而，穆谢特却冷淡地回答：

“现在轮到你发疯啦！你怕什么呢？是爸爸派我来的。我不能像个小偷一样逃走，那也太愚蠢了。再说，你房间的窗户正对着埃罗莱特街，她会看到我的。出了三天门，一声不响就上楼去，这可不正常。她听见了我们的谈话吗？那更好。隔着房门，从来听不清什么话。别争。冲她嘿嘿一笑！等她来，我们就亲热地向她问好……”

卡莱信服了。穆谢特的手也真麻利，转瞬间，每件物品都放回原地。垫子恢复鼓囊囊的形状，扶手椅也都背靠墙排好，药房的门关上，灯在绿罩下平静地放光。当马洛蒂小姐重新坐下的时候，周围一片假象，连四壁都替人说谎。

“现在就等着吧。”她说道。

“等着吧。”卡莱重复道。

他的目光最后一次环视室内，又放心地移到他情妇身上。中间隔着一定距离，年轻的女患者神情专注，准备聆听这位从事可敬职业的医师百无一失的预言。

“她怎么敢把腿盘得那么高？”卡莱茫然无措，仅仅注意这一点。

现在她住了口，卡莱才明确感到，他刚才接受的主要不是情妇的道理，而是她的声音和语调。

“实在幼稚，”他心里反复嘀咕，“幼稚。她到这儿来，可以有一百条理由解释！……”

然而，一想到马上要随着这任性的姑娘说谎，在多疑而阴险的敌人面前扮演角色，舌头就好像粘在上牙膛了。

这时，他突然又寻觅穆谢特的目光，却不见踪影了。她的诡诈的眼睛已经酝酿出新的秘密，凝视着他头上的墙壁。卡莱有预感，确信此后必遭一场祸。他的罪恶就在他面前，在光天化日之下，昭然若揭，是他要这个不容置疑的见证待在身边！假如不是恐惧把他钉在原地，此刻他一定会把穆谢特从窗户扔出去。他一定会跳到她身上，如同人们要踩灭在装运火药的船舱旁边燃烧的信管。然而太迟了。这个怯懦的人过分顺从，结果手无寸铁，落到冤家对头的手里。一句话还未讲之前，他就听见了（然而，打破沉默的声音既清晰又甜美）：

“你相信地狱，我的猫咪？”

“也真会挑时候，还说蠢话，”卡莱随和地答道，“求求你，至少等一个更好的时机，再讲这些令人费解的笑话吧！”

“哎呀呀！嗳！算啦！那阵发作已经过去了，放心吧。你这样子就像等待刽子手，迟早要把我惹火。现在你有什么危险呢？根本没有。”

“我只担心你，”卡莱说道，“真的，你这个伙伴不大可靠……”

穆谢特只是笑笑，不屑回答。沉默良久，同样平静而甜美的声音又说道：

“我的猫咪，马上回答我：你相信地狱吗？”

“当然不相信了！”卡莱冒火了，高声答道。

“你发誓。”

他无可奈何：

“好，我发誓。”

“我早就知道，”穆谢特说，“你不怕地狱，却怕你老婆！傻不傻！”

“穆谢特，住口，”他哀求道，“要不就滚……”

“要不就滚！嗯？刚才你把穆谢特留下，现在后悔了吧？否则，她此刻就会在满是青蛙的水塘里，那张可爱的小嘴灌满了泥，一声不吭了……大宝宝，别哭咧咧的了。你还瞧不见，我说话，特意放低声音。

可恶的胆小鬼！你怕她，却不怕我！”

他又哀求道：

“你这么捣乱，有什么好处呢？”

“一点好处也没有，真的，一点也没有。我绝不想坏你。不过我要问，你干吗不怕我呢？”

“你是个好姑娘，穆谢特。”

“没错儿，一个好姑娘。你跟她在一起，只图快乐。刚才你证明了这点，对还是不对？穆谢特的孩子，见鬼去吧！”

“孩子不是我的！”卡莱恼火了，高声说道。

“就算不是你的。我也没要求你承认他。”

“是没有（他们声音压低了），你仅仅要求我干一件违背良心的事。”

“等一会儿再谈你的良心吧，”穆谢特答道，“你拒绝帮忙，结果使我睁开了眼睛。别以为我跟你找碴儿吵架。我爱你，既不是因为你漂亮——你自己瞧瞧尊容——也不是因为你大方；倒不是责备你，你也够吝啬的！那我爱你身上哪点呢？别瞪着一对眼珠子看我！爱你的罪恶……你会说：这是小说里的话呀！……你要是知道……不久就能知道的事……你就会明白我完全跌入了最底层，到了你的地步……我们在同一个洞底……在你面前，我没必要说谎……没必要！你看不透我的心；你以为我报复……不对！老弟。真的，今天，我可以做到百分之百的坦率。对，现在不讲，就永远没有机会了。我把你逼到墙角，我可怜的猫咪，你逃不掉了。我谅你都不敢提高嗓门……就是这样！”

她本人说话声音也低极了，卡莱不觉俯过身去，那姿态相当天真。这熟悉的巧舌、这近似寂静的氛围、泽勒达在他们头上的平稳的脚步，以及蒂莫莱昂边做饭边哼一支蹩脚歌曲的声音，终于使他放下心来。他感到盯在他身上的目光，但还是不敢抬眼正视……

“真烦人！”他心中暗道。

然而，命定的信号已经写在墙上。

穆谢特深深呼吸，又说道：

“况且，我要现在讲，也是为了你，为了你好……瞧，我们相爱几个星期了，谁也不知道，谁也……热尔曼娜小姐在这儿……议员先生在那儿……嗯？我们藏得严实吗？保险吗？卡莱先生同一个十六岁的姑娘做爱。谁想得到呢？你老婆又如何？老实承认吧，老恶棍，你在这里，在她眼皮底下，在她嘴巴底下欺骗她，（她也活该！）这是你的半拉幸福。我了解你。你不喜欢清水。因此，在我提到的那个伏鲁水塘里，我看见非常怪、非常奇特的动物，有点像千足虫，但是更长……忽而，你会看见它们浮到清澈的水面上；忽而，它们又沉下去，原地升起一团迷雾般的泥浆。喂，它们像我们。在蠢人和我们之间，还隔着这一小团雾。一个秘密，一个大秘密……你一旦了解，那么两个人就会更加相爱！”

说着，她身子往后一仰，无声地笑起来。

“无稽之谈！”卡莱说了一句。

穆谢特稚气地撇了撇嘴，神情不安地凝视他一会儿。继而，她重又眉开眼笑。

“我的话的确太多了，”她承认道，“其实是由于害怕。我说的全是废话。如果现在泽勒达进来，我究竟会高兴还是恼怒呢？等一等！等一等！先听听我的：爸爸嘛，不是你。不是！猜一猜？……是侯爵……对……对……是德·卡迪尼昂侯爵……”

“无稽之谈！”卡莱重复道。

穆谢特的嘴唇颤动起来。

“吻我的手。”她突然说道，“对……吻我的手……我要你吻我的手！”

她的声音低下来，恰如一个没有得到预期效果、不知所措而又不肯甘休的演员。与此同时，她把手掌按在她情夫的嘴上，随即又猛地移开，语气特别夸张地说道：

“你刚刚吻了杀掉他的手。”

“完全是无稽之谈！”卡莱先生第三次重复说。

穆谢特极力鄙夷地一笑，但抑制的笑声十分冷酷而惨厉，不得不戛然而止。

“神经错乱，”康帕涅的医生郑重地说，“要是换了另外一个人，现在就会承认这些症状。不过，你是个神经质的姑娘，有酗酒的遗传，两三年来进入青春期，又忍受过早怀孕的痛苦，在这种情况下，这类意外的表现并不少见。请原谅我这样讲：我是对你的头脑，对你的良知讲的，因为我知道，这类病人进入谵妄状态，从来不会完全糊涂。承认吧：这是开玩笑吧？是一般人可能开的玩笑，无非有点过分吧？一个恶作剧。”

“一个玩笑。”她结巴起来……

一股怒气在胸间激荡，但是被她压下去了。失望的骄傲烈火，终于使她身上残留的疯狂残忍的青春期化为灰烬。她突然感到像孩童的可悲长姊——成年女子那样，胸膛里一颗心难以克制，头脑里的智慧又冷静又妥靠。

“在这种时机，不要放过我，”她高声说道，“否则就该轮到你哭了。随你怎么想；也许我保守这个秘密感到厌倦了，也许感到内疚？或许仅仅感到害怕……为什么我就不能像别人一样害怕呢？随你怎么想，但不要拒绝你的一份儿。况且，现在我已经说过头了。对！是我把他杀了。哪天呢？27号……几点钟呢？半夜十二点过三刻。（时针现在我还看得见……）……我摘下他的猎枪，枪是挂在镜子下面的墙上的……不对！也许我并没有十分把握枪里有子弹。其实有子弹。当枪口碰到他时，我开了火。他差点倒在我身上。我的鞋溅满了血，是在水塘里洗掉的。到了家，我还在盆里洗了袜子……情况就是这样！现在你信了吧？”她天真自信地断言道，“你还要别的证据吗？（一个证据她也没有拿出来。）我会拿出来的。只管问我好了。”

难以置信！然而，卡莱一刻也不怀疑她讲的是真话。刚听几句，他就相信了，她那眼神比她的嘴唇更能说明问题。然而，乍一听大为骇然，连恐惧的表情都凝滞了；不过，穆谢特在她情人脸上已经瞥见了这种表情。这个懦夫的痛楚达到了极点，即使没有爆发出来，也在他内心激起了全部的本能力量，并赋予这个半清醒的衣冠禽兽以一种几乎无限的能力来掩饰与说谎。卡莱定在原地，倒不是因为这桩罪行太可怕，而是因为在一瞬间，他看到自己同这个可恶的女友永远捆在一起了，虽不是行动的同谋，却是秘密的知情人。如何揭露秘密而又不暴露自己呢？既然阻止对方供认犯罪为时已晚，那就不妨说不信！还有什么良策呢？……不信！明摆的事实也不信。不！不！不！不！恐惧心理连声叫嚷。他已经想要力驳这“不”字！犹如一拳击在控告的可怕的嘴上……可是……可是……开庭调查已经结束，免于起诉……只不过：他全了解了吗？穆谢特还保留什么证据吗？即使她自首，他也能为之开脱：法官通常的固执、罪案的奇特性、对一个从前又可怕又可恶的人记忆的淡薄、马洛蒂家族的名望，尤其是身为议员的医生的证词，这些足以打消一位法官已经削弱的办案较真的态度。看穆谢特的激昂神态，以及她盛怒时可能讲的谵语，就可以推定这是发神经；况且，卡莱也毫不怀疑，这神经很快就要大发一通……然而，不管清醒还是发疯，这个不讲信义的人入狱之前，还会胡说什么呢？这些矛盾的假设，尽管在这晦气家伙的头脑里相继迅速闪过，他还是恢复农民的那种精明，无意嘲讽地说：

“我并不想惹你生气……也不想审判你的行为，即使有其事。引诱十五岁少女的营生，当然有风险……不过，既然你要求，我就要问问你。你是对一位朋友……一位忏悔师说话。(他声调惶恐，不觉压低声音。）……26 号至 27 号夜晚，你根本没有睡在家里吧？”

“就问这个？”

“那么你爸爸呢？”

“他当然睡觉了！”穆谢特答道，“不让人看见溜出门，这算不上多么机灵！”

“回去呢？”

“嘿，回去也一样！凌晨三点钟，老天打雷他也听不见。”

“可是第二天，亲爱的，消息一传开呢？……”

“他们跟大家一样，认为是自杀。爸爸拥抱了我。前一天他去见了侯爵先生。侯爵先生矢口否认。‘还是把他吓坏了。’爸爸说……他还说：‘娃娃的事好办；卡莱有威信。’他们的确想让你给出主意。但是我不干。”

“你什么也没有承认吗？”

“没有！”

“一干了……那件事……你就逃掉啦？”

“我只是跑到水塘去洗鞋。”

“你没拿什么，没带走什么东西吗？”

“我能拿什么东西？”

“你那双鞋怎么处理了？”

“连鞋带袜子，我全扔到炉子里烧了。”

“我看见了那……我检查了尸体，”卡莱又说，“显然像自杀；射击的距离近极了！”

“对，从下巴打进去的，”穆谢特说道，“我比他矮一大截儿，他径直走上前……他并不害怕。”

“那……那死者原先有什么东西……有什么信吗？……”

“信？”穆谢特不以为然地耸耸肩膀，“信干吗用？”

“看样子很可能。”卡莱想道。他惊奇地听见自己高声重复这种想法。

“你瞧！”穆谢特得意地说，“我头脑里的压力的确太大了！瞧着吧，现在，你的泽勒达可能来！我会像孩子一样乖。‘你好，热尔曼娜。’（她起身对镜子施了一礼。）您好，太太……”

可是，康帕涅的医生再也掩饰不下去了。刚才由于害怕，十分紧张，现在突然放松，他的诡诈态度便暴露出来，犹如一只被狗群追赶的野兽，一旦逃脱，便撒下一大摊尿。

“我的乖乖，你疯了。”他长出一口气，说道。

“嗯？什么？”穆谢特嚷道，“你……”

“你这套瞎话，我一句也不相信。”

“你不要再说一遍。”她含混地说了一句。

卡莱微笑着摆手，仿佛叫她冷静。

“听我说，哲学祖师爷，”她以哀求的声音又说道（她脸上的表情比声音变得更快），“刚才我撒了谎，完全是逞能。的确，我再也无法生活，无法呼吸，也无法通过这种可怕的谎言再生。唉！现在我全说了！相信我全说了，向我发誓好吗？”

“你做了一场噩梦，穆谢特。”

“你要把我逼疯了。我要是也怀疑这事儿，还能相信什么呢？嗳，我说什么呢，”这回她声音尖厉地又说道，“从什么时候起，一个凶手自首与悔恨的话，别人不相信了呢？要知道，我这是悔恨啦！……对……对……跟你说，我悔罪，就是要捉弄你一下。如果你硬是不信，那我逢人便讲我的梦，这少有的梦！你的梦！”

她咯咯大笑。卡莱熟悉这笑声，脸唰地白了。

“我太过分了，”他结结巴巴地说，“好吧，穆谢特，好吧，不要再说了。”

穆谢特同意降低声调，说道：

“我吓着你了。”

“有点儿，”他答道，“这会儿，你多烦躁，多冲动……这事就算了。现在，我的想法已经确定了。”

穆谢特打了个寒战。

“反正，你丝毫不必担心。我什么也没有看到，什么也没有听到。再说，”他不慎又补充说，“不仅我，谁也没有……”

“这就意味？”

“意味你这套话不管是真是假，总归像一场梦……”

“这就是说？”

“谁看见你出门了？谁看见你回家了？有何证据？没有一个证人，没有一件物证，没有一张字条，甚至没有一滴血……假设我自首，小鬼，咱俩就不相上下，真假难辨。没有证据！”

这时……这时，他看见穆谢特在对面忽地站起来；但是她的脸色并不苍白，恰恰相反，额头，面颊，乃至脖颈，全都鲜红鲜红，连太阳穴薄皮下的条条青筋都清晰可辨。可怜的姑娘握着小拳头还在威胁他，尽管她的目光已经只有强烈失望的神色，宛如最后一次呼唤怜悯。继而，这最后一缕光也熄灭了，眼中唯有癫狂在摇曳。她张开嘴，喊叫起来。

这种人间未有的哀怨只有一个音，时而尖厉，时而低沉，在这小屋里震响，这时周围已经传来隐约的嘈杂与急促的脚步声。康帕涅的医生出于本能，先是把瘦小僵硬的躯体一下子远远抛开，现在又极力捂住这张嘴，窒息这喊叫。他同这喊声搏斗，如同凶手同他身下还在跳动的心搏斗。他的长手一旦碰到震动的喉咙，热尔曼娜就没命了，因为这个惊慌失措的懦夫的每个动作都像在杀人。不过，他呻吟着按住的仅仅是小小的下巴，而任何人力都无法使其肌肉放松……泽勒达和蒂莫莱昂同时冲进来。

“帮把手！”卡莱恳求道，“马洛蒂小姐……发了神经，非常凶……正犯病……天哪，帮把手！……”

蒂莫莱昂抓住穆谢特的胳膊，把它们劈开按在地毯上。卡莱太太略一犹豫，便抓住姑娘的腿。康帕涅的医生终于腾出手来，将一条浸了乙醚的手帕扔到发疯的姑娘的脸上。可怕的叫声开始减弱，最后完全止息了。姑娘被制服，不再挣扎了。

“快去拿一条被单来。”卡莱对他妻子说。

马洛蒂小姐的身子不动了，被人用被单裹起来。蒂莫莱昂跑去通知啤酒酿造者。当天夜晚，用汽车把姑娘送到杜什曼大夫的疗养院。她生下一个死婴；一个月之后，完全康复出院了。

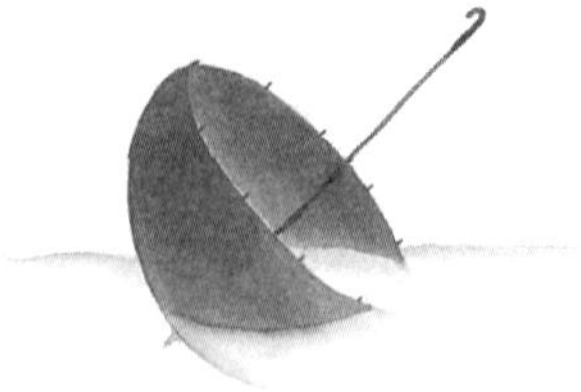

第一部　绝望的诱惑

一

“我亲爱的司铎，我的老朋友，”德芒日神甫最后说，“还能对您讲什么呢？今天，我实难认为您的顾虑合乎情理；然而，话不投机又令我惴惴不安……我要不是颇为了解您既谨慎又坚定，就会说您现在对区区小事太敏感……不过，也未免过分重视一个粗鲁的年轻教士。”

莫努－斯格雷神甫哆哆嗦嗦地把毯子重新拉到膝上，双手远远伸向壁炉，没有答话。他沉默良久，眼睛闪亮了一下，心里无疑谈锋逸出，说道：

“年纪带来的全部累赘中，经验则不可等闲视之，但愿您所说的谨慎与日俱增之时，丝毫没有损害坚定。毫无疑问，推理和假设并无终极，而生活，首先就是抉择。毋庸讳言，朋友，失误难免，老年人尤怕风险。”

“您还是故态依然！”德芒日神甫温婉地说道，

“您的心变化微乎其微！好像还是在圣绪尔比斯神学院的课堂上，听您同可怜的帕·德·朗蒂维争论，探讨本笃会隐修士的历史，诸如圣热尔特律德、圣梅茨尔德、圣希勒德加德……‘关于隐修第三境界，您有什么要讲的？’他对您说……‘首先一点，在所有这些先生当中，您锦衣玉食，是最讲究吃穿的！’”

“我也想起来了。”康帕涅本堂神甫说道……他的极为平静的声音突然不易觉察地微弱一点。他在厚厚的垫子里艰难地转过头，目视那些珍贵的家具。

“本来应当摆脱，”他说道，“始终应当摆脱。”

不过，他的声音立即又稳定了，又以爱自嘲、爱诘难他那颗伟大灵魂的语气说道：

“要想激起人的自由意识与向往，什么也不如风湿痛。”

“还是回到您的手下人吧，”德芒日神甫突然说道，他口气有点生硬，起初没敢抬眼望他的老友，“五点钟我要告辞。我愿意再同他见一面。”

“何必呢？”莫努－斯格雷神甫平静地答道，“观察了一天，也就足够了！他把我那匹可怜的士麦那种老马弄得满身泥污，差点把椅子腿折断；他也真会选择，挑了一张最贵重、最单薄的椅子……您还要看什么呢？您还要把他当作新手衡量审视吗？……况且，您要想见就见他吧。不过，上天明鉴，这一周，就因为我悉心宠爱的小摆设，这个一身黑服的傻大个，给我平添了多少烦恼！”

然而，德芒日神甫深知这位青年时期的伙伴，对他的情绪并不感到惊奇。在青年时期，德芒日神甫是德·塔尔日大人的私人秘书，十分清楚莫努－斯格雷神甫依仗明晰清醒的才华，闯过了一道道难关。此公酷爱独立思考，明白事理，令人折服，但处理事务表面上又显得冷酷无情，并以过分的客气，以及对空谈解决办法漠然置之的态度，使爱挑剔的人更明显地感到这种冷酷；热烈追求最高妙的灵性，但仅以思辨又难以满足，凡此种种，起初引起了主教的疑忌。这位当时的大教堂助理司铎，康帕涅的未来本堂神甫，由于得到年轻的德芒日的暗中帮助，尤其亏了他的高洁品质，终于赢得了主教的青睐；可惜这种宠幸来得太迟，那位情愿称作最后一位贵族高级神职人员的主教，于次年就故去了，把微妙的继位留给了总司铎得意的候选人帕普安大人。莫努－斯格雷神甫起初被新任客气地撇在一边，后来自由派议员竞选一失败，他就干脆失宠了；在议会选举中，他显然不大热心支持那位自由派候选人。激进派的卡莱大夫竞选获胜，则给这种司铎生涯以最后的打击。康帕涅本堂神甫的职位也有人觊觎，他就任之后，便守常处顺，在教区内致力于宗教和睦，听任两派串通一气损害他，也听任时而总司铎告发，时而主教责备。对这种游戏，对这种摇摆，他感到开心，而且比谁都善于品味其中的妙趣。

他继承了万贯家财，一直谨慎管理，并打算全部留给本家几位侄女；本人自奉节俭，却不乏高贵气派，形同流放的大贵族，给外省内地带去几分朝廷的举止与习俗；对他人生活颇为关注，但绝不诽谤，善于引出别人的话来，并以一个眼色、一句空话、一个微笑来探索隐秘。继而又率先要求肃静，迫使别人住口；他极识进退，具有高贵气质，可谓雅人深致，做客时出于礼貌而盛赞宴席佳肴，出于谦恭与仁慈又时而谈笑风生；他彬彬有礼，连本教区的最普通教士都入其彀中，总认为他是最宽容的人；他是个令人愉快而可靠的交往伙伴，目光敏锐而又不武断，性情宽厚，甚至对世事首鼠两端，也许还引人疑窦难决。

“朋友，”德芒日神甫轻声答道，“我看出了您的用心；您本来针对我，现在转而攻击您的副手。您未明言，却在指责我不理解，先入为主，谁知道还会指陈什么？圣诞之日，针对一个退了休的伙伴在心里打主意，实在仁慈之至！须知这位可怜的伙伴出于爱您之心而来，今晚回去歇息之前，还要跑上十几公里路呢！我果真能轻易判断您要我定夺的事吗？……不过，像从前一样，您的自信要冲破一切，要裹挟别人；这次您无非多添了几分和颜悦色……您责令我裁决，而我掌握的材料……”

“谁对您说材料啦！”康帕涅本堂神甫打断对方的话，“为什么不要调查和看档案呢？事关一次战役的胜败，人总要调动手中掌握的一切。我本人在权衡取舍的时候，并没有频频劳您大驾，可是我一旦确定……”

“总而言之，您期望我同意您吧？”

“一点不差，”年迈的神父沉静地答道，“我生来有几分胆量，而德行微不足道，且又年事已高，衰朽不堪，愚蠢地固守着自己的习惯、嗜好，乃至残疾，因此，在关键时刻，我极需一位友人的眼色与声音。这两样您都给予我了。一切顺利。余下的事情由我来处理。”

“顽固的脑袋！”德芒日叹道。“您想让我住口，等我重新远离您之后，就在这天夜里，我要不假思索地为您祈祷，而且比任何时候都更诚心。可是眼下，为了我良心的安宁，即使您可能打我，我也要简述一下我们的谈话，并得出结论。请让我说！让我说！”

他见康帕涅本堂神甫不耐烦地摆摆手，便高声说道，“我不会占用您多长时间。刚才我说到了档案材料，现在我要返回来。当然，我并不十分看重修道院的评语……”

“何必再谈呢？”莫努-斯格雷神甫说道，“评语一般，非常一般，但是天晓得是哪方面问题，究竟证明学生还是教师平庸呢！……不过，这儿有帕普安大人的一封信。还没有念给您听呢……劳驾把我的皮包递给我，在那儿，就在书案角上，再把灯移近点儿。”

他微笑着，把信纸凑到近视眼前，先浏览一下，然后念道：

“我不敢冒昧向您推荐我身边仅余的一个，我先是给了总司铎大人，但大人派不上用场。他受圣职不久，当然优点很多，可惜坏在暴躁固执得出奇的性情，既无教养又不文雅，极为虔诚，但热情有余而明智不足，一言以蔽之，尚未调教好。我担心像您这样一个人——（此处一小句惯用俏皮话，表现主教的讥讽）……我担心像您这样一个人，不能将就使用一个野小子；他无意当中，每天会冒犯您多少回。”

“您是怎么答复的？”德芒日神甫问道。

“大致如此：将就倒无所谓，大人，只要我能借到力，或者得到类似的益处。”

他以狡黠的恭敬口气讲这话，漂亮的眼睛含笑，显示出一种沉稳的胆识。

“总而言之，”老神父不耐烦地说，“据您供认，此人符合主教向您介绍的特点喽？”

“容有过之，”康帕涅本堂神甫高声说道，“百倍过之！况且，您也见到他了。他出现在一座如此舒适的房子里，实在违背常理。我让您来评判：使我风湿痛复发的秋风苦雨、散发煮沸油脂味的过热的火炉、来访者踩在我地毯上的泥脚印、入冬围猎的连珠炮般的枪声，对一个老神甫来说，这已经足够了。人到我这把年纪，就等待仁慈的上帝了，但希望他有朝一日进来，不要打乱任何东西。唉！进来的不是仁慈的上帝，而是个高个子青年。他宽宽的肩膀，善良天真到了令人齿寒的程度；尤其令人厌烦的是，他总那么小心翼翼，一双红红的手藏来躲去，穿着铁掌鞋走路尽量轻轻着地，说话也极力压低天生吆喝牛马的嗓子……我的塞特种鬈毛小狗不愿意嗅他，我的女管家为使他的两件教袍保持体面，不是刷这件，就是补那件，也感到厌腻了……教养嘛，丝毫谈不上。学问嘛，也就凑合看经书吧。不消说，他做弥撒十分虔诚，值得称赞，然而说话太缓慢，太做作，急得我在神职祷告席里直冒汗，尽管天气冷得要命！一想到在讲坛上面对如此高雅的听众，他的神情就那么痛苦，以致我不忍强迫他，宁愿让我这可怜的喉咙继续受罪。还要对您说什么呢？有人看见他整天在泥泞的路上奔跑，形同流浪汉，帮助赶大车的人推车，幻想教那些人讲一种少冒犯神明的语言；而他从马厩带回来的气味，使女信徒们纷纷掩鼻。最后一点，我还未能教会他输棋的雅量。一到九点钟，他就睡眼惺忪，我不得不舍弃下棋这种消遣……您还要听吗？够不够哇？”

“如果这就是您给主教报告的大致内容，”德芒日简短地下结论，“那我真可怜他。”

康帕涅本堂神甫的笑容立即消失，他那张表情一向丰富的脸凝滞了。

“应当可怜我，朋友……”他说道。

他的希望未遂的声调多么酸楚，一股脑儿表达了全部老态；这间寂静的大屋，一时间有死神光顾了。

德芒日神甫脸红了。

“有这么严重吗，朋友？”他带着感人的愧赧、真诚友谊的热忱说道，“我担心伤害了您，尽管不清楚何以至此。”

然而，莫努－斯格雷先生已经高声说道：

“伤害我？是我糊涂，难为您了。不要混淆我们的小事和上帝的圣事。”

他脸上依然挂着微笑，沉吟了片刻。

“我这人，聪明反被聪明误。我不该跟您打谜语，拿您困惑的样子开心。哦！朋友，上帝也跟我们打谜语……我原先过着平静的生活，或者说，我要极为宁静地结束一生。自从这个呆子进来，他未假思索，把什么都吸引过去，使我不得安宁，他在此处，仅此事实就迫使我选择。嘿！到了血流冷却减缓的年纪，又受此奇遇的煽诱，这实在是一场巨大非凡的考验。”

“您这样说明情况，”德芒日神甫说道，“那我只能对您讲，您的老友要求分担您甄选的责任。”

“太迟了，”康帕涅本堂神甫一直微笑着，继续说道，“我要独自承担。”

“……不过，老实说，”德芒日神甫又说道，“平心而论，我在这个年轻教士身上，看不出有任何东西能使您这样忧忧不安。我所听到的介绍令我困惑不解，却不能令我信服。这些助理司铎都是同一类人，过度热情而不识高低，天生是干笨重活的材料；他们在神学院受束缚，一旦就任圣职，几多年总要大肆消耗过剩的体力……”

“不要再做任何补充，”莫努－斯格雷先生大笑，高声说道，“我感到要讨厌您了。难道您怀疑我没有想到这种异议吗？我好歹也曾力图满足于这种报酬。一个人面对陌生的强大力量，只要还未在自身发现其征象，就不会毫不斗争而屈服，我厌恶粗暴；如此粗制滥造的诱饵，骗别人犹可，我决不上钩。当然喽，我并不是婆婆妈妈的人！我们都经过了艰难险阻，尽管那些笨伯一无所知……不过，这回却是另一码事。”

这位老神父迟疑了，脸也红起来。

“我不会表态。我有些担心，不知您有什么尚未明言就令我痛心的意念。唉！朋友，本来我心境恬然，凡事顺服，与世无争，倒也不乏乐趣。我从未向往过荣耀；我的志趣不在于施行圣事，而在于指挥。我何尝不希望别人愿意利用我。没关系，此事休休，我太疲倦了。精神上的一定程度的卑劣、势利小人称为谨慎的大人物的猜疑和仇恨，给我的心田灌满了苦水。我看见追逐高尚的人不亚于追捕猎物；我也看到伟大的心灵被轧成齑粉。然而，我憎恶模糊与混乱，而具有权威与等级观念。我期望这些被埋没的人才中哪个隶属我，而我则向上帝负责。但这遭到拒绝，我不再抱希望了。讵料……眼看我气力耗尽之时……”

“对您来说，再失望可就太惨痛了，”德芒日神甫缓缓地说，“要是换个人，抱这种幻想并无危险；可是，唉！我相当清楚，您办事一向不遗余力。您会扰乱您的生活，恐怕也会扰乱一个可怜的普通人的生活；他跟随您，可能并不会理解您……不过，您的眼里还是充满了天主的宁静。”

他懒怠地摊了摊手，表明他渴望结束这场奇特的谈话。莫努－斯格雷神甫明白他的意思。

“时间过得真快，”他掏出怀表，说道，“多遗憾，这个圣诞之夜，您不能同我一起度过……您到车上能看见一瓶陈酒，我把它仔细包装好了；可是路太坏，您要当心照看点儿。”

他突然住了口。两位年迈的神父相对无言，只听见路上传来平稳沉重的脚步声。

“请原谅，”康帕涅本堂神甫带着明显尴尬的表情，终于说道，“我得问问我的厄德利纳的同僚结束忏悔没有，今天夜晚的仪式是否全部准备就绪……您搀我一把好吗？我们穿过大厅，我要送您上车。”

他按了一下铃，女管家闻声进来。

“让多尼桑先生来向德芒日神甫先生道别。”他冷淡地吩咐道。

“神甫先生，”女管家结结巴巴地答道，“我看……我看神甫先生恐怕不能……至少这时候……”

“恐怕不能？”

“就是说……修理屋顶的工人……是这样，修理屋顶的工人说先撂下活儿……过了元旦再来干。”

“对了，我们的钟楼需要修缮，”康帕涅本堂神甫解释道，“下了几场秋雨，房架险些塌了；我只好派人把莫尔维尔的承包人叫来，就地找了几个没有经验的人，干这种相当危险的活儿。多尼桑先生就……”

他转过身来，以同样口吻对女管家说道：

“就让他穿那身衣裳来吧，没关系……”

“多尼桑先生请我允许他帮帮手……哦！他可不是帮一点儿！上周一天早上，我看见他登在梯子上，那寒酸的短裤淋了雨，紧贴着膝盖；他指挥吊厚木板，透过阵阵风雨高呼号令，在那上面显然比学期考试那天，在神学院的座席上自在多了……不用说，他今天又干起来了。”

“为什么您要叫他呢？”德芒日神甫说道，“为什么羞辱他呢？何苦呢！”

莫努－斯格雷神甫哈哈大笑，将手搭在他朋友的胳臂上。

“我喜欢跟您对质，”他说道，“我喜欢跟您对面而视。也许我耍了点手腕。不过，这可能是最后一次了；再说，在这种狡黠的背后，却有我要还您的热烈深挚的感情，有上帝的仁慈及其神圣的馨香。这种圣宠多么博大精微，多么紧紧地拥抱大自然，并以完全不同的途径，把你们两颗灵魂轻轻拢在一起，使它们以唯一之爱结合于现实，又丝毫也不强迫！魔鬼的诡诈不管多么劬劳繁复，也要枉费心机！”

“我跟您一样相信，”德芒日神甫说道，“还请原谅我一句话，您会觉得是老生常谈。我认为善良的基督徒，靠本身就能立于上天的灵光之下，犹如一个人体积体重的比例十分恒定与精确，以至他只要想休息，便可浮在水面上。即使没有某些奇特的命运，我想象我们圣徒以及一些强大温和的巨人也如此；他们的超自然的力量和谐地发展，那节律是愚昧之人所不能审察的，因为那力量仅仅关注障碍的高度，毫不判断腾跃的规模与范围。一个重物，我们费九牛二虎之力抬起来，累得龇牙咧嘴，而运动员则不费吹灰之力便拉过去，脸上的肌肉纹丝不动，依然精神抖擞，笑容可掬……我知道，您定会举您这副手为例来驳斥我……”

“我来了，神甫先生。”一个低沉有力的声音在他们身后说道。

他们不约而同转过身去。来者正是此后的兰布尔本堂神甫；他一副静穆的神态站在那里。过厅门口光线昏暗，他的身形因其影子而延长，乍一见颀长无比，继而，门蓦地关上，阻断灯光，那身形又显得矮小，几乎孱弱了。他的铁掌大鞋匆匆擦过，还有一层灰浆的白色；袜子和教袍溅得泥点斑斑，一双大手半插在腰带里，也是灰不溜秋的土色。苍白的脸同黑红的脖子形成鲜明的对照；汗与水混杂从面颊流下来；因为他忽然听说莫努－斯格雷先生呼唤，便急忙跑回房间洗了把脸。他平日衣冠不整，可以说相当肮脏，现在又套上一件新的、浆得板板的长棉外套，就更为显眼了；刚才穿外套时慌里慌张，一只袖子还可笑地翻卷着，在他粗壮的手腕上酷似手铐。抑或神甫及其客人持续的沉默终于令他困惑，抑或如康帕涅本堂神甫后来所想的，他听见了德芒日先生的最后几句话，反正他平时集中自然乃至不安的眼神，突然流露出极为忧伤的表情、极为揪心的仁爱，连粗犷的面孔都赫然焕发光彩。

“实在叨扰，不必相送，”德芒日先生怜悯地说道，“看得出来，您没有浪费时间，活儿抓得很紧……不过，能向您道别，我很高兴。”

他友好地点了点头，随即回身往外走，那冷漠的态度显然是装出来的。本堂神甫随他朝门走去；他们俩听见走廊里回响助理司铎的笨重脚步声，听来也许比平日还要笨重……外面，车夫冻得发抖，啪啪抽鞭子。

“这么早告辞，实在遗憾，”德芒日神甫在门口说道，“对，这个圣诞之夜，我很愿意，我特别愿意跟您一起度过。然而，朋友，我把您留给身体比我强壮、目光比我敏锐的人。老年人向死神学不到什么东西，倒是应当向摇篮里的婴儿学习！多么神奇的婴儿！……过一会儿，世界就开始了。”

他们俩并肩走下小台阶。空气清越，直达霄汉。辙道里的冰嘎嘎作响。

“一切都要发端，永远！——直至终场。”莫努-斯格雷先生突然说道，声调充满了难以名状的悲哀。

北风凛冽，吹红他的面颊，吹得眼睛周围出现青圈；他的老伙伴发现他冻得瑟瑟发抖。

“怎么搞的！”德芒日神甫高声说道，“这种夜晚，您没穿大衣，光着头就出来啦！”

的确，这种冒失行为比任何话都说明问题，表明康帕涅本堂神甫心慌意乱到了极点。不仅如此，德芒日神甫更为诧异的，确切地说，他深感惊奇的是，他头一次看见，头一次也是最后一次看见，在那张熟悉的清癯的脸上，滚下一滴眼泪。

“别了，雅克，”康帕涅本堂神甫说道，同时强颜微笑，“如果死亡有征兆的话，那么我违反生活习惯，忘记起码的保护身体的措施，这种异常的表现，恐怕就是大限将至的信号……”

此次分手，便成永诀。

二

多尼桑神父深夜才回来。许久，莫努－斯格雷神甫手里捧本书而不看，听见助理司铎在房间里踱来踱去的均匀脚步声。老神父想道：“摊牌的时刻不会再拖了。”他并不怀疑这种解释是必要的，但他过于审慎，一直不愿采取主动，把率先启齿的好处与难处一股脑儿留给年轻神父……周围完全静下来，唯有这单调的脚步在厚厚的墙壁中回响。“何必今天夜里，明天或再迟些时候不行吗？”莫努－斯格雷神甫想道。“德芒日神甫的来访，也许使我的心情烦躁不安。”然而，在一个不可避免的奇特事件发生之前的预感，比任何理性都更具有催逼的力量，他焦急地等待着，每分钟都增加他的不安情绪。忽听走廊的门吱咯响。

有人敲了两下门，多尼桑神父走了进来。

“我正等着您呢，朋友。”莫努－斯格雷神甫干巴巴地说了一句。

“我知道。”对方恭顺地答道。

但是，他立即又挺起身，直视本堂神甫的目光，声调坚决，一口气说道：

“我必须祈求主教大人把我召回图尔古安。我恳请您支持我的请求，丝毫不要隐瞒您对我的了解，丝毫不要姑息。”

“等一等……等一等……”莫努－斯格雷神甫打断他的话，“您是说：我必须祈求，对吗？我必须……为什么您必须呢？”

“堂区圣职我胜任不了，”多尼桑神父依然坚定地说道，“这是我上司的看法，我也清楚地感到这是您的意思：我在这里处处碍事。我这样一个本堂神甫，既没有经验，又没有智慧，也没有真正的尊严，连本区最穷苦的农民也会感到脸红。我这么多欠缺，无论如何努力，又怎么能期望弥补上呢？”

“不谈这个吧，”康帕涅本堂神甫又打断他，“不谈这个吧；我明白您的意思。您的顾虑无疑是有根据的。我准备请求主教大人把您调回去，但是事情并不见得好办。按说，这里要您办的事屈指可数。您说，难道还是太多吗？”

多尼桑神父低下头。

“不要耍小孩子脾气！”本堂神甫高声说道，“等一下您一定会觉得我的态度生硬；我必须如此。朋友，这个教区太穷，养活不起一个白吃饭的人。”

“我承认这点，”可怜的神父吃力地、磕磕巴巴地说，“老实讲，我还不知道……总之，我原先有过打算……想找……想找个修道院，起码暂时落脚……”

“修道院！您这类人，先生，开口闭口就是这个词。入修会的教士是教会的光荣，而您，先生，则是它的后备。修道院！那不是疗养地、避难所，不是医院！”

“的确……”多尼桑神父想说，但是话却含混不清。他即使万分激动，脸色也没有变白，通红的面颊只是微微颤抖，这是极度不安的心情唯一外露的迹象。甚至补充一句话时，声音也更加坚定了：

“那么，究竟要我怎么办呢？”

“要您怎么办？”康帕涅本堂神甫答道，“您终于讲了一句合乎情理的话。您承认没有能力引导和指教别人，又怎么能准确判断您自己的事业呢？上帝和您的主教给了您一位导师，孩子，那就是我。”

“这我承认……”多尼桑神父略微迟疑一下，说道，“不过，我恳求您……”

话未讲完。康帕涅本堂神甫断然地摆了摆手，已经迫使他住了口。这位老神父平日彬彬有礼，现在却突然脸色严峻，眼神凶狠，显得十分坚定。多尼桑神父又恐惧又好奇地看着他。

“事情很严重。您的上司让您领了圣职；我想，他们并不是轻易这样决定的。可是另一方面，您刚才承认力不胜任……”

“对不起，”痛苦的神父又打断他，声调依然低沉地说……“天哪！……同我的智力与手段相当的圣事，我并不是都绝对干不了。幸好，我健壮的身体……”

他不禁汗颜，立即住了口，觉得自己天真之极，竟以不像样的一条理由，反驳那么多令人信服的论断。

“健康是上帝的一种恩赐，”莫努－斯格雷神甫严肃地反驳道，“唉！我比您更了解健康的价值。您天生就有的力气，甚至在一些力气活中所表现出的灵巧，这些无疑是天主赋予您较低使命的信号……听了忠告，承认一个无意中的失误，难道说永远也不晚吗？……您还要再试一试吗……或者……或者……”

“或者？……”多尼桑神父冒昧问道。

“或者仍回去干老本行呢？”本堂神甫冷淡地断言道，“还有一句话，要知道，今天我只提出问题，并不解答。谢天谢地，您绝不是那种听了一句稍微明确的话，便吓得六神无主的年轻人。您绝不会不知所措。至于我么，我这是履行职责，尽管态度严峻。”

“十分感谢，”多尼桑神父又轻声说道，他的声音异常坚定，“这场谈话一开始，天主就给了我力量，听您讲出严酷的真话。天主为什么不能帮我坚持到底？是我恳求您回答您提出的问题。我何必要等下去呢？”

“天主啊……”莫努－斯格雷深感意外，喃喃自语……“老实说，几周的考虑……我本来想让您从容地……”

“何必呢，既然说我不可能准确判断自己的事业，我的确也没有这种能力。我要听听您的高见，而且越早越好。”

“您可能有思想准备，听听我的看法，朋友，但未必会毫无保留地听从，”本堂神甫更加生硬地驳斥道，“在这种情况下，激对方讲出害怕的事，并不是勇敢的表现，而是虚弱的表现。”

“我知道，我也不隐讳这一点！”多尼桑神父高声说道，“您没有看错。您洞察了我的思想。我是呼唤您的仁慈……哦！先生，我呼唤的甚至不是您的仁慈，而是您的怜悯，要您给我最后一击。我感到，我深信挨了这一击之后，我会有足够的勇气……还没有先例表明，上帝不肯扶起一个跌倒在地的可怜人……”

莫努－斯格雷神甫以锐利的目光打量他，说道：

“您就这么确信，我的主意已定，再也没有丝毫疑虑吗？”

多尼桑神父摇了摇头。

“判断我这样一个人，用不了多长时间，”他说道，“您不过是要体惜我。起码让我在天主面前，落个完全绝对服从的名声：发话吧，命令吧！不要让我心神不定了！”

“我同意，”本堂神甫沉吟一下，说道，“我只能赞成。您的用意很好，甚至是明智的。我理解您焦急的心情，想以决定性的一击战胜本性。然而，您期待我讲的话，还可能是超越您能力的一种诱惑。您想了解决定，好吧。您能执行吗？”

“我相信能执行，”多尼桑神父声音低沉地答道，“再说，我要接受并背负十字架，还能有哪天比今夜的思想准备更充分吗？是时候了。相信我吧，神父，是时候了。我岂止是一个无知、粗鲁、无能得可爱的教士。当初在小神学院，我完全是个平庸的学员；在大神学院，干脆说吧，我最后使大家都厌烦了。德芒日神父能说服主事任命我为助理司铎，这是他的仁慈创造的一个奇迹……智慧、记忆，乃至勤奋，我全都缺乏……然而……”

他犹豫了，但看到莫努－斯格雷神甫点头示意，便费力地继续说：

“然而，我还未能完全克服一种执着的念头……一种顽固的思想……别人的蔑视固然有道理，却在我身上唤起……极为炽热……极为猛烈的感情……仅以寻常的办法，我的确不能克服……”

他戛然打住，仿佛话说得太多而后怕了。本堂神甫的小眼睛异常专注地盯着他的目光。最后，他以哀求的、几近痛苦的声调说：

“因此，不要往后推了……是时候了……就在今夜，我向您肯定……您无法了解……”

莫努－斯格雷神甫霍地从扶手椅上站起来，以致可怜的神父的脸唰地白了。不过，老神甫神情贯注，只是拄着手杖朝窗户走了几步。继而，他忽然挺了挺身，说道：

“孩子，您这样驯服，我很感动……刚才对您一定显得唐突，不过现在还要如此。其实要表达这种意思，我变换上百种说法也不费难：我还是喜欢直截了当。您把自己交到我的手中……这是什么样的手，您知道吗？”

“请讲……”多尼桑神父声音低低而颤抖地说道。

“我来告诉您吧：您置身于一个您并不钦佩的人手中。”

多尼桑神父的脸色苍白如纸。

“您并不钦佩的人，”莫努－斯格雷重复道，“表面看来，我在此地所过的生活，无异于一个有钱的在俗教徒。不必隐讳！我几乎无所事事，令您感到脸红。那么多愚人称赞我的所谓阅历，在您看来非常空乏，对别人的灵魂也毫无益处。我还可以多列举一些，但这就足以说明问题了。孩子，在这种紧要关头，讲些委婉的客套话毫无意义：我准确地表达出您的感觉了吗？”

这忏悔实在奇特，多尼桑神父刚听几句，就敢于抬起愕然的目光，凝视这位可怕的老神甫，而且再也没有垂下去。

“我要求回答，”莫努－斯格雷神甫继续说道，“我等您回答服从，然后再做出决定。您有权不服从我。在这件事情上，我可以成为您的裁判，但绝不充当您的诱惑者。对于我们所提出的问题，只需回答是或否就行了。”

“我要回答是，”多尼桑神父突然平静地答道，“您加在我头上的考验实在严峻，我恳求您不要再延长了。”

说着，泪水涌出，最后几个字说得声音很低，莫努－斯格雷神甫勉强听见。可怜的神父拼命自责，把自己胆怯地祈求怜悯的行为视为懦弱的表现。不过，他经过短暂的内心斗争，又接着说道：

“我是奉命回答的，而现在，显然我应当等待和沉默了……然而……然而我不能……并不是天主要求我让您相信……凭良心讲，那不过是一个念头……一种无意的感觉……我这样讲不是想自我辩解，”他口气更加坚定地说道，“现在，您已了解我的坏思想……这样，天主就把我暴露在您的眼前……现在……现在……”

一瞬间，他的双手要找个抓处，长臂挥动几下，接着双膝一软，整个身子便扑倒在地。

“我的孩子！”莫努－斯格雷神甫呼叫一声，表现出深挚的悲痛。

他笨手笨脚地将毫无生息的躯体拖到沙发床脚下，再一用力，勉强搁上去。红皮垫子中间的头瘦骨嶙峋，现在一点血色也没有了。

“好了……好了。”老本堂神甫边自言自语，边用因痛风而僵硬的手指费劲地给他解教袍纽扣，但是衫布倒先撕开了。从开裂的领口露出带有血迹的粗布衬衣。

这时，凹陷的宽胸脯又开始起伏。本堂神甫猛地一扯，使他胸脯袒露出来。

“我就料到了。”老神甫说着，凄然一笑。

从腰根部直到腋窝，整个裹在用最结实的马尾编得很粗的硬套子里。这可怕的紧身衣上边系的细带勒得很紧，莫努－斯格雷神甫费了好大劲才解开。皮肉露出来了，由于苦衣的不堪忍受的摩擦而破损，仿佛受药剂腐蚀了似的；只见皮肤多处破坏，起了巴掌宽的水泡，伤面连成一片，散发出汗加血的气味。肮脏的灰褐色胸毛仿佛浸透了血水。肋部有一道更深的伤口，殷红的血一滴滴流出。这个不幸的人以为用一个麻布团紧紧压住伤口，就能够止住血呢。一拿开覆盖的布团，莫努－斯格雷神甫猛地抽回染红的手指。

助理司铎睁开眼睛。一时间，他的目光扫视这个陌生房间的每个角落，继而移向熟悉的本堂神甫的脸，流露出越来越强烈的惊异之色。突然，目光落到教袍撕开的大口子和血红的衬衣上；这时，他猛地往后一仰，双手捂住了脸。

然而，莫努－斯格雷神甫已经把他的手从粗糙的面孔上掰开，那动作极轻，几乎充满了父爱。

“孩子，天主对您并非不满意。”神甫用难以描摹的声调轻轻说道。

不过，他又立即恢复平时的口气，他爱用这种带点矜持的蔼然口吻掩饰他的温情：

“明天，您把这害人的刑具扔到炉子里烧掉，神父：应当找点好东西。上帝保佑，我不能只讲合乎常情的话：无论行善还是作恶，都必须发点狂。我责备您这种苦修是不慎重的：一位清白无辜的年轻教士，应当穿雪白的衬衣。”

“起来吧，”古怪的老人又说道，“靠近点儿，我们的谈话尚未结束，不过，最难启齿的话已经讲了……好了！好了！坐在这儿吧，我不会放开您的。”

他把年轻神父扶到自己的圆椅上，而且仿佛不经意似的，边说边把一个枕头塞到这个痛苦的人的头下。然后，他坐到一张矮凳上，哆哆嗦嗦拉过毛毯围住身子，沉吟片刻，目光凝望壁炉，只见火舌在他大胆的明眸中欢舞。

“孩子，”他终于说道，“您对我的看法，总的来说是中肯的，只有一点不准确：我自我评价，唉！比您想象的要严厉！我双手空空到达彼岸……”

他平静地拨弄燃烧的劈柴。

“您这人跟我大不一样，”他又说道，“您使我改变了主意。我向主教大人要您的时候，做了一个颇为可笑的梦，看到引见给我的是一个……哦，对……是一个评语不佳的年轻神父，缺乏我偏爱的、在堂区本来可以尽力培养的天资……在我即将走完人生旅途之际，天主啊，我肩负的可是一副重任！不过，能在孤独中宁静地死去，我也感到万分欣慰了。天意，孩子，会在我们埋头工作时突然显示……天意！……”

“……然而，是您在造就我。”他沉默许久，又说了一句。

听到这句令人惊异的话，多尼桑神父甚至连头也没有转一下。他那睁得圆圆的眼睛，丝毫没有流露出诧异之色；康帕涅本堂神甫只从他翕动的嘴唇发现他在祈祷。

“他们有眼无珠，不识精神的最宝贵天赋，”他又说道，“他们向来目空一切。我们是天主命名的。我们所用的不过是代名……孩子，力量的精神寓于您的身上。”

外面，拂晓的三钟经的头三下钟声响了，宛如庄严的警告，然而他们俩并未听到。劈柴渐渐燃成灰烬。

“现在，”莫努－斯格雷神甫继续说道，“现在，我需要您。换个别人，即使看得如此清楚，也绝不致像我今晚这样对您讲话。然而必须如此。我们生活到了这一时刻（这一时刻的钟声为每个人敲响），真理自天而降，赫然不可抗拒，而我们每人只要一伸胳膊，便能一下子浮到黑暗的表面，直至沐浴上帝的阳光。因而，人的谨慎不过是陷阱与荒谬。圣洁！”老神父声调深沉而高亢，“我在您面前，并单独为您讲出这个词，当然知道会给您造成多大苦恼！您也了解它的含义，即是一种天职、一种呼唤。您必须升华到上帝等待您的高度，升上去，否则便堕入地狱。不要期待任何人的帮助。我充分意识到自己所负的职责，又最后一次考验了您的服从和诚朴，因此我认为应当跟您坦率地谈一谈。您原来不仅怀疑您的能力，还怀疑上帝对您的安排，这就走进了死胡同；而我愿冒风险，把您引回正路上；把您交给等待您的人，交给要折磨您的灵魂……愿上帝祝福您，我的孩子！”

听到这最后几句话，多尼桑神父站起来，犹如一个中弹的士兵，在倒下之前本能地挺起身子似的。他面部表情呆滞，嘴唇紧闭，颌骨看上去宽大有力，额头蕴蓄着固执，而惨淡无神的眼睛，则表露了一种性命攸关的迟疑。他的目光游移许久，继而瞥见挂在墙上的十字架，随即又移到莫努－斯格雷神甫身上，凝视片刻，仿佛突然熄灭了。本堂神甫发现，他的眼睛只有盲目顺从的神色了；然而，这颗惶恐不安的灵魂的茫然失措，赋予这种顺从以圣洁的色彩。

“请您允许我告退了，”未来的兰布尔本堂神甫简单说道，他的声调还有些发虚，“听您这一讲，我真的以为自己陷入了六神无主的境地，不过，现在好了……我……我相信……自己是……您所渴望的样子……而且……而且，要是引诱我干力不胜任的事，天主也不宽容。”

说罢，他便走了出去，房门已悄无声息地关上了。

此后，多尼桑神父心情复归平静，而且平静得出奇，起初他本人都不敢深究。束缚或拖累行动的上千条绳索全部断了；由于上司的猜嫌或懦弱行为，被埋没了数年之久的异人，终于脱颖而出，大显神通了。他直面冲击的每个障碍，都在他脚下折服了。自此以后，这种意志的努力再也无所阻挡，几周的工夫，就开始向智慧升华了。从前，年轻的神父心如死灰，合上了书本，如今却天天通宵达旦，埋头经书，虽说吃力，可也钻了进去，那种专心致志的韧劲，犹如奇迹一般，令莫努－斯格雷神父深感意外。他就是这样掌握了经文的奥义；而这种哺育他思想的学识，他起初也总是不自觉地通过日常简单的语言表达出来。二十年后，有一天他狡黠地对莱尔杜主教大人说：“那年，我总共睡了七百三十小时的觉……”

“七百三十小时？”

“对，每天夜晚两小时……而且——咱们私下讲——我还打了点折扣。”

莫努－斯格雷神甫不敢贸然预测助理司铎内心斗争的结果，但从他脸上能看出这种斗争的每个波折。尽管可怜的神父还继续同桌用餐，而且极力装得跟往常一样平静，但是老本堂神甫却越来越不安地看出，形体上的日益明显的征兆表明，这种意志紧绷得到了极限，稍一用力就可能摧折。康帕涅本堂神甫无论多么练达与精明，或许正是被这些长处所误，他对这种精神危机的原因仅仅一知半解，但也不再想限制其后果了。他是多么睿智的人，深知多尼桑神父肯定不纳忠告，运用权威来讲些话，规劝他克制也无济于事，只好待机而动，可机会却迟迟不来。常常有这种情况，一个精明人再也控制不住他所激发起来的狂热，便担心帮倒忙，反而加剧他力图医治的伤痛。要是换一个人，而不是他这古怪的门徒，他就会更加安心地等待工作负担过重的机体的自然反应；可是此刻，这种工作本身恐怕未必有害，而是一种药方，如同只有一个固定念头的悲惨囚徒的野蛮的消遣吧？

况且，多尼桑神父外表毫无变化，终日忙碌，同时干好几件事。每天早晨，都能看见他走在本堂神甫住宅通向康帕涅教堂的陡峭小路上，脚步匆匆，而又不大灵便。他做完弥撒，又做了感恩祷告；祷告之短简，在很长时间都令莫努－斯格雷神甫诧异。他不知疲倦，紧接着又踏上布雷纳大道，只见他背着双手，朝前躬着长长的身子，在阔野里到处奔波。那片阔野前临大海，后靠康什谷脊，刮着凛冽的北风，道路崎岖难行；方圆人烟稀少，孤零零的房舍围着草场，四周又有铁丝网。草地上了冻，走在上面打滑。他往往要走很远，最后来到遍布牲口踩出深深泥印的水塘，才看见一道咯吱作响，还在腐烂的立柱中间挺着的破旧木栅。农舍就在附近的一道沟里。在灰蒙蒙的天空下，只能望见一缕青烟，或者栖着一只鸡的翘向空中的两根车辕。当地农民都爱笑谑，他们怀着戒心望着助理司铎的颀长身影，只见他穿着破了洞的教袍，立在坡下的雾气中，极力亲热地干咳。人家只开半扇门迎他进来，然后围着火炉聚精会神地等待，而他却金口难开。谁都能一眼看出他是背叛土地的农民，简直把他视为败类；对他尊敬客气的态度中，总掺杂几分随便与屈尊俯就，还略微显得鄙夷，听他简短的布道过程中，一直保持令人难堪的沉默……天黑返回的路上，他朝村子的灯光走去，口里还噙着羞辱的苦涩，心灵永远感到孤独，这该是什么滋味啊！……“我给他们帮的忙少，添的麻烦多。”多尼桑神父时常忧伤地说。他登门布道的怯懦样子，活像一个可笑的殉道士，因而获准停止了一段时间。现在他重又频繁拜访，甚至争取到最难堪的考验，代替莫努－斯格雷神甫去进行封斋节募捐；而那些心术不正的人则把募捐称为他们的巡回演出……“一文钱他也拿不回来的。”本堂神甫信不过他，心中暗道……不料每天晚上，这位古怪的募捐人回来，都把一个鼓得要爆开的黑呢钱袋放在桌上。这不足为奇，他像不计得失、勇往直前的人那样，渐渐对所有人产生了无法抵制的影响；因为说到底，睿智的人和谨慎的人，无非是爱惜他们自己。看到受侮辱者任人鄙夷，毫不回避，连最粗鲁的人的嘲笑声，都会哽在喉咙里。

“这副体形，真滑稽！”人们心中暗道，但难免有点尴尬。从前，这位可怜的神父坐到最昏暗的角落，用手指摆弄着自己的旧帽子，好久也想不出恰如其分的妙语过渡，惴惴然难以插嘴，没有机会讲出早已考虑好的话，最后一言未发便走了。现在，他一心同自身搏斗，要超越自我，也就无暇旁顾了。他力图超越自我，倒比想说服笼络别人有效得多，终于赢得人心，仿佛从缝隙钻进了别人的灵魂里。还一如既往，他从粪水洼中间匆匆穿过院子，惊得鸡群四处飞散。还一如既往，他用力啪啪跺脚，要跺掉鞋上的泥，而总有一个嘴里吮着手指的脏孩拿眼瞄着他。然而，一看见他出现在家门口，每人都默默地站起来。谁也摸不透这颗既渴望又恐惧的心，最小的障碍都能使之痛苦不堪，而任何东西也不能使之餍足。依然是这个羞怯的神父，他一见人家微笑就慌得要流泪，总要奋力从焦灼的喉咙中掏出每句话。然而，这种内心斗争，再也不会有所表露，丝毫也不会表露出来了。脸上不动声色，高高的身躯不再弯曲，一双长手也不大颤动了。他那深邃而不安的眼神洞幽烛隐，不事客套；他能开门见山，马上询问，跟人打招呼。最寻常的话，完全被习惯所歪曲的话，又渐渐恢复了意义，唤起一种奇特的反响。二十年后，圣吉尔的一个老佃农说："他一口念上帝，虽说声音挺低，但声调特别，我们听了心惊胆战，好像听到一声响雷……"

毫无雄辩力，也毫无天真风趣；况且，后来为麻木不仁的人大肆赞赏的那种天真，确否天真也无不值得怀疑。未来的兰布尔本堂神甫讲话吃力，有时每吐个字都费难。他还不了解同义和同音异义词游戏的窍门，不了解一种随顺语言节奏，并依样画瓢的思想所绕的弯子。他长期感到苦恼的是自己笨口拙腮，令人发笑，表达不出内心所感。现在他不再逃避，倒还能应付下来。一句话讲完而无反应，他也不再躲闪令人难堪的沉默，反而还要追寻那句话。这种意志从此不屈不挠；每次挫折，只能拉紧一度它的弹簧。他完全听从上帝的安排，直截了当，讲出要讲的话。不久，连最粗鲁的人都毫无戒心地聆听，不能不口服心服了，实难想象自己会上这样一个人的当；无论他带你去何处，你也能觉出他在同你一道上升。严酷的真理，由久思而得的一句话表达出来，别看现在猛然当胸击中你，却早已击伤了他。人们深深体会到，那真理宛似箭镞，是他从自己心上拔出来的。嗳！在教师看来，这些事迹无足挂齿，毫无非凡之处。这些全是普普通通的事情；而这个人，别人非听他不可，仅此而已……水壶在火炉上颤动与鸣叫，懒洋洋的狗把鼻子插在腿里正睡觉，户外大风吹得门折页吱扭作响，黑乌鸦在荒原上空拼命呼唤……他们侧目观察他，尴尬地回答问话，表示歉意，又为无知或习俗辩解几句，等他一住口，别人也都噤声了。

“您到底跟此地的善良人讲了些什么？”莫努－斯格雷神甫问道，“现在，他们完全转变了态度。当我提到您的时候，没有一个人敢正视我。”

的确，他一直避免直接向多尼桑神父提出要求回答是或否的问题……为什么？……当然出于谨慎，但也碍于一种隐秘的担心……怕什么呢？在这颗已经慌乱的心中，圣宠的结果具有凶猛暴烈的特点，令老神甫大为诧异。在那个圣诞之夜，康帕涅本堂神甫曾多么大胆地谈了看法；只要想起那场谈话，他总有某种难堪之感。因而自那以后，一直不愿意再旧话重提。再说，他的副手不是始终这么朴实，这么驯顺，始终这么恭恭敬敬，无可指责吗？……跟他接近的同事，谁也没有觉察出他身上的变化，对他依然是一副略带藐视的宽容态度，称赞他的热忱与虔诚。拉里厄本堂神甫是圣绪尔比斯神学院培育出来的，这位善良的老人充当他的忏悔师，每星期四听他忏悔，也没有表露丝毫不安的情绪。最后这一点，本来应当使莫努－斯格雷神甫放心，却反而令他失望到了难受的程度。

当然，他不止一次相信，以旁敲侧击的妙法重新确立了自己摇摇欲坠的威信。于是，他建议，暗示，命令，而未便明言的愿望就是听到点异议。哪怕自己必须听从副手的高明见解也好，至少会打破这种令人难以忍受的沉默呀！然而无奈，多尼桑神父唯唯诺诺，这一计谋也就不攻自破了。老神甫无论说什么，对方立即唯命是从。他以无情的洞察力轮番考验可怜神父的耐心与羞怯，譬如有一天，又临时让他做久已减免的主日训诫，但是这都枉费心机。就在那天，可怜的神父毫无怨言，急忙归拢几页写有他那农民式大字的纸，登上讲坛，讲解主日经；在活受罪的二十分钟里，他面无血色，两眼低垂，说话吞吞吐吐，磕磕巴巴，逐渐稍有生气，拼到最后，终于讲出几分可怜的事情物理……现在每个星期天，他都重登讲坛；当他住口的时候，窃窃私语声从一排排椅子传开，那是听众受了一阵极大束缚之后，放松时所发出的无可比拟的深深叹息……

“有点起色，”回来后本堂神甫说道，“不过还太空泛……太模糊……”

“唉！”助理司铎应道，他像要哭的孩子似的撅了撅嘴。

在午餐桌上，他的双手还微微颤抖。

这期间，莫努－斯格雷神甫又做了一个更为重大的决定：为他副手敞开了主持忏悔的大门。且说这一年，奥布尔丹本堂神甫听了主母会两位修士的劝告，决定退省。可是不巧，其中一位修士患了重感冒，不得不在受难周的头一天回瓦朗谢纳去了。于是，那位本堂神甫求康帕涅的同事把多尼桑神父借给他使用。

“他年轻，吃苦耐劳，正好应急……”

德尼萨纳神父曾跟康帕涅本堂神甫长谈过，介绍了他的学生多尼桑；老本堂神甫听从他的意见，一直不大派副手主持忏悔仪式。奥布尔丹本堂神甫由于不了解情况，也由于情有可原的误会，把自己的一部分事务交给未来的兰布尔本堂神甫，使他从星期四至星期六，即复活节前一天，始终没有离开忏悔室。奥布尔丹乡位于矿区的边缘，地域广阔，然而退省活动取得了巨大成功。复活节这天，这些神父身穿白色漂亮的新法衣，在祭坛上就座，看见圣餐桌前跪了数不清的人，自然心猿意马，不再盯着沉默的年轻助理司铎了。在黑暗和沉寂中，这位助理司铎第一次献身给罪人，他的老师，而且，罪人再也不会活着放开他了。由这种具有决定意义的晤面而产生的惶恐不安，或者无比甘美，多尼桑神父一直没有向任何人倾吐……不过，复活节的当天晚上，莫努－斯格雷神甫又见到他时，对他心不在焉的沉思样子十分惊奇，立即用异常生硬的口气询问，听了可怜神父的简单回答，还是不大放心。

不过，好久之后，多尼桑神父随口讲的一句话，倒像一束奇异的光，照亮了他生活的这段隐晦时期。“我年轻那时候，”他向格罗泽利埃先生承认，“并不懂得恶：我完全是通过罪人的口学会了解恶的。”

一周复一周，光阴荏苒，生活又平静单调如初，毫无特别担心的事由。自从圣诞之夜那次谈话以后，多尼桑神父一直沉默寡言，使老本堂神甫又痛心又失望；未来的兰布尔本堂神甫的唯唯诺诺和低眉顺眼的态度，也未能消除他难以名状的某种误会的苦涩。仅仅是误会吗？这位资深持重、博学多闻的老人，尽管极有主见，不至于迷惑于表象，但是日益感到一种无名的忧虑压在肩上。这个颀长的孩子，每天晚上回房睡觉之前，总是恭顺地跪下接受他祝福，并了解他的秘密，而他呢，却不了解这孩子的秘密。不管怎样坚持观察，他也难以在这助手身上捕捉到任何迹象，能从中洞悉他的骄傲与抱负的内心活动、焦急的探索、信心与绝望的情绪变幻、骗不过人的惴惴不安……然而……“恐怕我并没有永远搅动这颗心吧？再不然，难道焚毁他的火是纯洁的吗？”老神甫边找他躲闪的目光，心里边思忖道，“他的行为尽善尽美，无懈可击；他充满热忱，工作效率高，任圣职已见成果……还责备他什么呢？一直到老能有这样一个助手，多少人求之不得呢？他的外表像个圣徒，可是内心，又有某种东西在排斥，在防卫……他缺少快乐……”

然而，多尼桑神父尝到了快乐。

并不是那种鬼鬼祟祟的、无常的，时而滥施、时而拒绝的快乐，而是另一种更加可靠、深沉、均衡、持续的快乐，犹如生命中的另一生命，犹如新生命的成长。他无论追溯多久，也没有发现任何类似的感觉，甚至回想不起来曾经预感到或渴望过。就在此刻，他也是战战兢兢而又贪婪地享受这种快乐，仿佛赏玩一件保不住的珍宝，一离开就会殒命，而陌生的主人又随时可能把珍宝收回去。

没有任何宣示这种快乐的迹象，似乎它起始乃至持续，一直没有任何依凭，宛如望不见源的光，任何思想一沉进去便无踪影，就像广漠空野里的一声呼叫，不能越超第一道寂静圈……究其缘起，那还是在康帕涅本堂神甫为了特殊考验而选择的夜晚，圣诞节的残夜，在可怜的神父心慌意乱而躲避的房间里，在拂晓射出第一束光之时。难称白昼的灰蒙蒙之色升上玻璃窗，同时也升起积雪的无边的灰蒙蒙大地。但是，多尼桑神父没有看见，他跪在掀开罩单的床前，回想这次奇特谈话的每句话，极力要领悟其含义，继而思路猛地一转，因为曾经听过的一个词突然浮现，十分真切清晰，简直无法回避。于是，他又盲目地同一种新的更危险的诱惑搏斗。他惶惶不安到了难以描摹的程度。

圣洁！他天真得无与伦比，坦然接受从末流倏然晋入极品。他并不规避。

“必须升到上帝呼唤您的高度。”那一位曾说道。他受到呼唤。“升上去，否则便堕入地狱！”他完了。

他确信自己同这种命运难以相匹，紧张得连要祷告都张不开嘴了。可怜的灵魂承负着这种天命，重压之下，他感到一种人所不堪的疲惫。甚至比生命还要内在的某种东西，在他身上中止了。目光中印映着可望而不可即的杰作而老死在未竟之作前的艺术家；结巴着同他掌握不住的、如同逃散的牲畜一样的幻象搏斗的疯子；面对遭到蹂躏并暴尸于市的宠爱的肉体、只能眼神噙恨而噤声不言的嫉妒者，他们都不曾感到如恶毒尖刺的绝望扎得如此之深。这个痛苦的人看自己（他相信）从未如此真切清楚。无知，胆怯，可笑，永远囿于狭隘的虔诚，疑虑重重，性格内向，形单影只，独来独往，智慧与胆识贫乏，不能像伟人那样有惊人的善举、卓绝的冒失，总而言之，是最碌碌无为的人。唉！他的师长在他身上所赏识的，不就是从前得而复失的禀赋的残余吗！窒息的种子不会再生长，然而它却播下去了。童年奇异地同上帝连在一起，重又忆起千百种往事；噢，气杀人也！那些梦想，甚至那些梦想，他都曾害怕其危险的甘美，在狂热中逐渐将其覆盖……在永陷沉寂之前不过数日，听到的正是那令人难忘的声音。他不自觉地逃避了那只伸过来的圣手——甚至满含责备之意的显圣的面孔——继而逃避了山丘上的最后一声叫喊；而那久远的最后呼唤微弱得跟叹息一般。步步深入流放地，但是他一直标有特征，上帝的仆人刚才就从他的额头上认出来。

我本来可能……我本来应该……多么可怕的字眼儿！哪怕能克服片刻时间，他也会重新做主；正如战败的英雄，向亲近的人口述他的回忆录，总是不断重新估价，再现过去，以便扼杀尚在他心中蠕动的未来。强者自暴自弃，绝不会半途而废。一种坚定的理性，一旦越过某些界线，就会发狂到无以复加的程度。此人，后来四十年间，一直以耶稣－基督的目光审视罪人，即使对顽固不化的罪人也不会丧失希望，他像圣斯古拉斯蒂克一样，因广施仁爱而收获极丰；然而在这惨痛的时刻，他甚至没有勇气举目瞧瞧万灵的十字架。他没有产生这种简单的念头；而在一个基督徒的心灵里应当首先萌生的念头，似乎同我们无能之感和一切真正屈辱难以分开。

“我们虚掷了上帝的恩典，”一个陌生的声音，但以他的口音在他内心重复道，“我们被审判，被定罪了……我已经不存在了：本来我可以生存！”

二十年后，艾格贝勒镇的拉特拉普的未来本堂神甫，德·夏拉神父向兰布尔本堂神甫诉苦，说自己陷入内心孤独，甚至怀疑自己灵魂能否得到拯救，兰布尔本堂神甫则热泪盈眶，答道：

“求求您，不要讲了……您不知道有些话在我心中产生多大反响，即使在临终的病榻上，在天主的手中，我听了这些话也要受到惩罚。”

然而，德·夏拉神父一再哀求，并呼唤他那颗慈爱之心，不料却看见他霍地站起来，眼神失常，嘴角凶狠，手紧紧握住草垫椅子靠背。

“一句也不要再讲了！”他高声说道，惊得忏悔者定在原地。“我命令您！……”沉默一分钟之后，他依然脸色苍白，浑身颤抖，把德·夏拉神父的头揽到他胸前，用哆嗦的双手紧紧抱住，带着感人的羞愧之色说道：

“我的孩子，有时我就露出本相……可怜的灵魂，又来求助于更可怜的灵魂！……有些考验，我不敢向任何人透露，害怕别人不理解，出于对我的宽容，又要颂扬我受的磨难了……我多么需要祈祷，而别人给我的却是颂词！……然而，他们并不愿意醒悟。”

天完全亮了。在十二月份的凄清的早晨，光秃秃的小卧室显得简陋零乱：白木桌上的书籍散成一摊，靠墙的帆布床上的被单一角耷拉到地上，粗糙的壁纸失去了光泽……有一会儿，可怜的神父环顾如此逼近的四壁，只觉得胸膛有压抑之感。这种落入圈套、逃进死胡同的感觉实难忍受，他额头冰冷，双臂绵软无力，在无名的恐惧中，他猛地站起来。

突然静下来了。

犹如成千上万人的集会，在延续的等待中，嗡嗡声戛然而止……在一瞬间，深沉的空气波还缓缓地振荡，然后就退了下去。接着，刚才还喧嚷的人群，一下子全肃静了。

同样，在多尼桑神父的心中，矛盾所发出的隆隆的、咝咝的、吱吱的上千种声音，震耳欲聋，忽然一齐停止了。诱惑并未缓和，而是消失了。多尼桑神父的意志，在亢奋到极点时，感到障碍闪开了；这种松弛来得如此突兀，可怜的神父连肌肉都有所感觉，就好像脚下猝然踏空似的。不过，最后这种体验瞬间即逝。刚才还在越来越大的压力下绝望挣扎的人，此刻醒悟过来，比孩子还要轻松，宛如在美妙的真空里，乃至失去生存的意识。

这并不是宁静，因为真正的宁静仅仅是力量的平衡，内心的坚信像火焰一样从中迸发出来。赢得宁静的人，便再也无所期待；而他，不知道还等待什么新的、会打破沉寂的东西。这也不是一颗负载过度的灵魂寻到人类痛苦底层而安息时所感到的疲倦，因为它还向往彼岸。

同样不是一种伟大的爱的陨灭，因为在整个形体放松之际，心还在照看，要多奉献少接受……然而他无所希求：他在等待。

这是一种隐隐的、难于察觉的快乐，仿佛来自外界，既迅疾又频繁，几乎有些讨厌。轻如火星的欲望所产生的一个尚未明确定型的念头，又有什么可担心可期待的呢？……然而，正如乐队演奏高潮之时，指挥辨出不协调音的头一个微颤，但已来不及阻止其爆发了，康帕涅的助理司铎也不怀疑，他等待而又不了解的东西已经来到。

透过玻璃窗上的水汽望去，天穹下的地平线轮廓模糊，几近晦暗；反之，整个冬日，这个小房间里都充满乳白色的凝滞不动的光亮，寂静得像透过水层所见。多尼桑神父绝对相信，这种难以察觉的快乐，正是神明降临。

惶恐情绪消失，他记忆中又渐渐浮现曾使他意乱心烦的种种思绪；不过现在，就是这些也无力使他痛苦了。第一阵恐慌过后，他的记忆犹有余悸，只是小心地轻拂，然后才全部抓住它们。他渐渐兴奋，感到这些思绪被控制，不再伤人，变成了他神秘欢愉的婢女。在一闪念中，他觉得无不可能，已经登上了最高点。他原以为永远陷入深渊底层，然而被一只手忽地提得极高，以致他重又遇到他的怀疑、绝望，以及他那改观变美的过错。在人世每迈一步，都要付出痛苦的代价，可是一旦越过此界，目标便迎上来，疾如雷电。心中这种幻象虽然一闪即逝，但是灿烂夺目。一闪过后，一切仿佛重归昏暗，然而他却在同样温煦的光中生活呼吸了；瞥见复逝的影像，留下来的是一种难以描摹的预感，而不是他深感其快意会撕裂他的心的那种确信无疑。提携他的手离开一点点，随时准备伸过来，再也不会抛下他不管了……这种神秘的显像，他感觉十分鲜明，不由得猛一回头，好像要迎接一位友人的目光。

然而，就在这快乐的深处，依然存在喜悦化解不了的某种情绪。这种情绪令他不自在，令他恼火，犹如他不敢割断的最后一点联系……这联系一断，浪涛会把他冲向何方？……有时，这种联系松弛了，宛似一只走锚的船，他浑身从里往外都摇撼了……仅仅是一种联系要割断，一个障碍要克服吗？……不对。这种抗命的东西，并不是盲目的力量。它在感觉，观察，估计。它在搏斗以便确立……它，难道不是他自身吗？难道不是麻木而慢慢苏醒的意识吗？……根据使徒的箴言，快乐膨胀起来，直至灵魂和思想分离。用不了到那地步，人必死无疑。

不然！多尼桑转过头去，没有迎见任何友人的目光，仅在镜中瞥见他这苍白失态的脸。为时已晚，马上垂下眼睛也是枉然。他在这本能的举动中捕捉住自己，并极力识透此中含义。他寻找什么呢？一种始终模糊的不安的这种物质征兆，几乎跟一种看得见的真正显像一样令他震悚。对于这种显像，他现在不止是意识，简直有一种明确的、难以名状的感觉。他不再是独自一人……但是跟谁在一起呢？

怀疑，刚在他的头脑里萌生，就掌握了他的思想。他头一个动作就是要跪下祈祷。然而，祷告再次停留在唇边。卑微的痛苦呼声没有发出来：即使给予最后警告也无济于事。意志已经激奋，挣脱笼络它的手，另一只手又抓住了它；而对于这另一只手，它既不能期望怜悯，也不能期望留情。

啊！另一个是多么强大灵活，如有必要，又是多么有耐心，可是时机一到，他又疾如迅雷！有朝一日，兰布尔的圣徒将看清他敌人的面孔。这次，他必须盲目地接受敌人的头一回进攻、头一下打击。这个古怪的人一生拼命搏斗，最后凄凉死去。假如他识破了诡计，立即依赖天主的仁慈，不再奋力，只是呼救，他的生活又该如何呢？假如他变成一个身世跟故事一般的圣徒，变成一个拥有田产、面带小王子般微笑的和善之人呢？……可是，何必幻想呢？在关键时刻，他接受挑战，但不是出于骄傲心理，而是凭着难以抑制的冲动。他接近对手时，不是胆战心惊，而是切齿痛恨。他生来适于战争；他生途的每个拐弯总要有一摊血迹。

然而，这种神秘莫测的快乐，仿佛处于精神高度集中状态，依然在监视，几乎未受到搅扰，犹如风中的明亮的小火苗……荒唐啊！现在他居然转而反对它！这颗枯竭的心灵，从未得到过温柔抚爱，只默默忍隐地饱尝了忧伤，面对这不可思议的喜悦，它先是诧异，继而惊慌，终于恼怒了。在这神秘之感初升阶段，这个不幸的人就头晕目眩，心虚气短，丧失了全部力量，他将力图打破这种消极的沉思，打破这种表面闲适令他愕然的内心恬静……悄悄插进他和上帝之间的另一个，是多么巧妙地躲闪！他本人又是多么谨慎，机敏而又聚精会神，向前，后退，再向前……他亦步亦趋，重复踏着自己的脚印！

可怜的神父以为嗅出设置的圈套时，已经被上下颚钳住，越挣扎钳得越紧……在重又降临的夜里，细微的光亮在引逗……于是，他便挑战，几欲呼唤奇迹般驱散的惶恐不安。只要明了，哪怕明了最糟的情况，也强似在阴森可怕的黑夜，在岔路口疑惧地徘徊吧？这种无来由的快乐，也许不过是一种幻觉。在最隐秘、最幽深之处突然萌生的这种十分秘密的希望，既无目标，又难以确定，酷似骄傲心理的臆断……不对！施恩之举没有这种肉感的魅力……他必须连根拔掉这种快乐情绪！

决心一下，他就不再犹豫了。过一会儿就要在此完全献身，这种念头，在这个独一无二的人身上，标明了彻底失望的另一种火焰、他的力量与弱点，以及他的武器；后来有多少回，撒旦将他的武器反转来刺入他的心脏。现在，他的面孔冷冰冰的，黯淡的眼神流露出蓄意施暴的决心。他走过去把窗户打开。窗上原来的铁柱拆掉，换上了从圣器室的柜子底翻出来的铜链，那是莫努－斯格雷神甫的前任一时心血来潮干的。多尼桑神父用有力的双手抓住铜链，一下从固定它的两根钉子上拉下来。过了一分钟，这个奇特的惩罚器械便呼啸着抽到赤裸的脊背上。

只有一句偶然听到的话、几位常客的见证，以及用隐晦的语言难得讲的贴心话，才能使人想象出兰布尔本堂神甫点滴的奇特苦修，因为他守口如瓶，不向任何人吐露实情。甚而，他的狡黠不止一次蒙过了好奇心；有位名作家是个灵魂问题迷（如人们所云……），来找这样突出的范例，被愚弄一阵回去了。如果说某些苦修行为，例如严峻程度超越情理的斋戒，我们大致完全了解，那么其他更为严酷的自我惩罚的秘密，则随他一起进入坟墓了。他临终向一位友人祈求说要怜悯就不让任何医生来给他看病。护理他的那个可怜姑娘，当时在布雷斯镇当使女，后来成为圣母会的嬷嬷；她提供情况说，神甫的脖根和肩膀伤痕累累，好几处伤疤有小手指厚。在他第一次发病的时候，拉瓦尔大夫就已经注意到，他肋部烧灼的旧伤痕很深，不免在他面前微微流露出惊异之色，这位圣徒羞得满脸通红，但始终沉默不语……

“我早先也干过荒唐事……”一天晚上，他对达尔让神父说。那位神父正给他念《荒漠神父生平》的一章，不禁以目光探询。他微微一笑，神父十分尴尬，但又充满善意的狡黠，接着说道：

“您瞧，年轻人什么也不怀疑：他们必须抛弃他们最初的荒唐行为。"

现在，他站在床边，以冷峻的疯狂不停地抽打。头几下抽下去，皮肉隆起，仅仅渗出几滴血。继而，鲜血突然涌出，殷红殷红的。铜链带着呼啸，在他头上盘结一瞬间，每次扑到肋部，像蝮蛇在肋上匍行，他仍以同样动作抖开，重又扬起，如同用连枷打场一样，既有节奏而又精神集中。他感到剧烈的疼痛，先是低沉地哼一声，继而就只是深深地叹息了，仿佛腰间涔涔流出的血淹没了疼痛，只有可怕的抚摩之感了。脚下一摊红褐色的痕迹渐渐扩大，而他却没有发觉。现在，目光和灰白色天空之间，有一团粉红色雾气，他着迷地观赏起来。继而，这雾气猝然消散，雪和泥的景色，甚至白昼的光也随之消失了。在这新的黑暗中，他依然抽打又抽打，至死方休。他的思想仿佛因为身体过度疼痛而麻木了，再也不能集中到一点，也形成不了任何愿望，顶多能在令人难以忍受的肉体中，击中并摧毁这种痛苦的根源。每下新的鞭笞都难以餍足，又唤来另一下更狠的鞭笞。因为他已达到了这种极端：受骗的爱完全转化为破坏的力量。也许他认为正在压抑并唾弃他自身这部分，觉得他这一苦痛的负担太重，恐怕一直拖到天上；也许他认为正在处决这个连使徒都渴望摆脱的躯体，可是这种诱惑立即深入他的心灵，以致他憎恨起自我的整体。人不能在梦想之后生存，因此他自怨自艾……不过，他手中只有一件单弱的武器，徒劳地用来撕裂自身。

然而，他闭着眼睛，血汗淋漓，还不停地抽打，无疑只有他这奇妙的愤怒仍支持他站立着。现在，他耳中尖厉地鸣响，就像垂直沉入深水中。透过紧闭的眼睑，只见两次、三次喷射短暂高高的火焰；继而，他的太阳穴急剧跳动，震得他脑袋生疼。僵硬的手指中的铜链，每抽一下都更灵活迅疾，发出轻微的噗噗声，显得异常敏捷而凶狠。此后，这个所谓的布兰尔的圣徒，再也未敢压制一颗胆大如天的心的本性，再也没有向它这样挑战。他的腰身经受上百次撕咬，已经血肉模糊，变成一片灼痛的创伤；但是，所有这些伤口汇成一种疼痛，是一种完整、醉人而又无法确定的疼痛，好比眼睛被强烈的光线刺激，一时分不清任何景物，只感到目眩之痛。猛然间，铜链扬得过早，卷了起来，险些脱手，重重地抽在胸膛，顶头一环击中胸口右肋，力量很大，竟带起一块肉，如同长刨下的一卷刨花。他不禁尖叫一声，立即又憋回去，但惊愕大于疼痛的成分；接着，他又扬起铜鞭。他眼中燃烧的火非人间所有。激发他反对自身的这种盲目的仇恨，属于世间任何东西都不能使之缓和的类型；对于这类仇恨，全人类的血即使能一下子流尽，也不过是一滴水掉到一块烧红的铁上……然而，他正放低胳膊，手指不觉松开，感到手重又落下。与此同时，他的腰弯曲，全身肌肉一齐松弛；身子瘫软，双膝跪到地上，竭尽全力才重新站起，但是踉踉跄跄，伸着手臂乱抓，不住地痉挛颤抖。透过眯缝的眼睛瞥见户外惨淡的光，却不知为何物，怎么挣扎也走不到窗口。持续已久的残忍的搏斗，宛如一场幻梦，只留下一种朦胧的、模糊不清的记忆。看来，噩梦已逝，惶恐不安的情绪犹存，这便是一种看不见的、难以索解的显灵，在这凌晨的静谧和沉思中……他坐到床脚下，重又垂下脑袋，昏昏入睡了。

当他醒来时，已经满室阳光，他听见澄净的天空回荡着钟声。他手表的时针指向九点。墙壁的回光久久地吸引他的神思，然后，他举目慢慢地环视房间，看见枞木地板上一大片亮晶晶的污痕，以及丢在那儿的铜链，不禁感到诧异。于是，他孩子般粲然一笑。看来，可怕的营生完成了：它完成了，仅此而已。这事已经了结。刚刚过去的疯狂举动，并未给他留下丝毫苦涩的回味；那种种情景又渐渐浮现在脑海，他并无兴趣，亦不恼怒，又一一驱走了。现在，他神飞九霄云外，沐浴着多么温柔的阳光！他感到神思比生来任何时候都更为平静，更为清晰，但又无法描摹地脱离过去。已经不是初醒时那种疲惫的、半麻木的状态。最后的迷雾消失，他重新找到自我，并以清醒活跃的意识观察自己，并且豁达得超人。

太阳已经升得很高。大路上传来吱吱扭扭的声响，那是博格尔南的驿车驶过。小园子里响起熟悉的莫努－斯格雷神甫的声音，与之相呼应的是一副尖嗓门，那是女管家埃斯泰尔的声音……多尼桑神父侧耳细听，两次听见提到他的名字。他本能地一动身，要跳下床。可是，他双脚刚一着地，就感到一阵剧烈的疼痛，伫立在屋子中央，嗓子眼里连声呼喊。神游忽然停止。他干了些什么？……

他躬着身子，又停了一分钟，力图振作一下，好再活动，走第二步，可是全身肌肉都绷紧，仿佛等待宰割。摆在桌上的镜子映现他的一副噩梦的形象……衬衫已撕成碎片，赤裸的两肋没有一块好肉。胸口下侧的鞭伤还涔涔流血。可是，他脊背和腰的伤口更深，火烧一般疼痛难忍。他试着举胳膊，就觉得这火舌一直燎到心扉……“我干什么啦？”他反复自问，“我干什么啦？……”一会儿就要出现在莫努－斯格雷神甫的面前，事情就要闹出来，自己就要接受治疗，这种念头以及其他许多影像，终于把他压垮了。而且，这位无与伦比的人，一刻也不敢想拿上帝的仆人来为自己辩护；而那些上帝的仆人鉴于同样神圣的恐惧，往往惩治自己的肉体……“再走一步，”他仅仅这样想，“伤口就要裂开……恐怕还得喊一声。”

他垂下眼睛，看见自己粗大的鞋在一汪血泊中。

“神父？”一个声音隔着门平静地招呼，“神父？……”

“是本堂神甫吗？……”他也平静地答道。

“弥撒钟最后一下要敲响了，孩子：到时间了，快点吧……您别是身体不舒服吧？”

“请稍等片刻。”多尼桑神父又平静地答道。

决心既下，大势已定。

他是如何咬牙又跨出一步，跨出关键的一步，走到脸盆前，立即沾湿了毛巾啊？他叹息一声，忍着蜇痛，用冷水毛巾擦腰背，这又是何等奇迹啊？他是怎样不顾皮肤火辣辣的疼痛，终于穿上他的两件粗布衬衣啊？还必须勒紧，以便制止缓慢的出血；每勒一下，衣服纹褶便吃进肉里。他仔细冲干净地板，藏起血红的衣衫，擦了皮鞋，屋里全收拾整齐，这才下楼，直到上了路才算松口气。因为，他在发烧，下巴颏不住打战，这是根本瞒不住莫努－斯格雷神甫的……现在，朔风扑面，他感到眼睛灼痛，眼眶里就像燃着两块炭火。他的目光透过雪尘飞舞的凛冽的空气，凝望披着阳光的钟楼。路上身穿节日服装的一对对夫妇纷纷跟他打招呼，而他却根本没有看见他们。走这三百来米的一段路，他不知喘息了多少回，但脚步始终平稳，丝毫没有暴露出内心斗争的波折；其实，他在大量地挥霍消耗无法弥补的内在力量，而每个世人都懂得准确掌握这种力量。走到小公墓的门口的时候，鞋钉在石头上一滑，他跌倒了，拼命挣扎才重又站起来。教堂门只有二十米远了。他硬是走到了。还有圣器室那扇矮门，那边黑白相间的令人眩晕的石板，那边晃眼的舞动的彩色玻璃反光……圣器室也充斥松香、烧香和酒的刺鼻气味……身穿黑白两色服装的唱诗班孩子，像蜂群一般在四周旋转嗡鸣。他闭着眼睛，机械地一件件穿上祭服，苦涩的口里喃喃念着习惯的祷文。他给祭披系带子时，不自觉地呻吟，一直走到祭坛的脚下，同样的难以觉察的呻吟声，不停地在他喉咙里滚动……在他身后，千百种声响直冲拱顶，汇成一片嘈杂声——入祭祷时，他就要张开手臂，面对这喧闹的虚空……他摸索着登上三级台阶，停下来，开始凝望十字架。

你们啊，仅凭颜色声音了解人，从来不看实体，你们这些敏感的心，抒情的口，严酷的现实一进去，就会像糖衣杏仁一样融化，真是卑微的心、纤小的口，这里的叙述对你们根本不合适。你们的装神弄鬼，正跟你们脆弱的神经、做作的头脑相一致，而你们奇特宗教的撒旦，不过是你们走了样的形象，因为肉体世界的信徒，本身就是撒旦。魔鬼笑呵呵地瞧着你们，但魔爪还未落到你们头上。它并不在你们那些陈词旧典之中，也不在你们亵渎以及可笑的诅咒里。它不在你们贪婪的眼神之中，无义的手掌之中，也不在你们灌满风的耳朵里。你们徒劳地在更为秘密的肉体里寻觅；你们可鄙的欲望通过肉体得不到满足，你们咬破的嘴唇只流出乏味苍白的血液……然而它却存在……存在于隐修士的祷告中，存在于他的斋戒和苦行里，存在于最深沉的静思和心灵的寂寞中……它玷污洁净的水质，它在神圣的香烛中燃烧，在处女的气息中呼吸，它同苦行衣苦修具一起折磨人，它毁坏所有途径。人们见过它在轻启要讲真话的嘴唇上说谎，在升天得到永福的闪电雷鸣中追逐仁人，甚至一直追到上帝的怀抱里……它何必向大地争夺芸芸众生呢？这些黎民如虫蚁在地上爬行，只待来日入土；他们会自动走向命运的终点……它的仇恨完全留给圣徒。

这时，他凝望十字架。从昨天起他就没有祈祷，也许现在还没有祈祷。不管怎么说，这不是升到嘴唇的哀求。在昨夜激烈的搏斗中，只顾顶住和还击：一个人为保命而进行殊死搏斗，眼睛直视前方，并不仰望天穹，深知天上射下来的永恒的光，同样照在善人和恶人身上。他在极度疲惫中，种种记忆重又涌现，但只在脑海聚为一点，犹如凸镜焦点的光束。这些回忆只构成一种痛苦。对他来说，全是泡影或骗局，全是圈套与耻辱。他本来心灰意冷，在庸庸碌碌中打发日子，却被莫努－斯格雷一番话抬得很高，势必再次跌落。原先精神无所寄托的状态，恐怕胜于令他失望的快乐！瞬间爱如至宝、倏又倍受憎恨的快乐啊！希望的亢奋啊！微笑啊，叛卖的吻啊！他没有讲一句话，甚至没有叹息一声，那始终凝视无动于衷的基督的眼神，仅仅一次流露出这颗发狂心灵的凶残，恰如从盛宴大厅的明亮高窗瞥见下面一个穷鬼的狰狞面孔。这眼神分明在说：任何快乐都是祸害。任何快乐都来自撒旦。既然我唯一的朋友看错了，我永远不配这种抬举，那就不要继续欺骗我啦，不要呼唤我啦！让我回到空虚中。把我变成你的作品无生命的物质。

我不要荣名！我不要快乐！我甚至不想要希望了！我还能拿出什么呢？我还剩下什么呢？唯独这种希望。把它从我手中取走吧。拿走吧！如果可能，我非但不憎恨你，还要把我灵魂的永福交给你，我这可怜虫，还要为你开玩笑托付给我的这些灵魂受上天的惩罚！

他就这样直视深渊，并怀着一种庄严的誓愿、一颗纯洁的心呼唤着深渊……

三

康帕涅助理司铎走上博兰古尔大路，穿越平野，前往埃塔普勒。

“散散步，顶多十二公里的路程，”莫努－斯格雷先生曾对他说，“徒步去吧，反正您喜欢步行。”

他并非不知道，天真可怜的神父爱乘火车旅行。不过这次，多尼桑神父没有像往常那样脸红……他甚至不无狡黠地微微一笑。

康帕涅神甫把他派给埃塔普勒的同事。那位总司铎在退省的最后活动中极为犯难：一周多以来，两位赎世主修会修士一天三次高声布道，累得精疲力竭，一齐告饶。看来，再逼这两个可怜的人最后在告解座熬上一天一夜，恐怕是不可能了。“请您的年轻助手热情地助我们一臂之力。”总司铎写道。应这种诚心诚意的呼唤，多尼桑便赶去相助。

适值十一月，他冒雨大步走在荒疏的草场中间。左首，天际呈灰白色，云气浮动，大海虽望不见，却可臆测。右首，则布列着最后几座山丘。前方是寂寥的平野。西风吹得他的教袍啪啪抽着双膝，不时卷起充满咸味的冰冷的水雾。但是，他腋下夹着布伞，脚步平稳地径直朝前走去。他还敢提出什么要求呢？一步步走近了那座古教堂，已经认出来了，那座孤寂萧索中的顶盖十分奇特的古教堂。在他的想象中，一小群妇女拥在教堂告解座周围，她们一个个都是吵架的能手，都巧妙地挤到前排，都有一副虔诚的面孔，眼神比平常放松两三倍，嘴唇圣洁地闭拢或者刻薄地抿着，这窃窃私语的一小群，显得多么做作正经！……在她们旁边则是男人……怪事，在这点上真可以说：妙不可言！年轻粗鲁的神父想到此处，心头油然升起一股不安的柔情，不觉加快了脚步，脸上也漾出极为温柔、极为忧伤的笑容，连从他身边经过的一个车老板，也不知为什么脱下了帽子……有人在等他。即使是在回家途中的母亲，想象很快就要把小宝宝的整个身子搂在怀里，眼睛里也绝没有如此焦急纯真的神色……苦涩的水流，已经在沙地里冲出沟；光秃的山丘和白色灯塔的高高侧影，已经显现在黑魆魆的杉林中。

几周以来，莫努－斯格雷神甫失去了信心，觉得看不透一颗如此讳莫如深的心灵。助理司铎从前抑郁沉默的态度，总比现在始终漠然的、几近诙谐的神情好捉摸些。莫努－斯格雷神甫多次询问拉里厄本堂神甫。这位夏普德兰老神甫每星期四主持多尼桑神父的忏悔，他矢口否认他的忏悔者的话有何异常，并干脆拿他同事的顾虑开心。“是个孩子，”他一再说，“纯粹是个孩子，一棵很好的苗子。（他笑出了眼泪。）其实，亲爱的朋友，思想有点怪的人，到处可见！……（严肃地）但愿您能听到他的忏悔。想想嘛！咱们任圣职之初，不是全经历过这个阶段吗：总有点不安，好幻想，耽于祷告……（郑重其事地）祷告是一件很好的事，极美的事，但是也不能滥用。咱们不是修士，亲爱的朋友，咱们要同非常朴实忠厚的人打交道，他们大部分人连教理都忘了。不要飞得太高，脱离接触。（又笑起来）想象一下嘛！他惩戒自己，用什么器械，我就不向您描述了，说了您也不信。我禁止他这种严厉荒唐的苦行。而且，他没有争辩，立即退让了。我确信，他听从了我的话。我还从未遇见过这样驯顺的人：一棵很好的苗子。”

莫努－斯格雷神甫认为再谈下去也无益，而且他一贯谨慎，假装对方言之有理，自己信服了。然而，他仍不免好奇地思忖："活见鬼，人这么多，他为什么单单选中这个蠢货呢？……"他进行微妙的推理，最后断了思路。实际情况再简单不过。多尼桑神父心安理得地选择了最年长的人。这倒不是像别人可能以为的那样要充好汉，或存心藐视，而是因为他觉得，选择年老资深是极为理智公正的。还有一层，每星期四，他都听夏普德兰先生的一小段谈话。世上唯独他肯万分珍惜地聆听这样贫乏的语言，以至这位老先生受宠若惊，最后居然在自己含混不清的话中发现了深义。

然而，这个大胆的年轻神父，敢于确认自己在虔诚上是为蠢事而追求蠢事吗？也许他有这个胆量吧。不过，他对自身为赌注的这场大搏斗不甚了了。这场打赌必输无疑，他却并未觉察。诚然，莫努－斯格雷神父的郑重警告，一时间扰乱了他的心，可事情一过，他的心受另一种行为的砥砺，变得格外坚硬，似乎这一肌体感觉不出失望的刺激了。一个人向自己开战，进行前所未有的殊死搏斗，正在酣战时，不会计较自己是否单枪匹马：他根本不需要任何援手。这在别人可能是自命不凡，而在他无非是思想单纯。他错误地估计了自己的力量，如同别人错误地估计了自己的弱点。他相信自己所为寻常得很，无足挂齿，毫无自我夸耀的地方。

俯瞰过去，小镇逐渐暗淡，仿佛沉入地平线。他加快了脚步。但愿不被人看见就到达那个昏暗的角落，一直待到吃晚饭的时候，然后夜晚再独自待在那里——独自在薄薄的木板墙后面，侧耳细听看不见的嘴！但是，他担心首先要接触陌生的面孔：仅在去年圣灵降临节见过一面的总司铎、两位传道士，也许还有别人吧？……近几个月，这个未来的兰布尔本堂神甫瞥见一些人的眼神，听到一些他还琢磨不透的话语，总是感到诧异；别人的这种好奇，起初他天真地以为是猜疑或蔑视，但后来却渐渐在他周围形成一种他为之惭愧的特殊气氛。他再怎么退让，更加谦恭，乃至逃避任何新的友谊，也无济于事；他的孤僻似乎引起最冷淡的人的兴趣，他那怯生畏缩之态，激起他们的好奇，他那忧伤的神情，对他们也有吸引力。有时随口说的一句话，突然触动他的博大心灵，他会主动打破沉默。于是，他讲起来，但是磕磕巴巴，前言不搭后语，仿佛话跟不上趟，像重物一般拖在思路的后边……一直谈到他见众人瞠目结舌，自己猛然醒悟，重又沉默为止。不过，他往往聚精会神地听，眼神流露出渴望与痛苦的表情，而他嘴唇默默地祈祷，却使无意中夸夸其谈的老神父们惊愕不已。看到他这样古怪，别人首先感到诧异。唯独一人例外，谁也没有预感到他的非凡命运。他能引起众说纷纭，这就不简单了。

再说，在这个怪人身上，能看出什么呢？怎么观察他也是枉然。人们可以窥视他。他没有分辩，就服从了夏普德兰神甫的命令，放弃了苦修。尽管多尼桑神父以通常的坦率态度回答所有问话，老神甫也并未体察出这样苦修的残忍程度。甚至这种坦率也给人以假象。对康帕涅助理司铎来说，那是过去的事情，是些插曲，他毫不为难地承认了。他也完全同意，用犀利的皮鞭抽打远不足以降服本性。后来，兰布尔本堂神甫还说："我们可怜的肉体，无论消耗痛苦还是快乐，都同样贪得无厌。"我们在圣伊格纳斯的《苦修》一章的白边上，看见兰布尔本堂神甫亲手写的奇特的训诫："你要是认为必须惩罚自己，那就要打得狠，但时间要短。"他还对艾尔河畔的加尔默罗会的修女说过："我们应当记住，撒旦善于利用过长的祷告和过重的苦修。"

"现在，这个孩子完全理智了，"拉里厄本堂神甫断言道，"的确如此。他的头脑能保持冷静和清醒。他从不轻信人言。他的想象力不够丰富。他的心会一直燃成灰烬。”

黄昏时分，风停了，吸足雨水的土地升起薄雾。自动身以后，康帕涅助理司铎第一次感到疲倦。已经过了维尔利蒙，离教堂不太远了，路也好走安全了。然而，走到克朗普尔纳和维尔通的交叉路口，他却停下来，最后干脆坐到地上。一个农妇看见他光着头，帽子丢在身边，双手交叉放在一把大雨伞上。“那副身架真滑稽！”她说道。

他有时被重负压弯了腰，就是这副模样；战败的本性徒劳地叫苦，因为他充耳不闻：他听不见本性的声音了。无论干什么事情，他都拼命，就好像他的精力取之不竭——也许真的取之不竭。有的时候，他全身都要瘫软，但是，他想象出来的唯一休息，就是内视反听，更严厉地自我省察。对这个独一无二的人来说，疲倦不过是一种邪念。

他一件件回想近几个月的所作所为。老实说，对于一时激励他的勇气的苦修，他毫不懊悔。在夏普德兰神甫要求他放弃之前，他私心里早已鄙弃了。在苦修中，他不是感到安慰轻松了吗？他不是在体内重开他本想汲干的快乐之源吗？现在，他更忠于他那天对着耶稣受难图所做的保证；那一时刻终生难忘，耶稣受难的图景突然显现在他面前。他选择这种牺牲，不会有竞争对手。他同黑暗缔结这一协定，这种胆识前无古人。

兰布尔圣徒喜欢称之为他一生可怕阶段的那个时期，如此简单而又如此令人心碎。假如我们不是听到他亲口承认，人们当然不会相信，一个人会毫无顾忌地进行精神自杀，会诚心诚意地把这种理智的、精细而隐秘的残忍，视为一件简单普通的事情。然而，人们却不能察觉。日复一日，这个温存仁慈、洞幽烛隐的人要使多少似乎永远空虚的心灵重新燃起希望，却又极力把这种希望从自身驱逐出去。他的微妙的殉教行为，同他生活脉络交织起来，最后完全融为一体了。

那还是在最初几天，他发疯一般批驳自己，否定自己。在那之前，他读经书不但获得快乐，而且也获得力量；后来放弃阅读，捡起来，重又放弃了。他拿莫努－斯格雷神甫的热心责备为借口，开始在《道成肉身论》上批注。这部十八世纪的珍本，是康帕涅本堂神甫书房的一件宝物，到了多尼桑神父的手中，页边便涂满了侉大的字迹！可怜的神父在这些批注中所显示的迂拙，在准确得颇为可笑的索引中所体现的天真的细心，一切，甚至他那刚入门的拉丁文所犯的语法错误，不无表明他是多么奋勉，连铁石心肠的人见了，也忍俊肃然。我们也知道，这些注释仅仅是大量工作的概括——这工作自然也徒劳无功，如今已经湮没，恐怕压在抽屉里渐渐发霉，成为一颗博大心灵的謇吃絮语的可悲见证。这种营生开头还只是令人厌烦，但不久就变成叫人受不了的苦差事了。兰布尔本堂神甫始终是一个平庸的形而上学者；仅凭经验就能了解，一个天资不高、缺乏必要学识的人，要字斟句酌，咀嚼如此晦涩的文字，会遭多大罪。这种举动已经临渊履薄了，不久又因为可笑的琐事而变得更为困难。多尼桑神父从早忙到晚，过了半夜，每天的牌局输给莫努－斯格雷神甫之后，他才算脱开身。本堂神甫多有心计，不久就识破了这个新的秘密。他照例从中看出他的头脑简单的助手为之激动的一些谨慎的暗示。可怜的神父强制自己在小油灯下看书，视神经很快就酸痛，他感到筋疲力尽，然而意志并不消沉。因为，这最后的考验，正是他再干荒唐事的借口。

康帕涅本堂神甫喜欢祷告；一直到这时，他仅仅在俯首下心的祷告中，精神得到点休息和松弛。在很长一段时间内，他都怀疑头脑简单的兰布尔圣徒有能力祈祷。然而，这位助理司铎每天，甚至每时都在祈祷，他决意再次战胜自己。

叙述这样不加修饰、枯燥乏味的事情，总之，叙述极为普通的事实，总难免有惭愧之感。夜读之后，可怜的神父便垂着头，背着手，在室内踱来踱去，他像珍惜力量的斗士一样屏住气息，潜心思索，循理探源……事先选定的课题，要经过反复确认，并遵循最好的方法，即地道的圣绪尔比斯修道会之法。再说，他在这新的行止中，还参照了一位匿名神父于1849年撰写的课本。题为《虔诚灵魂实用祈祷二十讲》。每讲分三节：思考、升华、结论，后面还附一段说教。课本最后有几首诗（序言指出，已由一位教士谱了曲……），使用德舒利埃尔夫人[1]所赞赏的韵律，歌颂爱上帝的喜悦和虔诚。

那本可憎的小书，可以拿在手里，用力抚摩。它包着黑色布面，缝得很精细。页码因为常翻，还留有一股寡淡的哈喇味。在一幅粗糙的彩色版画的左下角，有一句神秘莫测的话："献给亲爱的阿多莉娜，以安慰这个受到某些人薄情负义地对待的人……"字体小巧隽永，墨痕淡淡。这无疑是一位女信徒宿怨的最后见证……怎么！这就是此人的书，他的可鄙的小伴侣，他的知心，兰布尔圣徒的知心！就连傲气十足的

① 德舒利埃尔夫人，法国诗人（1637—1694）。

人也不敢夸口，他们能坦然地面对此人凝视他们思想的目光。这是一位无所事事的神父借以消愁解闷、内容雷同的书，多尼桑神父在这一页页中寻觅什么呢？

他寻觅什么？尤其是他找到了什么呢？自不待言，他没有给我们留下一部教理或神修著作，但是，我们掌握他的几次讲道材料，而且，他的难得的体己话，还在一些人的心中记忆犹新。凡是同他接近的人，谁也不怀疑他对实际的敏锐感觉、他的清晰的判断、他的简洁明了的途径。对于自命不凡的人，谁也没有像他怀有那么大戒心，或者没有用更坚决、更强硬的话去揭露。不管臆测他在那个时期多么孤独，但怎么又能相信，他的祈祷是从这类宗教的文字游戏中汲取营养的呢？他果真毫不反感地默念这些浮夸的祷文，追求这些说教的讨厌的玄机，流下这种逢场作戏的眼泪吗？他是祈祷，还是以为祈祷，实则不再祈祷了呢？

我们厌恶地合上这本小书，手指还留有抚摩脏布书皮的感觉。我们希望在人的眼神里，寻觅并了解，能使大部分灵魂一时暗淡的可笑力量的秘密。咦，怎么？甚至上帝的圣宠也会受骗吗？每个人只要回头，就能看见身后自己的影子、自己的化身吗？就能看见酷似自己并默默观察自己的野兽吗？

这本小书多重啊！

邪念就是这样不停地追逐可怜的神父，直到他的末日，并且违反他的意愿，圆成了他的大部分功业。邪念引他全力从事既沉重又荒唐的修行，并阴险地把这作为苦修献身的高明方式介绍给他的意识，从而剥夺了他能从外界得到的任何慰藉，然后又开始侵袭他的内心世界。

这种残忍的苦修变得日益容易痛快了。这个执拗的农民出身的神父，发狂似的戕害自身，终于变成一个同自身作对的颇为精细的理论家。在他卑微的一生中，没有一个行为他不探索其动机，不能从中发现一种恶念，没有一次休息他不蔑视和摈斥，没有一回忧伤他不立即解释为愧疚，因为他体内体外，无处不显示愤怒的征象。

然而，苦修结果、育成它丰满的邪念的时刻，恐怕已经到了。我们真是疯子啊，居然在我们这由话语不断使之与感觉世界融合的思想里，仅仅看到我们毫不担心会有紧迫必然危险的一个抽象人！真是有眼无珠啊，不期迎面撞见这个陌生人，居然认不出是自己！而看那眼神、怨恨的撇嘴，或者在化为邪念的陌生人的眼中，这个陌生人已经是对头！

多尼桑神父站起身，凝望一会儿大部已没入暝色的景物，心中有种隐隐不安之感，但马上轻易地克服了。面前的道路伸向山谷，两侧路坡高耸，稀疏长着矮草。抑或这里完全背风（太阳落下，风又起来），抑或是别种缘故，周围一片寂静，再也没有一点声响。虽然离城关不太远，天色也不算太晚，他侧耳细听，只听见大地隐约的微颤；但这声音极其细微单调，反而更显得出奇地幽静。况且，这颤音也停止了。

他又走起来，或者此后便以为快步走在一条土质松软、坡度坦缓、一马平川的路上。疲劳业已消失，长途跋涉临近终点时，他重新觉得身体无比轻松自由，尤其思想自由得令他惊奇。几周来困扰他的一些难题，现在每一思索，便涣然冰释了。平常阅读批注书籍十分吃力，只能支离破碎地想起一些片段，现在却整章整章赫然浮现在脑海里，井井有条，标题、小标题、段落的排列，乃至页边的批注，一切都洞若观火。他不停地行走，近乎小跑，打算抄近道，离开大路，斜插拉夫奈勒的小径，绕过墓地，便可直接到达教堂的大门口。他没有放慢脚步便走上小路。平时，这条路几乎只有渔夫和工人行走，终年有深深的辙沟，积满咸水，直至盛夏亦如此。多尼桑神父感到路面平整坚实，心中十分诧异，但也非常高兴。尽管他心潮澎湃，思绪蹁跹，如醉如痴，但是他的目光依然透过夜色，想捕捉路边熟悉的标志：一片荆丛的影子、一处急转弯路、冲向漆黑天空的路边陡坡的跌落、养路工的木房。可是走了好长时间，脚下的路本来应当平缓，不料突然变陡了，继而走进一片草场的密草中。他举目四望，这才认出正是离开不久的大路。也许他没有细看，就拐进一条歧路，背向城关走去，不知不觉又回到出发点吧？因为他清晰地望见（墨墨黑夜为什么看得那么清楚呢？……）城边的几幢房屋。

“真没想到。”他暗自思忖，但既未失望，也未恼火。

他马上又继续赶路，决意不再离开大道；这回走得很慢，粗皮鞋每迈一步，都感到踩得浸饱雨水的沙子嚓嚓响。周围漆黑一团，他无论怎么竭力辨认，不仅一点光亮，而且一点反光也未发现，就连在茫茫黑夜中，诸如大地气息的辐射、毁灭的白昼在天明之前的徐徐化解等可见的战栗，也一点未曾发现。然而他却信心倍增，径直往前行走；黑夜迎面张开，又随后闭合，将他团团裹住，裹得非常紧，仿佛有很大的压力。不过，他毫无惶恐不安之感，脚步始终缓慢沉稳。虽然往常他走近告解座时，总感到分外担心和踌躇，但是这回却怪得很，他只产生一种近乎快慰的焦急心情。他的思维十分敏捷，这种极度的亢奋、这种要活动肌肉来消耗过盛的思绪意念的渴望、这种推理的人和情侣深有体会的轻微的激动，似乎都给他一种物质的实感。他不知不觉重又加快了脚步。黑夜一直张开闭合。道路延伸，在他脚下滑行，仿佛运载他——坡路十分平缓，笔直好走……他精神饱满，步履轻健，宛如清爽的早晨美美地睡过一觉。这是最后一处弯道。他扫了一眼，寻找位于大路和小道交叉口的那座小红砖房；刚才他大概没有发觉就走过了岔路口。然而，他什么也未看清，既无道路也无房子。临近城郭，却没有一点灯火。他停下脚步，倒不是由于不安，而是有些奇怪……这时，恰好在这时，他听见自己的心怦怦急速跳动。他发觉自己汗流浃背。

与此同时，他一直赖以支撑的幻想，忽地烟消云散了。他倍感疲劳，双脚僵直疼痛，浑身像散了架。他的眼睛一直睁大窥探黑暗，现在也睡眼惺忪了。

“我要爬上路边的陡坡，”他自言自语，“到了上面，不可能找不到。只要有一点标志，我就能辨认出方向来……”

他发痴一般在头脑里一个劲重复这句话。他浑身异常难受，终于下定决心，手膝并用，顺着冰冷的草坡往上爬。他呻吟着站起身，又走了几步，极力分辨地平线，在原地打转。不料来到一块陌生田地的边上，他不胜诧异：土地犁过不久，还隐隐发亮。头上一棵树，他感到巨大无比，只听见沙沙作响，却看不见枝叶。他跨过一道小沟，地面变得硬实清晰，两侧各有一条暗黑的线，显然是道路。爬上陡坡之后，再也没有足迹了。四周全是无边的平野，笼罩着黑夜，空旷而迷茫，可臆测而不可见。

他并不害怕，感到三分不安，七分恼火。不过，他疲惫不堪，周身发冷，在汗水浸透了的教袍里瑟瑟发抖；实在支撑不住了，只得瘫软在地，然后合上眼睛。尽管困倦难忍，蒙眬欲睡，他却突然产生一种不安情绪。还未等他弄明白，这种情绪就完全占据了他的心头，宛如清醒的噩梦，慢慢侵扰睡意，使他渐渐苏醒了。但是，他仍处于半迷糊状态，不敢睁开眼睛，确信只要睁开，头一眼就会看到他隐约模糊的担心化作的实物。究竟是什么呢？他终于把捂着紧闭的眼睑的手掌移开，停了一秒钟，准备承受一种意外可怕的幻象的打击。他猛然朝前看去，仅仅发现他恰好第二次回到出发点。

他大吃一惊，甚至大失所望，居然没有看到担心的东西，不禁可笑地在冰冷的泥水中蹲了片刻，既动弹不得，又思考不了。继而，他打算察看一下周围的地段，猫着腰走来走去，时而用手摸摸地面，力图找到自己的足迹，以便沿原路一直回到他不知不觉离开正路，并背道而驰的那个神秘点。他虽然控制恐慌心理，可是解不开这个谜团，绝不能再赶路了——他必须揭开谜底。不知有多少回，他力图冲出圈子，但是枉费心机。走不多远，足迹全然消失了，他不得不承认，自己先前是从下侧的草地中走过；草相当密，不可能留下一点足迹。他还注意到，直径有几米的一片草地全踏平了。一种莫名其妙的沮丧、一种近乎幼稚的失望，使他眼泪盈眶。

兰布尔圣徒绝不是现代人行话所说的好动感情。他的朴实的头脑渐渐认为，这个夜晚的种种幻象与骗局，不过是要克服的障碍。他再次上路，开始下坡，起初脚步缓慢，继而加快，再加快，终于跑起来。他还以为能控制自己，然而他已不是赶往目的地，而是掉头逃离黑夜，逃离他的恐惧。他最后的努力，就是下意识地逃跑。他不是早就应该到达那个达不到的小镇吗？每延误一分钟，就是无法解释的一分钟。

路两侧的黑陡坡重又出现，时而降低，时而升高，后来完全消失；他几乎揣测不出看不见的平野，只觉得毫无声息的寒风抽打面颊……他肯定已经离开了道路，却弄不清究竟是何时离开的。况且，他凭借下坡的惯力，躬腰跑得更快，瘦干腿上的教袍襟卷起来，样子怪极了，好像可笑的幽灵，在静止的物体中间手舞足蹈，怪模怪样。他垂着头，终于瘫倒在一堵松软冰冷的墙脚下，用手使劲按去；他闭着眼睛，轻轻移向泥地。睁开眼睛之前，他就已经知道又回来了。

他还未恼火，只是长叹一声，爬了起来，晃了晃肩膀，仿佛要移正肩上的重物，然后毅然掉过头去，重新赶路，地面泥泞粘鞋，他驯顺地、不紧不慢地朝前走，跨过几道矮篱笆、一道铁丝网，摸索着避开障碍，重又不知疲倦，头也没有回转。他根本没有进入谵妄状态，也没有任何特殊的打算，只把这次莫名其妙中断的旅行，当作一般的意外事件，一心想尽快回去，赶在天亮之前回到康帕涅本堂神甫的住宅。他干脆决定原路返回，重走这一长长的旅程。假如莫努－斯格雷神甫冷不丁出现在他的面前，毫无疑问，他就会恭敬地施一礼，然后三言两语向神甫叙述事情的经过，如同禀报办事不顺利，出了意外情况那样。

跨过最后一道沟，便走上一条极为狭窄足迹罕至的田间小道。他记得这条道曾经走过，大概一两小时之前。然而那时，他独自一人，似乎……

须知有一阵工夫（何必矢口否认呢？）他不再独自一人了。有个人走在他身边，无疑是个矮小的男子，非常活泼，时前时后，时左时右，起初小步颠着，一声不响，但一时难以看清他的身影。在这沉沉的黑夜，人们不能互助吗？在这漆黑幽寂的深夜，同行何必相识呢？

"这夜晚，伸手不见五指，嗯？"矮个男人突然说道。

"对，先生，"多尼桑神父答道，"离天亮还早呢。"

那人肯定是个活泼的小伙子，说话嗓门不洪亮，但音调实在诱人，暗含一种快乐情绪。这终于使可怜的神父放下心来；他甚至有些担心，自己答话太简短，别惹恼了这个兴致勃勃的快活旅伴。在这种情况下，偶尔一句带人情味的、也许悦耳的话，听来是多么美妙啊！多尼桑神父想起自己没有朋友。

"我认为，黑暗能使人接近，"黑衣服的矮个行客说道，"这是件好事，非常好的事。面前一抹黑的时候，连最狡猾的人也不敢趾高气扬了。设想一下，您要是大中午遇见我，头也不回就会走过去……看来，您是从埃塔普勒来的喽？"

他未等回答，就快步走到前面，抓住一道看不见的铁丝网的一根铁蒺藜，客气地高高举起，好让旅伴通过。然后，他快活的声音略微低沉地又说道：

“这么说，您是从埃塔普勒来的，大概是去居米埃尔？……或者去夏兰德里？……或者去康帕涅？……”

“去康帕涅。”助理司铎答道，以免说谎。

“我不能一直陪您到那里，”那人亲热地嘿嘿笑着又说道，“咱们抄近路，穿过田地去夏兰德里。我熟悉那些篱笆，闭着眼睛也走得到。”

“谢谢您，”多尼桑神父满怀感激的心情说道，“感谢您热心帮助。多少路人见我这样不会理睬；有些好心人被我这身破教袍吓住了。”

矮个男人鄙夷地吹了声口哨，说道：

“是些白痴、愚昧无知的人、目不认丁的乡巴佬。从加来一直到勒阿弗尔，我在市场集市上经常碰见那种人。听到多少蠢话！看见多少无聊勾当！跟您说，我的亲兄弟就是神父！”

前面又是一道厚厚的矮篱笆，到处是刺，他俯下身去，伸出灵活的长胳膊摸索一阵，认了出来，发现一个大豁口，便以麻利得出奇的动作，把助理司铎拉向右边，然后闪在一旁，让他先过去。

“您自己瞧瞧吧，”那人说道，“我连看都不用看。

在这么黑的夜晚，换个别人，非兜圈子转到天亮不可。可是，这地方我熟悉。”

“您住在这里吗？”康帕涅助理司铎几乎怯生生地问道。因为，随着他离开一系列费解的事件使他鄙弃的城市，一种掺杂着羞愧的、似乎减轻了的隐隐恐惧感，宛如一场邪恶之梦的记忆，深深地侵入他的心田；锋芒终于避开，只弄得他浑身乏力，犹豫不决，同时感到一种稚气的快慰，仿佛身边有一个可靠的救护人，有一条可以搀扶的胳臂。

“可以说，我哪儿也不住，”那人如实相告，“我为布洛奈的一个马贩子干事，到处奔波。昨天我在加来，星期四又要去阿夫朗什。唉！生活艰难啊！我没有时间在任何地方扎根。”

“您结婚了吗？”多尼桑神父又问道。

那人敞声大笑：

“同穷困结婚。我哪儿有闲工夫正儿八经地想这些呢？行踪不定，哪儿也待不长。不过途中随便寻个乐子吧。”

他住了口，随即颇为尴尬地又说道：

“请原谅，对您这样的人，不应该讲这种事情。放心靠右边走，前面不远有个水坑。”

这种关怀再次感动了多尼桑神父。现在，他走得很快，几乎没有倦意。不过，随着疲劳感渐渐消失，另一种脆弱的情绪，又侵入体内，支配了他，使他的意志透进了疲软慵倦、柔肠百转的情绪！话升到唇边，但他的意识还依稀钳着他的口。

“您这么费心，一定会得到仁慈上帝的报赏，”他说道，“在我要丧失勇气的时候，正是上帝把您引到我的路上。老实说，这对我是一个又艰难又漫长的夜晚，比您所能想象的还要艰难漫长。”

他简直失去了理智，差点天真地讲述他这次旅途的险遇。他真想说说，真想倾吐，真想在一个陌生的，但友好同情的目光中，看到自己的不安，看到已经袭扰他的疑虑、可怕的梦魇。然而，他抬眼所遇见的目光里，惊异之色多于同情。

“在没有月亮的黑夜行路，从来就不是件愉快的事，”陌生人含糊其词地应道，“从埃塔普勒到康帕涅，我想，足有十六公里的坏路。要是没有我，恐怕还得绕远。抄这段近路，我们起码少走两公里的路程。现在，我们走上夏兰德里的大道了。”

在夜色中，道路一片灰白，径直没入迷迷茫茫的平野之中。

“等一会儿，我就要丢下您独自赶路了，”那人仿佛道歉似的补充道，“再说，您就这么急于赶回康帕涅吗？”

“我已经耽搁了，耽搁好长时间了。”未来的兰布尔本堂神甫答道。

“我本来想请您……也许可能……甚至说，也许最好……在我那儿待到天亮；那间小屋我很熟悉，就在拉索日里树林边上，是烧炭工的窝棚，很结实，炉灶、生火的东西全有。”

然而，这个邀请是勉强的；那始终爽快的声音，现在却犹豫起来，使多尼桑神父深感意外。

“他特别害怕我接受，”他伤心地想道，“他也一样，多么急于同我分道扬镳啊！”

这个小小不言的明显事实，忽然向他心田倾注了大量苦汁。他重又大失所望。他的失望情绪如此突兀强烈，因果关系如此不成比例，不免令他不安，因为他神经虽然越来越失常，但毕竟还有一点头脑或理智。

如果说他能忍住不讲出冒失话，但是怎么能汲干这如泉涌的泪水呢？

“歇一会儿吧，”马贩子提议道，同时目光知趣地避开哭得浑身颤抖的可怜神父，“不必介意，这是累了的缘故，您太疲倦了。这情况我有体验：不管以什么方式，总要发泄出来。”

但是，他立即微笑着补充道：

“倒不是说您，神父先生，您肯定从远处来！脚下已经走了一二十公里路！……”

他把粗布大衣铺在土坎上，几乎强按着他的旅伴躺到上面。

这个粗暴的好心人的动作多么殷勤、温存而亲热啊！有什么办法能完全拒绝陌生人的这种厚意呢？有什么办法能拒绝向这期待的友好目光倾诉呢？

不过，狼狈不堪的神父无论感到多么羞愧，但他集中最后的勇气，仍然硬撑着。不管笼罩他的夜色多么浓重，他还是从内心和外界严厉地审查自己，认为自己既可笑又懦弱，懊悔出了丑，恨自己流下愚蠢的眼泪。几小时之前，他精神失态，半道停下来，不知不觉迷了路；这种相当神妙的险历，不管他愿意与否，难以同他的精神失态截然分开。可是，另一方面，最后这次邂逅，为什么就不是一种救援、一次喘息机会呢？他何不老老实实地等待对方的指点呢？这心地善良的人来帮助他，也许是爱德在行福音而不知其所以然吧？……自己不理不睬，推开伸过来的手，实在违背情理！

他抓住这只手，紧紧握住，心口立时感到特别温暖。这一举动，一分钟前他还认为是天真或者危险的，现在却觉得是明智、必要而不可或缺的了。心中羞愧，就鄙弃帮助吗？

“我不知道怎么讲，”康帕涅助理司铎终于开了口，“我不知道怎么讲，才能使您明白……谅解……可是何必呢？不解释，您会更好地判断我的狼狈处境……唉！先生，想来真叫人无地自容，我这样一个可怜的教士，多么懦弱，又多么容易心灰意冷，还得照样负有使命：开导同胞、鼓起他们的勇气……当上帝丢弃我的时候……”

他摇了摇头，用力站了起来，但又重重地倒下了。

“您的力气已经用尽了，”陌生人平静地反驳道，“只需要耐心。耐心，神父，是一剂良药……虽然不是猛药，但是更加保险有效！”

“耐心……”多尼桑神父凄然地说，“耐心……”

他几乎情不自禁地把头偎在他的奇异旅伴的肩上，手也没有放开已感亲切的胳臂。他的头眩晕，好像套了一个软圈，而且毫不留情地越箍越紧。继而，他两眼圆睁，昏昏沉沉，梦呓般说起来：

“不对！我颓丧到这种程度，绝不是疲惫的缘故。我的身体非常健壮，能搏斗很长时间，但不是对付某些人，老实说，不是以这种方式……”

仿佛从斜坡滑下去一样，他渐渐陷入沉默。可是，这滑落过程本身，却突然令他一惊。他窥探了一下深度，又本能地用双手往岿然不动的肩头攀缘，那动作像他的惧怕心情一样迅疾。

那人始终友好的声音，訇然在他耳边鸣响，只听到：

“这不过是一阵头晕……好了……没事儿……靠在我身上，根本不用担心！唔！您赶路赶得太急了！您多累啊！我跟了您好长时间，看您慌慌张张赶路，朋友！您匍匐在地上……找路的时候……我就在您的身后……哈！哈！……”

“我没有瞧见您……”多尼桑神父喃喃说道，“有这事儿吗？当时您真的在我身后？您能告诉我……”

话未讲完，但觉垂直跌落，愈冲愈快，耳畔呼啸，像沉入深水一般跌进黑暗中。

他张开手臂，一把搂住对方结实的肩头，全力紧抱不放。他所贴紧的躯体，宛如橡树一般坚硬而粗糙，受到碰撞也毫未摇动。可怜神父的脸感到一个陌生面颊的棱角和热气。

刹那间，在难以觉察的瞬息，他唯独感知所偎依的肩头，整个意念凝聚于使他浮悬于臆想深渊之上的安如磐石的障碍。兴狂中，他倍加放心，全力附在上面，眩晕之感被神秘之火熔化在胸中，随着血脉缓缓流散。

这时，恰恰在这时，他恍然大悟，在这可憎的夜晚，他终究同他一直规避之物相遇了，尽管他的意识是逐渐明确这一崭新情况的。

难道是恐惧吗？难道是确信必然之事业已告成、难免之事终于实现而产生的绝望吗？难道是万念俱灭、不再争辩的犯人所感到的苦涩的快乐吗？抑或是对出任兰布尔本堂神甫的命数有了预感呢？不管怎样，听到下面的话他并不惊怪：

“要冷静……不要泄气，一直等到这次小小的伤感过去。我的伙计，我真是您的朋友，我深情地爱您。”

一只不可抗拒的胳膊，轻轻而缓缓地搂住神父的腰。他的头又完全放下来，紧紧偎在那人的肩窝里，乃至额头与面颊都感到呼出的热气。

“靠着我睡吧，我心灵的婴儿，”那人声调不变，继续说道，“靠住我，蠢货，小神父，我的伙计。歇息吧。我屡次寻找，又屡次驱逐你。你终于来了。你是多么爱我啊！而且，今后你会更加爱我，因为我不想抛弃你，我的宠儿，秃驴，终生的老伴侣！”

兰布尔圣徒头一次听到，看见并摸着他痛苦一生的最无耻的搭档。据知情者或某种秘密苦行的见证人讲，在他溘然长逝之前，他还要多少回听见那声音！这是头一次，然而他却容易地认出来。甚至此刻，他也毫不怀疑自己的感官或理智。因为他不像有些人那样，天真地认为日常折磨我们的人，具有非凡的举止与风格，干预我们每一个思想，怀着仇恨紧盯着我们，尽管又耐心又精明……换了别人，即使同样清醒，碰到康帕涅助理司铎这种情况，总难免要惊悸一下，至少要厌恶地皱皱眉头。然而他却紧闭双目，恐怖得缩成一团，仿佛在体内积蓄力量，绝不乱动，整个意志如同出鞘的利剑一般，力图驱散惶恐的情绪。

然而，邪恶的嘴唇一旦嘲弄亵渎，压在他的嘴唇上，并窃取了他的气息，他便恐怖到了极点，竟感到魂飞魄散。

“你接受了一位友人的亲吻，”马贩子把嘴唇贴在他的手背上，平静地说道，“我也使你的身心充满了我，亲爱的呆子，耶稣－基督的圣体柜！不要大惊小怪：岂独你，我还吻了别人，吻了许多人。你要我告诉你吗？我亲吻你们所有人，无论是醒着的还是酣睡的人，生者还是死者。这就是事实。我的乐趣就是跟你们在一起，你们这些小神人，奇而又奇、怪而又怪的人！老实讲，我不大离开你们。你们卑微的肉体运载着我，我，路济弗尔，在你们的九曲回肠中，我的阳光便是本质……我清点你们的数字，谁也逃不出我的手心儿。从你们的气味，我就能辨认出我这小群的每头牲口。”

他一直搂着多尼桑神父的腰，现在抽回胳膊，身子稍微移开一点儿，仿佛要给他让出躺倒的地方。兰布尔圣徒的面孔灰白呆滞，形同僵尸；只见他的嘴角翘起，那痛楚的表情宛似狞笑，眼睛紧紧闭合，脸上的部位无不痉挛扭曲，这一切足以表明他是多么痛苦。然而，他的身体只是微微倾斜，依然坐在大衣襟上，纹丝不动，那姿态相当可怖。

旅伴斜瞟了神父一眼，不禁微露惊异之色。接着，他用鼻子呼哧呼哧喘气，从兜里掏出一块大手帕，极其自然地擦起脖颈和面颊。

“别开玩笑了，神父先生，”他说道，“在这讨厌的季节，天到五更特别寒冷！”

他亲热地拍了拍神父肩膀，如同有人故意碰一个不稳的物品，又像淘气鬼推这个眼看要在他们的嬉笑声中坍倒的雪人。这时候，康帕涅的助理司铎依然一动不动，不过眼睛慢慢地睁开了，凝滞的黑眸子开始在眼睑中滚动，而脸上的表情却毫未松弛。

“神父！神父先生！喂！神父！……”马贩子

高声呼唤，“您背过气去了，朋友！您身上冰凉……喂！喂！”

他用一只大手掌抓住神父的双手，用另一只轻轻地拍打。

“哎呀，起来。活见鬼，倒是站起来呀！真的，这样躺着血会冻僵的！”

他手指插进教袍里，摸摸神父的心口。接着，他相继抚摩神父的额头、眼睛和嘴唇，动作更快，可以说只是一瞬间。然后，他重又抓起神父的双手，往上哈气。他的每个动作都颇为急躁，如同赶做一件细活的工人，生怕天黑或来人打扰。最后，他突然抽回手，放到自己的胸口，浑身打起寒战，仿佛渐渐沉入深深的冰水中，继而忽地站起身来。

“我不怕冷，”他说道，“神奇得很，我不怕冷也不怕热。真的，看到您一动不动，还坐在冰冷的泥地上，我非常奇怪。老实说，您要送命的……当然，亲爱的朋友，刚才您赶路，好顿折腾……我呢，不瞒您说，我感到冷……我总是感到冷……这种话，您要想从我的嘴里套出来，还不那么容易……然而，这是真的……我本身就是寒冷。我的阳光的本质，就是一种令人难以忍受的寒冷……算了，不谈这个……瞧吧，您面前的这个可怜人，他所干的行业既有好处，又有不足……一个倒腾诺曼底和布列塔尼种马的经纪人……如他们所说，一个马贩子……这个也不谈了！在这个月黑夜，你就只把我看作朋友、旅伴吧，看作一个好伙伴吧……不要追问！关于这次意外的巧遇，您不会得到更多的情况。我只想帮帮您，过后您就会把我置于脑后，而我却不会忘记您。您的手弄得我好难受……您的脑门、眼睛和嘴也一样……我永远也不能把您的双手焐热：它们简直使我冷彻骨髓；这无疑是因为抹了圣油，抹了可恶的圣油——魔法妖术。不要再讲了……让我走吧……我还有一大段路呢。我还没有到地方。就此分手吧。咱们各人好自为之吧。”

他手舞足蹈，激动而愤愤地踱来踱去，却没有离开几步远。因为，多尼桑神父阴沉的目光来回追踪。现在，他的面孔木然，嘴唇不再翕动了。

他脸上的表情，已不是恐惧，而是无限的好奇了。说是仇恨吧，但是仇恨要在人的目光燃起怒火。要说恐惧吧，而恐惧又是被动的；任何惶恐或憎恶的叫喊，也撬不开这下死决心紧咬的牙关。徒然的求知欲，也没有这种庄严的气魄。胜利日臻全面牢稳，但是，康帕涅助理司铎依然低首下心，他毫不怀疑，面对这样一个敌手，胜利总是不稳定的、短暂的。看到敌手一时跪在自己脚下，俯首帖耳，又有什么用呢？

这可是诛心者啊，必须夺取他的一个秘密。

这个怪人正走着，猛地停下脚步，仿佛他在挥动手臂时，被无形的绳索缠住，如同一头捆起来的公牛。他的声调，刚才还升高，变得极度尖厉，现在又恢复正常了；他颇为自然地说了如下的话：

“放了我吧。你的体验结束了。不承想你这么强大。日后，我们当然还会见面。甚至可以说，如果你愿意，我们再也不会相见了。这会儿，我对你再也没有任何影响了。”

他从兜里掏一块大手帕，使劲擦脸和手，嘴唇吡吡发出痛苦的喘息声。

“别嘟嘟囔囔地祷告了。住口。你的驱魔咒语根本不顶事。我未能制服的是你的意志。你们真是奇特的畜生啊！”

他愈来愈不安，左顾右盼，甚至猛然回身，窥探身后的黝暗。

“这个疲惫的人开始对我有压力了。我在自己的皮囊里感到难受……你喝令一声，我就会无踪无影，甚至连点气味也没有了……”

他双手捂住脸，沉默许久，仿佛在积蓄力量。等他重又抬起头来，多尼桑神父头一次看见他的眼睛，不禁呻吟一声。

一个双手抓住桅杆顶端的人，身子突然失去平衡，只见下面沉陷张大的不是大海，而是整个天体的深渊，以及数万亿公里长的、正在形成的翻腾的星云，他要穿越无法测量的空间永世跌落，心口也不会感到更为纯粹的眩晕。他的心脏倍加猛烈地敲击肋骨，又戛然停止。一阵恶心，五脏六腑都要翻出来。他吓得全身僵直，唯独手指还能活动，像爪子一般拼命抠着地面。他已经汗流浃背了。这个坚忍不拔的人似乎屈服，被虚无的巨大的呼唤从人世摄走，看来这次要一命呜呼了。然而，即便在此刻，他处于弥留的意志还在隐约地挑战。

不过，游离的生命，又倏然在他脉管里流淌，太阳穴重又跳动起来。始终凝视他眼睛的那种目光，现在跟平常人一样了；在他耳畔讲话的声音，好像一直没有停止：

“我要离开你了。此后你再也不会见到我。每个人只能见到我一回。你就固执己见吧。哼！你们若是知道你的主人给你们准备了什么报酬，你就不会如此慷慨了；唯独我们，告诉你，唯独我们，丝毫不受他的蒙骗；在他的爱与恨之间，我们选择了他的仇恨，须知我们能洞幽烛隐，这是你们泥塑的头脑所不可想象的……唔，何必指点你呢，你这走狗、驯服的畜生、每日为自己创造主人的奴隶！”

他极为敏捷地弯下腰，从路上随便捡起一个石块，用手指夹着举向空中，口里念念有词，最后发出快活的嘶叫……这一连串动作疾如闪电。他的笑声似乎响彻云霄。石块红热，白炽，赫然光芒夺目。他狂笑不止，将石块抛入泥淖之中。石块冷却，发出骇人的咝咝声音。

“这不过是游戏，”他说道，“不过是儿戏，甚至不值一看。好了，到了我们该永别的时候了。”

“滚吧！谁留你啦？……”兰布尔的圣徒说道。

他的声音低沉平静，有一种难以名状的怜悯之情。

“人们接待我时惶惶不安，但离开我后必有危险。”那人答道，声调同样低沉。

“滚开。”康帕涅助理司铎又说道。

那个可憎的家伙跳起来，原地转了数周，动作敏捷得难以置信，接着手臂张开，仿佛被无法抵制的弹力绷出去，冲出几步远，如同掌握不住平衡的人那样。不管这种意外的奔跑多么可笑，但是这一连串的动作，有意来得凶猛，又蓦地停止，实在莫名其妙，令人难以发笑。那个黑衣搏斗者突然碰到的障碍，自然不同寻常，因为看起来尽管他在死寂中，以无与伦比的敏捷，神不知鬼不觉地避开了撞击，但是直至深层，大地都为之震颤呻吟了。

他垂下头，缓步后退，悄然坐下，样子很恭顺。

“看来您抓住我了，”他耸耸肩膀，说道，“趁您有威力的时刻，充分享用吧。”

“我毫无威力，”多尼桑神父伤心地答道，“何必诱惑我呢？不对！你也知道，这种力量不是来自我本身。然而，这阵工夫，我观察你，倒有收获。你的时刻到了。”

“这话没有多大意义，”那人又轻声说道，“您指的是什么时刻？我还有一小时吗？”

“天意让我看见你，”兰布尔圣徒慢吞吞地说，“在人的目力所及的程度上，我看见了你，见你被自己的痛苦压垮，一直到毁灭的极限——受刑者啊，根本不会让你毁灭！”

听到最后这句话，魔鬼从坡顶一直滚到路上，在泥淖里蜷曲痉挛，跟抽风一样可怕。继而，他静止不动了，腰身极度凹陷，头和脚跟着地，如同一个破伤风患者。终于，他喊起来，声音既尖锐又凄厉：

“好了！好了！你这条圣狗、刽子手！是谁告诉你的，抹过圣油的畜生，我们在世间最惧怕怜悯！随你怎么处置我吧……不过，如果你把我逼急了……”

谁听了这种旷世未有的哀怨之声不恐惧呢？谁不

至少怀疑自己的理智呢？然而，兰布尔圣徒目光盯着地面，只想着被这家伙戕害的灵魂……

在祷告的过程中，这家伙不停地呻吟和咬牙切齿，但气力渐渐衰弱。当康帕涅助理司铎重新站起来的时候，他已经完全住声，躺在那儿形同一具尸体。

“这一夜晚，你到底打我什么主意？”多尼桑神父平静地问道，如同面对一个熟人。

从不动的尸体里发出一种新的声音：

“从即日起，直到你的临终时刻，我们获准考验你。况且，除了服从一个更强者，我本人又干了什么呢？公正的人啊，不要怨恨我，不要再用祷告来威胁我了。”

“你到底打我什么主意？”多尼桑神父追问道，“不要编谎话。我有办法让你开口。”

“我不说谎，一定回答你。不过，你的祷告放松一点儿吧。既然我顺从了，何必这样呢？他派我来考验你。要我告诉你是什么考验吗？我会讲的。我的主人啊，谁能违抗你呢？”

“住口，”多尼桑神甫依然平静地答道，“考验来自上帝。我将等待考验，丝毫也不想了解，尤其不想听这样一张嘴说出的情况。此刻我得到的力量来自上帝，你无法摧垮。”

话音未落，他眼前的形体倏然化解，确切地说，那形体的线条轮廓融于一种神秘的震颤中，犹如飞转的轮子的辐条那样；接着，它又渐渐恢复形态。

猛然间，康帕涅助理司铎看见面前站着本像，简直惟妙惟肖，与其说酷似镜中的身影，毋宁说更符合自我产生的唯一幽深的意念。

有什么可说的呢？这正是他的苍白的面孔、溅满泥水的教袍；这正是他的眼神，他从中看到了恐惧。然而，他的意识所进行的内视反省，从未达到这种分身的神奇程度。每次省视内心世界，洞烛到十分，也只能抓住一个方面。但是此刻，就像一个赤体在脉络中显示生命的跳动一样，未来的兰布尔圣徒所发现的，既有总体又有局部；既有他的思想，又有其根源与推演；既有联结思想的恢恢之网，又有他意愿的种种细微颤动。如同一个人观察一件物品看到三维那样，这种幻视既单一又复杂，无懈可击，以致可怜的神父不仅认出自己的现在，还认出自己的过去与未来，自己的一生尽收眼底……“咦，怎么！天主啊，在窥测我们的敌人眼里，我们竟然如此透明，一目了然吗？我们竟然手无寸铁，落入他的深思熟虑的仇恨中吗？……”

一时间，他们面面相觑。幻象十分逼真，因此，多尼桑神父并未产生名副其实的恐怖之感。不管怎样仔细辨认，他也不能完全把自己同化身区别开来。不过，对于自身的统一，他还有五分的意识。这不是恐怖，而是不安，不安到了极点，以致在他看来，要喝退这个形体，一个披着他的皮肉的敌人，简直不合情理。然而，他却敢于这样做。

“走开，撒旦！”他咬牙切齿地说道……

可是，话却哽在喉咙里，他朝自己扬起手时，手还在颤抖。不过，他还是抓住这个肩膀，感到厚实的肌肉，并未吓得要死，反倒无名火起，狠狠地掐住这个肩膀，要把它撕碎揉烂。他对着自己的面孔、自己的眼神，面颊感到自己的气息，手掌感到自己的体温。继而，烟消云散了。

仍然瘫在泥中的可悲的遗体，重又发出声音：

“你要把我撕烂，嚼碎，吞下去呀，”那声音哀怨道，“你究竟是什么人，都不仔细瞧一瞧，就要毁掉如此珍贵的幻象？”

“我并不需要这个，”多尼桑神父继续说道，“认不认识自己，又有什么关系呢？一个可怜的罪人，无须别的阳光，只要内省就够了。”

话虽如此，失掉幻象，他遗憾得每根心弦都为之震颤。一种超自然的好奇，从此永无结果，他也怅然若失，怱怱不乐。不过，他还是以为达到了目的。

“你已经黔驴技穷了，”他对还在颤动的皮囊说，并且一脚把它踢出大道，“谁晓得我还有多长时间呢？赶紧吧！赶紧！”

由于急不可耐，他下意识地低低弯下腰，但并不想附耳倾听：

“回答呀！（他没有对着那物，而是在自己胸前画了个十字。）上帝把我的生命交给你了吗？我就要死在此处吗？”

“哪里！”那声音依然凄厉地答道，“我们并没有掌握你。”

“既然如此，不管活一天还是二十年，我也要夺取你的秘密。哪怕追到你的同类那里，也一定要达到目的。我不怕你！我绝不害怕！不用说，你又会在我面前隐形了。可是刚才，我看见了你，受刑的人啊！你不是害了不少灵魂吗？还要猎取吗？你落到了我的手里。我要按照上帝的启迪行事，讲出你恐惧之话。我要把你像猫头鹰一样钉在我的祈祷之中，除非你放弃自己的勾当，不再危害托付给我的灵魂。”

令他大吃一惊的是，就在他竭尽全力，以为战无不胜之时，他却看到那皮囊动弹膨胀起来，恢复了人形，又成为当初那个快活的旅伴，并且答道：

“我不怎么怕你和你的祈祷，倒是怕那位……（他讲这话的口气始而冷嘲热讽，终则惊慌失措。）他离得不远了……这阵工夫，我嗅出他了……噢！噢！这个主人多么残忍啊！”

他从头到脚发抖，接着脑袋偏向肩膀，重又喜笑颜开，仿佛他听见敌人的脚步声渐渐消弱。他又说道：

“你步步紧逼，可我逃脱了。让我罢手！简直是疯话！基督教徒的血我还没有喝足！今天就算饶过你！你付出了很大代价。将来，你还要付出更大的代价！”

“饶恕什么？”多尼桑神父高声问道。

他本想忍住不讲这句话，但是那家伙立即抓住了，那张邪恶的嘴高兴得哆嗦一下。

“正如刚才你看到自身那样（第一次也是最后一次），你还会看见……还会看见……嘿！嘿！……”

“你这是什么意思，骗子？”康帕涅助理司铎高声质问。

辱骂毫无作用，那个怪家伙好像借助好奇呼声之力，完全恢复了平衡和稳定，慢慢抬身，故作镇静地坐起来，不慌不忙地扣上皮外套。原地依然是那个庇卡底的马贩子，就仿佛他从来没有离开过一步。未来的兰布尔圣徒的手重又垂下。怪事！刚才面对那么多奇特凶险的幻象，他镇定自若，而现在几乎不敢抬眼瞧瞧这个无害的形体、这个多么普通的老实人。这张声调熟悉、样子狡黠的嘴，会讲出那种骇人听闻的话，两者实在联系不起来。

“不要逃得这么快。也不要太贪求我们的秘密。不久就能证明我是否说了谎。况且，就在刚才，你要是费神看一眼我安排在你眼前的景象，就不会咒骂我了。（他使用了另一个词。）你看到你本身如此，告诉你，将来看见别的几个也一样……实在遗憾，这种天赋赐给了你这样一个笨蛋！”

他合拢手掌，往上哈气，弄得嘴唇噗噗响。他的脸红扑扑的，眼睛堆笑，半眯缝着，眼神极为灵活，既可能表示快乐，又可能传达藐视。不过，快乐占了上风。

“嗬！嗬！嗬！多尴尬呀！一声不吭啦！”他磕磕巴巴地说道，“刚才你可喋喋不休，不愧是魔鬼的克星、驱邪法师、魔术大师、我心中的圣徒。”

每听见一声狞笑，多尼桑神父都颤抖一下，不久便瘫软在地，如同泥雕木塑，头脑麻痹，形成不了一丝意念。

那家伙使劲搓着双手。

“饶恕什么？……饶恕什么？……”他一再滑稽地模仿他的受害者，“在你向我们展开的搏斗中，很容易走错一步。好奇心一时把你出卖给我了。”

他凑上来，诡秘地说道：

“你们这些自命不凡的小神人，对我们一无所知。我们极有耐性，不会轻易发火！诚然，他使我们为他的意图效劳，因为，他的话是不可抗拒的。诚然——何必否认呢？——我们今天夜晚的行动似乎逆转，令我困惑……（啊！刚才我逼迫你的时候，他的思想集中在你的身上，而你守护神却在闪电中发抖！）可是，你这凡体肉眼，什么也没有看见。”

他用鼻子连声狂笑：

“嘿！嘿！嘿！我所见到的具有你这种特征的人，全算上，数你最笨重，最迟钝，也最结实！你跟牛一样犁地，像公山羊一样冲向敌人……从上到下，真是一个出色的靶子！”

多尼桑神父一阵阵惊悸，在恐惧中，一直默默地凝视他。不过，某种类似祷告的东西，在他的记忆中游弋，但仍然迟疑、模糊而未成形，他还未能抓住。在他的胸膛里，挛缩的心仿佛有了暖意。

“我们会巧妙地整治你，”那家伙继续说道，“你就费尽心机害我们吧。我们反过来也要整治你。还没有哪个乡巴佬我们摆弄不了。我们要给你减减肥，让你消瘦苗条点儿。”

他那血红的圆头伸过来：

“我在胸前搂过你，也抱着摇过你。将来，你还会抚爱我多少回，却以为紧紧搂着另一位！要知道，这就是你的特征。这就是我的仇恨在你身上的印记。”

他双手搭在神父的肩膀上，强按他屈膝跪到地上……讵料，康帕涅助理司铎猛扑过去，可扑到的仅仅是空幻和影子。

夜色重又在他周围、在他身上弥合。他动弹不得，仅凭听觉存在。他的确听见身边的话语，但不连贯，仿佛悬于半空，如梦境一般毫无实感。接着，他猛一振作，终于听出是身边的行人在谈话。不管这些人是否是想象的，其中一个走开，只听见那人话音渐远，脚踏沙路的嚓嚓声也消弱了。他终于感到身子被人搁起，托在一只有力的胳臂上，肩膀被挤得生疼。有什么东西又蜇了嘴唇和牙齿，一股火辣辣的汁液流进喉咙和胸膛。他眼前的黑幕微微开启，朦胧的光线逐渐清晰，瞥见不远的地方放着一盏大灯笼，那正是大风之夜渔夫使用的。一个陌生人用手抚着他，拿行军壶给他灌酒。

“神父先生，”那人说道，“还不太早……”

“您要干什么？”多尼桑神父讷讷问道。

可怜而虚弱的神父说得尽量缓慢从容些，但是他眼中的幻象宛在。那人吃惊或恐惧地一抖，似乎令他困惑不解。

“我叫让－玛丽·布兰维尔，是圣普雷的采石工人，住在康帕涅的热尔曼娜·杜夫洛是我姐姐。我认识您。您好些了吗？”

那人移开目光，神态既尴尬又充满了同情。

“我发现您昏倒在路上。马雷勒的一个好心的小伙子，在我之前发现了您；他是贩马的，从埃塔普勒的集市上回来。是我们两个人把您抬到这儿来的。”

“您看见他啦？”多尼桑神父嚷道，“他在这儿！”

他猛地起身，撞得让－玛丽·布兰维尔打个趔趄。不过，这人是按自己的想法看待如此奇特的急切动作。

“您要问他什么事儿吗？”这个朴实的人问道，“您想让我叫他吗？他肯定没有走远。”

“不用，朋友，”康帕涅助理司铎答道，“不要叫他回来了。再说，我的感觉好多了。让我自己走几步吧。”

他歪歪斜斜地走开，步履渐渐平稳了。他走回来时，已经冷静下来了。

“您认识他吗？”他问道。

“谁呀？”对方不禁奇怪，反问一句。

他马上又转过弯来，快活地高声说道：

“马雷勒那个小伙子呀！我还不认识他！上个月，在弗吕日的集市上，他卖给我两匹不到三岁口的骒马。就是这样！……真的，神父先生，您要是听我的，咱俩可以结伴走一段路。走一走，您就可能恢复。我这是去阿伊勒采石场，我在那里干活。这段路上，您酌量酌量，要是感觉不好，到了桑索奈，就在偷嘴鹊雀酒馆找辆车吧。”

“往前走吧，”未来的兰布尔圣徒答道，“我体力恢复了，感觉很好，朋友。”

他们一道走了一会儿。这时多尼桑神父才领悟这句听过的话的真正含义：“不久就会证明，我是否说了谎。”

他们起初走得很慢，继而加快脚步。路相当难走，一入秋便布满辙沟，不到冬季冻实，就不再有车辆通过了。因此，工夫不大，他们就不能并排走了。采石工走在前面。康帕涅助理司铎紧随其后，他低着头注意路上的沟沟坎坎，粗皮鞋好踩稳，同时又尽量不拖累旅伴的步伐。他又冷，又累，又发烧，浑身还直战栗，而他这可悲的简单头脑，已经把这个不同寻常的夜晚忘记大半了。

这并非轻率，亦非疲劳过度乃至呆痴了。他是主动排除这种念头，尽管这不难做到。他天真地打算放一放，待更好的时机再省察，比如等到下次忏悔的时候。别人遇此情况，难以分辨是受了自己荒唐行为的捉弄，还是明显经历了超自然的巨大考验，总要首鼠两端，游移不定！而他呢，克服了第一阵恐惧心理之后，便驯顺地等待恶魔再次作祟，以及上帝必施圣宠。着魔还是发疯，纯系梦幻还是受魔鬼的欺骗，又有什么关系？反正这种圣宠是应分的，必然会赐予……他怀着一种天真的安全感，只待安慰者的来访，恰似一个孩子到了用餐时间，自然抬眼望他父亲，即使饿到极点，小小的心灵也不会怀疑每日的餐饭。

他俩一同朝阿伊勒采石场走了一小时，已经走了四分之三多的路程。多尼桑神父不熟悉这条路，他非常小心，不敢偏左也不敢靠右；有时脚下一滑，泥水溅到脸上，迷了眼睛。内心处于抵御状态，下意识地防备已经克服的一种幻象，精神持续紧张，思想也就从一种新的、难以名状的感觉上移开，他虽已品尝了味道，却难以辨析。渐渐地，这种感觉变得十分鲜明，确切地说，变得绵绵不绝，特别轻柔地撩拨挑逗，以至他终于为之心动。是来自外界还是发自本身呢？这是胸口间似无实感的一种暖意、心灵的一种欢悦。这也是某种增添的东西、一种十分迫近的现实，以至有一阵，他真以为天亮了，或者又是月亮的清辉。然而，为什么他不敢抬起眼睛呢？

因为，他走路一直盯着地面，眼睛几乎闭着，唯见难以觉察的泥水的幽光，没有发现一线光亮、一丝反光。不过，他敢保证他渐渐穿行在一种温煦宜人的光中，穿行在一种金色的光尘中。虽然他心里不承认，甚至还不相信，其实他在担心，怕一抬头看见他的幻想和快乐全部烟消云散。他并不畏惧这种快乐，尽管从前逃避过多少回，但是感到这回不辨认清楚，绝不再逃避了。他是受到吸引，呼唤，而不是被迫的。他毫不愧疚，只是软弱无力地抵挡，确信自己迟早要服从这种虽然专横，但却有益的力量。“我再走十步，”他心中暗想，“我眼睛低垂，还要走十步，接着再来十步……”采石工的鞋跟踏着较为干硬地面，发出轻快的嘎嘎声。神父听着极为感动。他渐渐认为，此人肯定是位朋友，一种亲密的友谊，一种神明可鉴的圣洁的友谊，将他们联结起来，无疑自始至终把他们联结在一起。他眼睛漾出泪水。在一个明亮的早晨，两个生来命运相连的上帝的选民，就这样在天国的花园里相遇了。

他们来到两条路的交叉口：一条顺着平缓的土坡通向村庄，另一条被大车压得很深，通向采石场。远处传来一阵鸡鸣和人语声：一定是别的采石工要赶在天亮之前上工……恰好在这时，多尼桑神父抬起眼睛。

难道面前是他的旅伴吗？开始他不相信。他眼前出现的，他以闪电般的目光确信捕捉到的，难道就是这个有血有肉的人吗？在幽暗的夜色中，只能隐约发现这个不动的身影；然而，他一直感到这种轻柔、均匀而活跃的光线，这种反射在他思想中、成为真正主宰的光线。面前静悄悄显现的奇迹，未来的兰布尔的圣徒还是平生头一次看见，后来就习以为常了；但是不经过斗争，他的感官似乎还不能接受。天生的瞽者，一旦见到光明，手指便颤抖着伸向这种陌生之物，并奇怪自己竟然没有抓到有形有体的东西。同样，要跨进这个凡人不能涉足的新的认识殿堂，年轻的神父怎么能没有斗争呢？他瞧见眼前这个旅伴，而且并不怀疑，尽管他徒然地窥视此人的手和脸，却根本辨不清他的形貌……然而，他瞧着非同寻常的光亮，毫不畏惧，神态显得信赖而安详，专注而镇定，但无意深入其中，而是确信它入我体内。他觉得过了很久，其实不过是一瞬间。他恍然大悟。

“正如刚才你看见自身那样……”那个可憎的见证人曾经说道。的确如此，他看到了。明察秋毫的目光、洞幽烛隐的直觉、博大精深的学识，总之，一个人的意识所未能窥见的，他却用肉眼看见了。诚然，我们部分地赋有本性，了解自己无疑比别人清楚些；可是，每人都应当深入自身，而愈深入愈黝暗，直至幽幽的底层、沉沉的自我，那里本能在狂啸，祖先的亡灵在欢舞，宛如地下之水。果然……果然，这个卑微的神父倏忽移情至另一个人的内心，无疑到了审判者目力所及之点。他意识到这是奇迹，而且欣喜的是这奇迹如此简单，显像如此美妙。这种潜入心灵之举业已完成，他并不恐惧；若是在一般人的想象中，这一情景必有闪电雷鸣。也许他奇怪神的启示来得太迟了。他虽然表达不出来（他一向不善于表达），却感到这种认识符合他的本性，世人为之得意的聪明和才干在这里作用甚微，它仅仅是慈悲的勃发、扩延与张大。他的思想恭谨而坦诚，已经判断不了自己是否无愧于特殊的圣宠，几欲自责因失误而耽搁了神的启示，自责对世人的灵魂爱得不深，否则何以认不出它们。其实，道路既经选定，这事易如反掌，目标也近在咫尺。瞽者一旦恢复新的感官，举目遥见天边，也就不再奇怪了；而从前他要艰苦跋涉，穿越沼泽与荆丛才能到达。

采石工脚步稳健，一直走在前边。有一阵，多尼桑神父想出其不意地赶上去，招呼他一声，但这只是一闪念。这颗赫然赤裸的灵魂，令他充满敬意和怜爱。这颗朴实清白、热情勤恳的灵魂，只操劳日常琐事。然而，一种无与伦比的谦恭，宛似一束天光，以其光辉沐浴它。这个鲜为人知、自己也不了解的正义者，在上帝的注视下，乐天知命，尽心尽职，一生忠于平凡之爱；对于受恐惧困扰折磨的可怜神父来说，发现这个正义者，是多么深刻的教训啊！他于敬重怜爱之中，又掺进了某种忧虑，登时产生一个念头：“那一个是不是碰到这一个，唯其碰到这一个，才仓皇逃走的呢？”

他本想停下脚步，又不至于打破这种美妙的幻象。他绞尽脑汁，也想不出该讲的话，觉得任何语言都微不足道。纯洁之心的庄严，将话语阻在嘴边。可能吗？他穿过混杂最粗鲁之徒的人群，看见了多少罪孽，简单的头脑却毫无判断，难道这可能吗？这个上帝之友，这可怜人中的可怜人，始终保持正直和童心，难道这可能吗？这使人联想起另一个工匠的形象，那人是村里的木匠、圣母玛利亚的卫士，同样默默无闻，但为人公道，敢于正面瞻仰救世主，手使长短刨丝毫也不发抖，从不赚昧心钱，尽量满足顾客。

唉！在一定程度上，这次教训难以产生作用。这位神父永远也得不到安宁，却被派来把安宁施与世人。他只对罪人负有使命。兰布尔的圣徒要在不安和泪水中继续赶路。

他们走到十字路口，多尼桑神父还是没有想出一句话。他在体味这种柔情，并且要咀嚼净尽，因为他预感到这可能是他一生珍贵的阶段。然而，他已经准备怎么得来便怎么放弃，默默地离开这种温馨。

采石工站住，摸了摸鸭舌帽，说道：

“我们到了，神父先生。您一直前走，还有六里路。现在您能行吗？不行的话，我就跟您一道去桑索奈。”

“不必了，朋友，”康帕涅助理司铎答道，“正相反，走这一阵，我感觉好多了。就此分手，再见。”

一瞬间，他打算同这人约会，但随即又觉得，最好还是听凭那个意志的安排，既然有首次，也许会再有机会相见。他还想为他祝福，但又不敢。

他最后端详对方一眼，目光里充满了他日后施与许多人的怜爱。然而，这一目光，恭顺的旅伴却没有看见。二人摸黑握手告别。

道路重新在他面前展开，又认出来了。他走得很快，非常快。首先他默默地感谢上帝使他洞见奇迹。行走中，他仿佛还沐浴着他已熟识的阳光。这不是神灵相伴，而是胜似记忆的某种感觉，犹如离开久久追踪自己的歌声。

唉！这正是一种神秘旋律渐弱的余音；这旋律他再也听不到，永远也听不到了。他这愉悦的情绪相当短暂，每走一步就仿佛失去一点。可是，当他天真地站住时，这感觉就好像加速逃逝。他躬着背又朝前走去。

晨光熹微，模糊的景物渐渐熟悉了。重睹旧物，不禁怅然。每辨识一处，每恢复一种习惯，都使这一夜奇遇更加恍惚朦胧。不承想，奇遇的细节和轮廓退入梦境，消逝得这么快。他穿过蓬波纳村，过了布雷姆小村，登上最后一道岗子，终于俯见岗下洼地中的康帕涅小火车站的灯光，以及突然近在眼前的信号。

他停住脚步，气喘吁吁，光着脑袋，耳中嗡鸣，身子在溅了污泥而发硬的教袍中瑟瑟战栗，一时弄不清是寒冷还是羞愧的缘故。

这时，日常的生活在他身上恢复，而且来得如此猛烈，如此突兀，以致刹那间，刚才的经历在他的头脑里化为乌有，荡然无存了。这样倏然而逝，酷似他身躯忍痛的抽缩。

“难道是做梦吗？”他思忖道。更确切地说，他极力发出声来，在寂静中讲出这句话，以便压住另一个声音；而那声音更为清晰，异常缓慢地在他内心问道：“难道我疯了吗？”

啊！一个人感到自己的意志、神思以及意识，像透过筛眼一样逃离，同时内心像翻卷的皮手套一样，赫然暴露出来，在难以计数的一瞬间，他要肝肠断绝，痛苦到无以复加的程度。可是这个人，可怜的神父，如果说怀疑，那他不仅怀疑自己，而且怀疑他的唯一希望！若是堕入地狱，他就会丧失更珍贵的财富，神圣的财富，即上帝本身。在他理智的最后闪光中，他衡量了他的博大之爱所要沉没的黑夜。

他不会忘记新战场。走到最后一道土坎，道路徒然一转，眼前展现一块狭长的土坪，上面耸立一棵百年柳树。村子就坐落在右下首的最后一道沟里。面包师约苏埃·蒂里翁的炉火隐隐映空，同车站的红绿灯光相辉映。灰白色的晨曦滞留在天幕中，还捉摸不定。

多尼桑神父的左首也出现了一条土路，沿陡坡而下，一直通向卡迪尼昂古堡的下方。这条路陷在荒疏的荆棘里，倒像一个细谷或水潭。那是黑暗中的黑点。康帕涅助理司铎不由自主地俯瞰。风吹荆棘，发出绸缎般的窸窣之声，有时又戛然沉静。泥泞的路上不时滚落一个石块。突然，在细微的天籁中，在踽踽独行的凌晨，有一种响动清晰可辨，那是一个活生生的躯体站起并走近时空气的微颤。

“嘿！”是一个非常年轻的女人的声音，但低沉而微微颤抖，“算啦！我看见您有一阵子了。您终于还魂了吗？”

“您是谁呀？”多尼桑神父轻声问道。

他伫立在路坡边上，颀长的身影衬着更加灰白、变幻不定的天幕，几乎难以辨清；他用如同内视的目光，盯着下面土壁之间的纤小人影。这神秘的影子仅离几步远，愈走愈近，而他却不甚了了，只是默然而平静地确信，这个轻轻踏着泥淖走上来的东西，正是今生难忘之夜最后登台的演员……

“哦！原来是您哪！”马洛蒂小姐说道，同时做了一个痛苦的怪相。

马洛蒂小姐踮起脚来看他，刚够着他的肩膀。那张抽搐的小脸完全是一副大失所望的表情。然而瞬息间，脸上又相继浮现气恼、骄矜、厚颜无耻的绝望，而且如此真切，如此深沉，以至那张童稚的面孔失去了年龄的特征。这时才遇到盯着她的奇特目光，她的眼睛简直不敢正视，但还保存着火焰，而她的嘴则撇成弓形，只表露恼羞成怒的惶恐。

因为，神父的目光一刻也没有移开。即使在神经错乱的时候，马洛蒂小姐也总是非常谨慎，这次照例怀着戒心，窥探对方的眼神。年轻的神父，拿卡莱大夫的话说，“在康帕涅蒙哄意志薄弱的人”，在此之前她根本不把他放在心上。可是此时此地同他相遇，她不禁大吃一惊。基于其他原因，她也相当失望。若是在刚才，她准会吓唬神父，至少逗他发发火。但是现在，她在他的眼神里看到了巨大的悲悯。

这种悲悯的眼神，虽然沉静而专注，但却痛苦而热忱，绝不是鄙视的伪装。她只能窥视神父的脸，而这张微微斜着俯向她的脸，没有流露出一丝恐惧、吃惊或诧异的表情。这目光半躲闪在眼睑里，她想正视的时候，却发现这目光渐渐下移至她的胸口，就好像神父要探询跳动的心，而不屑于观看世人眸子的空泛之光。

她仅仅猜错了五分。的确，他又听到了轻柔而有力的呼唤。一种陌生而微妙的、粹而不杂的感觉，宛如隐秘光辉的照耀，又像穿过他躯体的不竭光源的流动，渐渐侵袭生活的本原，改变他的血肉之躯。如同渴得要死的人见到清冽的水便要畅饮一样，他不知道这种横贯体内的感觉，究竟是快乐还是痛苦。

此时此刻，他认识他的天禀的价值，认识这种天禀吗？

一个人一生久罹残酷的战斗，意志有时几欲摧折，但依然保持高度的清醒，毫无疑问，他始终不会明确意识到这种能力。这不足为奇，世间最缓慢的莫过于人的体验，对一件事总是观来察去，游移不决，纵然不为自己的聪明所误，也往往半途而废。多尼桑神父的内心幻象，总在任何假想之前，先入为主。这种顿悟即使窒息理智的声音，天生的智慧也只能缓慢地、迂回地重新找到他这种确信的理由。同样，一个人已经放眼天际，而一处陌生的景物，在中午的阳光下赫然呈现在面前，他的神思也只能从梦境深处逐渐醒来。

“您想干什么？”马洛蒂小姐粗暴地说，“这是拦路的时候吗？”

她嘿嘿冷笑，但笑声并不虚假；神父完全明白，抑或根本没有听见。因为，有一种比任何人声都要高亢的声音向他呼喊，这就是吞噬她的绝望的痛苦。

“我沿着塞纳古尔大道走来，”她继续滔滔不绝地说道，“不过又拐向克尔扎格。您听了奇怪；其实这非常自然：夜里我睡不着觉……没有别的原因……您呢，”她勃然变色，又说道，“一位神父，居然躲在篱笆后边劫姑娘，可不像话呀……除非……”

她在神父脸上寻觅恼火或尴尬的蛛丝马迹，以便再次发笑，可是笑声却在喉咙里止息，因为她一无所获，毫无迹象表明他听见了。因此，她又开口时，眼神已揭穿她依然嘲笑的声音。

“看来，您不喜欢开玩笑，”她说道，“有什么办法呢？我爱笑……这也禁止吗？我可是没少笑啊！”

她叹了口气，又改变声调说道：

“好吧。但愿我们之间再也没有什么话好讲吧？”

她要走下一段洼路，经过他面前时，在斜坡上滑了一下，五根细指赶紧抓住黑袍襟，以便稳住身子。

为什么她又站住了呢？有什么疑虑又使她愣了片刻呢？尤其是，为什么她又说了几句话，而说的同时她心里就否认呢？

“嗯？您心里在想：她是刚刚离开情夫，趁天没亮回家吧？……您没有完全猜错。”

她的眼睛偷偷地扫了一下天边。在她右首，有一片高大的挪威松林，涛声入耳，黑黝黝的阴影映在鱼肚色的东方天幕上。她不是头一回听到松林凄厉的鸣声。

多尼桑神父把手轻轻地搭在她肩上，爽快地问道：“我们一道走一走，好吗？”

他走下路坡，毫不犹豫地掉过头去，背向卡迪尼昂古堡和村子，朝梯耶尔小村走去。路越来越窄，他们不能并排走了。

穆谢特的小小的心，在胸口从来没有跳得这样剧烈。此刻，她既无力抗拒，也难施诡计，只听身后铁掌粗皮鞋嘎嘎的声音。他们默默地走了几步。康帕涅助理司铎完全踏着她的脚印，每跨一步都逼她加快速度。

过了一会儿，穆谢特觉得实在受不了这种紧逼，她为之困惑的恐惧心理竟倏然消逝了，于是轻捷地跳到路坡上，示意让他过去。

“您丝毫不必担心，”多尼桑神父说道，“我不会逼迫您。我没有受任何好奇心的驱使，只是感到高兴，因为误了许多时日之后，今天终于遇见您了。不过还不太晚。”

“甚至有点太早了。”马洛蒂小姐答道，并故作忍住了尖厉的笑声。

“我并没有寻找您，”康帕涅助理司铎又说道，“请您原谅。我兜了一大圈才遇见您，这一圈非常大，也非常奇特。为什么要拒绝我的请求呢？谈一谈，无论对您对我，恐怕都是很大的安慰。”

她耸了耸肩膀，无意跟上去。然而，她犹豫不决，不安地愣在那里，还不知道这种不安正是一种秘密的希望。

昨天，她辞别了勒芒杰家的表兄弟，乘车一直到福尔；当时将近晚上七点钟，她要求把她撂在那里，说是要到女友苏姗娜·拉布丹开的“年轻法兰西”小咖啡馆吃晚饭，然后步行四五公里回康帕涅。尽管她秘密分娩，可是自从上次生病之后，有几个亲戚已经知道她得了严重的“性病”。在这些善良的人看来，“性病”是不治之症，凡是传染上的人，就必然被打入另册，成了一句辛辣而感人的谚语所说的，“不能生崽儿”的可怜鬼。出于这种原因，近几个月来，别人很少劝阻她的古怪行为。她不让拉布丹那个小伙子护送，离开了“年轻法兰西”小咖啡馆。尽管天色已晚，十点钟之前她也能赶回康帕涅；可是按照老习惯，她穿过埃塔普勒大路，绕了一个弯，要贴着卡迪尼昂古堡庭园走一走。她背靠着篱笆，两个拳头撑着下巴颏儿，双脚插在泥淖之中，丝毫也不害怕，只是细嚼自己的记忆，像往常那样，以冷静的头脑和火热的心衡量是非，冥思苦索了多长时间？

她战败了，被赶出了自己的梦幻，永远被视为一个中魔的可怜姑娘，被剥夺了一切，甚至自己的罪恶。她这颗惶恐的小小的心灵，只有一种安慰，就是在这终生难忘的同一时刻，重睹这条她在空前绝后之夜所走过的道路、这道现在关闭的栅栏、这条林荫路的神秘的弯道，以及那边，那深邃之处的幽寂的高墙；高墙里面夜夜守着那个无谓的死者——她的无言的见证人。

康帕涅神父等了半晌不见回答，没有流露出一丝急躁的神色，但也并不怀疑对方会听从。他的声音越来越谦卑轻柔，几乎畏怯，反之神态却越来越威严。他声调未变，突然讲出这样一句出人意料的话，使马洛蒂小姐感到仿佛是从内心迸发出来的：

“刚开始，我只想把您引开，因为您完全清楚，您在此等待的死者，已经不在了。”

穆谢特不禁愕然，浑身一抖，但当即控制住了。她随口问了一句，嘴唇微微颤抖，但并不是因为害怕：

“死者？什么死者？”

这时，神父超过去，继续朝前走，她则倒着碎步紧随其后。神父依然平静地说道：

“我们不善于判断自己的行为，对某些过错往往抱有幻想，无视我们身上完全腐烂的、不抛弃便会致命的东西。”

“什么死者？”穆谢特又问道，“您指的是什么死者？”

她下意识地揪住教袍的大襟，而她的同路人每跨一步，都把她甩向路旁，使她气喘吁吁，结结巴巴讲不出话来。她这样追赶未免可笑，自己竟反过来询问，几乎哀求，实在丢脸，骄傲的心痛苦不堪。然而，她也隐隐感到一种类似快活的情绪。她还说离开这条路，一齐走上平野。她立即认出这个地方。

这里离特里伊村边的几座房子有二百米；那个小交叉路口围着绿篱，是按照旧习惯栽的小椴树。到了八月的头一个礼拜天，过主保瞻节的时候，那里停着赶集小贩的寒酸的货车，舞迷们也时常带姑娘跳舞。

他们俩像刚撞见时那样，再次面面相觑。凄清的晨曦还在天空徘徊。在马洛蒂小姐的眼里，助理司铎的身影更加高大了。他走上前，把黑色袍袖举到她头顶，动作庄严，显示一种难以形容的力量和温存：

“听到我要对您讲的话，不必大惊小怪，千万不要以为这会引起别人的奇怪或兴趣。我本人也不过是个可怜人。然而，当反抗意识附在您身上时，我却看到上帝的名字写在您心里。”

他放下胳膊，用拇指在穆谢特胸前画了双十字。

穆谢特轻轻往后跳了一步，只顾发愣，一句话也未想出来。这种轻柔的声音直透她的心扉，当余音在她心中消逝的时候，慈父般的目光终于使她困窘了。

充满了慈爱！（因为他本人也尝到了毒汁，长期品嚼苦涩的滋味。）

人类的语言没有足够的张力，难以用抽象的词汇来表达确信圣体存在；因为我们的确信都是演绎而来的，而大部人到了暮年，经验不过是绕着自己的虚无长期徘徊的结果。唯有合乎逻辑的明显事实，才能从理性中喷射出来。唯有种与类的世界才是已知的。唯有神火才能冲开并融化概念的坚冰。然而此刻，显露在多尼桑神父面前的，根本不是符号或图形，而是一颗活生生的灵魂、一颗异常封闭的心！不仅在他们非同寻常的相遇之时，就是在平日，他也不能用语言来论证始终鲜明的外界幻象；而这种幻象，却同他内心充满的阳光水乳交融。婴儿拥抱人世，所见的头一个幻象极为丰满，极为纯洁，简直不能同这婴儿欢悦的战栗相区别。所有颜色和形状，在婴儿快活的笑声中烟消云散了。

后来有人询问他何以有透视心灵的天赋。开头他否认，而且往往很固执。不过有时怕说谎，他就解释得更清楚些，可是态度特别认真，又特别天真地力图讲得准确，结果说出来的话常常使感兴趣的人再度失望。乡村的信徒，就是这样解释圣女黛蕾丝或圣徒十字若望的神悟并与上帝合一的圣迹。须知，对于只从外部观察的人，生活才是杂乱无章的。反之，一个超人，不管借爱的翅膀升到多高境界，也总是适意从容；他一旦获得异能，精神生活并不会发生丝毫紊乱，只是不断地确认这种异能而无意命名。

“您看见什么啦？”人们询问这位圣徒，“您看见什么啦？有什么警示？有什么信号？”他就颠来倒去地说：“我怜悯……我只是怜悯！……”那声音就像一个勤奋的孩子忘记了拉丁文入门课的词句一样。他在路边碰见马洛蒂小姐的时候，只看见面前出现一个模糊的人影，强烈的怜悯之情便油然而生。一位母亲惊醒，确信自己的孩子处境危险，难道不就是这样吗？博大心灵的慈悲与超自然的同情，仿佛直透人的内心。慈悲犹如理性，是我们已知的一个因素。但是，如果说慈悲也有法则，它的演绎却势如霹雳；要步步追随这种演绎的人，只能瞥见其闪电。

神父垂在穆谢特身上的目光，也许会使任何别的女子跪下。诚然，她也在瞬间感到犹豫，似乎动了心。但她及时有了救援，它来自一个从未辜负期待、日益关切的强硬主宰：是梦幻，又几乎混同于其他梦幻；是欲念，也并不见得更强烈；是千百种声音中的声音，此刻则既真切又鲜明；是伴侣和冤家，时而怨艾，萎靡不振，泪如泉涌，时而粗暴，步步进逼，强加于人，而到了关键时刻，则又残忍无情，在辛酸痛楚的笑声中完全显像；总之，是从前的仆人，现在的主宰。

这种情绪从她心中猝然迸发。她无名火起，怒不可遏，要抗拒对方的眼神，向对方关闭自己的心扉，要侮辱她感到垂悬于头顶的怜悯，要践踏玷污这种怜悯之情。她一阵冲动，浑身战栗，但没有匍匐跪下，而是面对审判者傲然沉默。

起初，她没有想出一句话。难道她能用言语表达这种野性的激奋吗？她仅仅重温了自己短暂一生的重大失意，仿佛这位神父的怜悯，便是她种种失意的收场和终极，但是这一幕幕以超自然的迅疾与真切在她头脑中闪现……她终于含混不清地讷讷言道：

“我恨您！”

“不要感到羞愧。”神父说道。

“这话留给您自己吧，”穆谢特嚷道，（然而，神父完全击中要害，以致她的怒火也好像无的放矢了。）

“我甚至不知道您要讲什么！”

“毫无疑问，您还要经受考验，而且更为严酷……”神父接着说。“您多大年龄了？”他沉吟一下又问道。

这一阵，穆谢特的目光流露出已然失望的诧异之色。听到最后一句问话，她强颜一笑。

“您应当知道，多少事情您都了解……”

“直到今天，您在世上还像个孩子。谁不可怜一个小孩子呢？正是这个世界的神父。哦！瞧吧，即使我们任性胡闹，上帝也保佑。当一个人起而诅咒他时，唯有他扶住这只软弱的手！”

“孩子，”穆谢特说道，“孩子！您在您的教堂里不会见到多少：他们不需要您的圣水。我所走过的道路，您还是永远不要了解为妙。”

她说到最后几个字，语气夸张，颇为滑稽。神父平静地答道：

“您在罪孽中究竟发现了什么，值得如此烦恼痛苦呢？如果说，寻求与占有罪恶，包含着某种极度的快乐，那么您也要相信，换个别人，肯定会专给自己表达这种快乐，畅饮快乐之浆，直至苦涩的渣滓。”

多尼桑神父又朝她迈了一步。看他的神情，没有丝毫过分的激动，也没有半点出语惊人的愿望。然而，他的话却把穆谢特定在原地，并在她心中震响。

“丢掉这个念头吧，”神父说道，“至于这个人命案，在上帝面前，您根本无罪。当时跟现在一样，您的意志并不自由。您如同一件玩物，如同撒旦手中的一个孩子的小球。”

神父没容她回答，况且她也没有想出一句话。他边讲边带她上了多夫尔大道，大步走在僻静的田野里。她跟着他，也只能尾随其后。神父娓娓而谈，这情况从未有过，即使后来到兰布尔充分施展才具时，也没有再次出现，因为，她是他头一个猎物。穆谢特所听到的话，不是审判者的判决，也毫未超出易惊的区区小畜生的理解力，而是充满了无比的柔情；这正是她本人的经历，穆谢特的经历，既未经导演之手戏剧化，也未附会罕见奇特的情节，恰恰相反，这只是内视省思，摘其概要，轻描淡写而已。她看到在这言语之火中焚毁的，正是她本身；她毫不躲闪，任熊熊火焰追至最后一道弯路，烧到肌体的最后一条纤维。这种直透她心脾的非凡的声音时高时低，她感到她生命的温度也随之升降；这声音起初清晰，使用日常话语，在她畏惧之心听来，犹如噩梦中见到一张友人的面孔，接着，它渐渐融合于内心的表白，融合于意识的源头被搅动而发的泣诉，结果两种声音化为一种哀怨，宛似喷出的一柱鲜血。

然而，当他沉默下来时，她感到生命犹在。

沉默持续良久，至少这段时间难以计量，无法分辨。接着，来自十分遥远的声音，重又传到她的耳畔。

“冷静些，”这声音说道，“不要滥用您的力量。您的话讲得够多了。”

“够多了？我讲了什么？我什么也没有讲。”

“我们谈话了，”这声音又说道，“我们甚至谈了很长时间。瞧，天都亮了：夜晚过去了。”

“我说话了吗？”她哀求地又问道。

如同醒悟时，完成的行为从记忆中赫然出现那样，突然她又嚷道：

“我说话了！我说话了！”

在灰白色的晨光中，她看清了康帕涅助理司铎的面孔。他的脸是一副疲惫已极的倦容。他的眼睛里，此刻火焰已然止熄，仿佛饱览了神秘的幻象。

她感到十分虚弱，绵软无力，无论要靠拢还是离开他，似乎半步也挪不动了。她还犹豫不决。

“这可能吗？”她又问道……“凭什么权利？……”

“我对您没有丝毫权利，”神父轻声答道，“如果上帝……”

“上帝！”她的话开了头，却讲不下去；她身上的反抗意识好像麻痹了。

“您在他的手掌里，挣扎得多么厉害啊！”神父忧伤地说道，“您还要逃脱吗？我不知道……”

他又沉默了片刻，低声下气地补充道：

“饶了我吧，我的孩子！”

他脸色苍白得吓人，举向她的手重又笨拙地落下，目光移向一边。

穆谢特已经不耐烦地握紧小拳头。

看她的神情，跟他一小时之前在夜色中所见一样，还是这张老相的、失态的、难以辨认的孩子脸。他的良苦用心徒劳无益，刚才慷慨施与的圣宠，全付与东流了；一种险象赫然在目，他感到心痛如绞。

“上帝！”她嚷道，同时恶狠狠地冷笑……

苍白的晨曦在他们周围升起，他们只看见对方脸上惨淡的反光。右首丘壑中的小村，在薄雾中若隐若现，景色凄凉。无边的阔野，唯有一个看不见的屋顶上的一缕炊烟有生气，袅袅飘向溟蒙。

这时，穆谢特的笑声戛然而止；她眼里闪烁不定的光芒也熄灭了。突然，她神态哀婉、疲惫而固执，又恳求道：

“我并不想冒犯您……刚才您对我说了谎，不是吗？我什么也没有讲。我会讲什么呢？我觉得打了瞌睡。我睡着了吗？”

神父仿佛没有听见。她又强调说：

“不要拒绝我……您不能拒绝回答……我要了解，为此我情愿俯首帖耳，听您的吩咐。”

这个古怪的姑娘的声音，从未如此恭顺而恳切。

神父还是不回答。

她后退几步，梗着脖子，皱起眉头，热烈而久久地凝视神父，猛然说道：

“我全承认了！您全知道了！”

但是，她随即又说：

“即便如此吗？……那我什么也不怕。这又有什么关系？……不过，告诉我……唉！告诉我，您是怎么搞的？我真的在梦中讲了吗？”

她在极度疲惫中，受到无法控制的好奇心的驱使，又迈向新的冒险。她的面颊通红，眼里重又流动阴森的火焰。神父则怜悯地，或许鄙夷地打量她。

因为，令他大为惊奇的是，幻象已然消失磨灭了；而记忆还十分鲜明真切，不容置疑，交谈的话语还在耳畔鸣响。但是，黑暗之幕重又落下了。为什么他不听从内心的呼声，及时逃避呢？站在他面前的，不过是一个匆忙补织一时撕破的谎言之网的可怜姑娘……然而，她不是在一瞬间——永恒！——做出近乎神圣的努力，超越了本性吗？究竟是丧失这种能力而感到的失望呢？还是重获得这种能力而产生的怒火呢？或是看到刚才听他摆布的可恶孩子而气恼吧？他猛然用力晃晃肩膀。

“我看见你了！（听到这声你，她气得浑身发抖。）我看见你了，也许世上哪个人也不像你被看得这样透彻。我看透了你，哪怕你使出全部心计，也不能从我手中逃脱。你以为你的罪孽令我深恶痛绝吗？其实你亵渎上帝，跟动物相差无几。你所背负的不过是虚假的罪恶，正如你所孕育的不过是个胎儿。找一找吧！翻开你沉淀的污泥：引起你憎恨自己的罪过，早已在泥中腐烂了，而你每过一小时，都要心痛欲裂。你从自身上得到的只是屡屡落空的虚幻。你以为杀了一个人……可怜的姑娘！你是把他从你手中解脱了。你亲手毁掉了你可能用来寻求最糟解放的唯一工具。几周之后，你匍匐在一个不如他的人的脚下。这个人使你脸朝地卧倒。你蔑视他，他也怕你。然而，你不能从他手中逃脱。”

“……我不能……从他手中……逃脱……”穆谢

特口吃地重复道。她恐惧气恼到了极点，本来表情丰富的脸，现在却板得铁紧，显示一种凶险的宁静。

“我知道我能够，”她终于说道，“等我愿意的时候。别人以为我疯了：我干了什么，使他们全醒悟了呢？我只待准备好再说，不过如此。”

神父用手猛按她的肩膀，使她踉跄一下。

“你永远也不会准备好。你从上帝那儿窃取的，无非是最坏的东西：是塑造你的泥土，撒旦！你以为你自由吗？你即使自由，也仅仅是上帝的旨意。你的生活……”

他深深地呼吸，犹如一个要奋击的斗士。同样超人明晰的光芒，已经在他眼中升起，但这回却毫无怜悯之意。这种靠不住的禀赋，他又强行夺取了；他在绝望的冲动中，简直敢于怒斥苍天。刚才在他这凡体肉眼看来，上帝的圣宠是显而易见的：现在，这双眼睛只发现附在受害者身上的敌人。同样，穆谢特苍白的脸庞，也已经因惶恐而抽缩，在同一梦幻中簸荡。他们两副眼神，则交换着这种梦幻的丑恶的反光。

“你的生活重复其他生活，全都一模一样，人人匍匐在地，跟在食槽里吃料的牲口毫无二致。对！你的每个行为都表明，你是那些卑鄙、吝啬、淫荡而虚伪的人中的一员。我看见他们了。上帝赋予我这种能力。的确，我在他们身上看到了你，在你的身上看到了他们。唉！我们在尘世的位置多么危险和狭小！我们的道路多么逼仄！”

他开始讲些更为古怪的话，但是放低了声音，显得极为随便。

如何在此转述呢？依然是穆谢特的故事，是同遗忘已久的，或者鲜为人知的古老故事巧妙地交织起来。穆谢特在领悟之前，只感到心脏一阵阵收缩，仿佛突然失足跌落，又像走到一个幽深秘密的居所，连最冒失的人都畏葸不前，正是这种惊愕怯惧的感觉。接着，听到一些熟悉的，或者仅有模糊印象的名字，一个个堆砌起来，互为诠注，直到浮现这一故事的脉络。全是日常生活的琐事，毫无华彩，纳入最常见的钩心斗争之中，犹如石子裹着泥土：无聊的阴私、无聊的谎言、无聊的说三道四、无聊的争风吃醋；凡此种种，由一个突然讲出的名字点破，如同被一座灯塔照亮，继而重又跌入黑暗之中；黑乎乎一片，思想还什么也辨认不清，但是一种圣洁的憎恶之感揭示了这些搅成一团的自生自灭的生命。穆谢特感到再次被拉进去，自己的意志和理智都失去了作用；这种力量，正是为她而生活与思考的这种恐惧之感。因为，到了看不见的世界的边缘，惶恐情绪便是第六感知，痛苦和感觉也就合而为一了。声音恢复了威严，这些相继说出的名字，在她听来不全熟悉。有马洛蒂家族的、布里索家族的、波利家族的、庇雄家族的，列代祖宗，都是清白的商人、贤淑的主妇，他们爱惜自己的财产，辞世之前必立遗嘱，他们全是商会和公证人事务所的荣耀。（你姑妈苏姗娜、你叔父亨利、你祖母和伯叔祖母阿黛尔和玛尔维娜，或塞西尔……）不过，这平稳的声调所讲述的事情，还很少人听到，这是钻到里面领会的故事，最隐蔽又最保密，但不是原原本本再现其因果的盘根错节、行为与动机的扑朔迷离，而是叙述几件主要事实、几种肇端的过错。这种叙述极为简略，连最明白人听了都会失望，而穆谢特单凭自己的智力，当然也不可能听懂几句。这种声音，不正是在其肉体里寻找共鸣吗？须知每一个过错在酝酿之时，都给肉体留下痕迹，并使之衰弱。目睹这些男女死者从裹尸布里赤条条地出来，穆谢特毫未感到人们所谓的惊愕。她听着这种异乎寻常的揭露，心里惶恐不安，但既没有真正的兴趣，也没有大惊失色。她仿佛已经听过，甚至还胜似听过。流言蜚语、久积的宿怨、可耻的偷情、因吝啬与仇恨而蓄谋的犯罪，这一切在她心中渐渐重新组合，好比梦里的可怕景象在清醒时重演一遍。如此粗暴地把死者从化解的尘埃中拉出来，完全暴露在外，这真是空前绝后，亘古未有！每讲一句话，突然点一个名字，如同升到表面的水泡一样，某种事实便从过去浮到现时：行为、欲望，有时还有更为深沉、更为隐秘的东西：单纯的一个意念（因为意念并未随死者消逝），然而，这种意念特别隐秘，特别深沉，又被特别野蛮地挖出来，致使穆谢特听到时，惭愧得不禁呻吟。她再也区别不开无情的声音和她内心的揭示；这种揭示要丰富广阔千百倍。况且，这些数不清的幽魂，从四面八方站起来，比任何人类言语都要迅速，简直来不及指名道姓。然而，就像喧嚣声中响起不可抗拒的属音一样，一种活跃而明确的意志终于清理了这种混乱。穆谢特天真地想自卫，徒然地向敌人扬起小手。一个梦幻刚刚冷静地确定，又立即退隐，化为乌有，另一个梦幻又接近她，好似重新集结准备进攻的一支部队。她在这群幽魂中认出了所有亲人；这乱哄哄的一群，顷刻间又缩小了圈子。一张张面孔相互重叠，结果化为一张面孔，即邪恶的本相。狂乱的动作，最后固定为一种姿势，即罪恶的姿态。更有甚者，有时，邪恶只给受害者留下充满它毒汁的、已被消化并逐渐分解的一堆畸形遗体。吝啬鬼变成一块金子，好色之徒只剩下一副内脏。罪孽到处冲破外壳，暴露出它一代人的秘密：几十名男女捆在同一个癌瘤的纤维中，而可怕的绳索像章鱼的断腕一样收缩，一直收到怪物的核心，即在一颗孩子心里鲜为人知的原始过错……穆谢特猛然看到了自己，她从来没有，甚至在她感到打掉傲气之时，也没有如此清楚地观察自己：她身上的某种东西开始蜷缩，彻底屈服，终于逃得无影无踪了。这始终低沉的，但火辣辣的声音，仿佛把她的肌纤维一根一根剥落。她怀疑自己是否存在，是否曾经存在过。她头脑中的每一个空想都有了形体，可以搂在胸前或者一把推开。对于良心的这种折服，还有什么话可讲！她从亲人中间认出了自己，而且进入极度谵妄状态之时，她甚至不能把自己同这一群区别开了。怎么！她生来的每个行为，无不有其复件吗？没有一种思想真正属于她自己，每个行动无不久已划定了吗？绝非类似，而是一模一样！绝非重复，而是绝无仅有！这些终于把她摧垮的明显事实，她不能用明白的语言描述一个，只感到短暂悲惨的一生是天大的骗局，充满了欺骗响彻云霄的笑声。这些可笑的祖先腐化堕落，如出一辙，每个都在她身上认出并嗅到自己的财富，前来拾取；她放弃一切，她交出一切，就好像这群幽魂前来在她手掌里吃她的生命。向他们争夺什么呢？夺回什么呢？连她的反抗，他们都占有了。

这时，她站起来，双手在空中挥动，头往后仰，随即又在肩膀之间来回摇晃，酷似溺水之人。她脸上汗流如注，宛似滂沱的泪水；她的眼睛则被内视的幻象所吞噬，在康帕涅助理司铎看来像冷却的铁块。尽管她的喉咙在无声地颤动，嘴里却没有发出一声叫喊。然而，没有发出的这一喊声，却把其形状强加给抽搐的嘴唇、弯曲的脖颈、瘦削的双肩、纤细的腰身，强加给整个躯体，仿佛全身向上牵引，要发出绝望的呼救……她终于逃走了。

直到头一个拐弯，她还以为没有加快脚步，而其实几乎在奔跑了。到了坡下，有落了叶的树篱和密密麻麻的苹果树干遮挡，她就撒腿飞快地逃跑。跑到路口，她又离开大道，下意识地拐进此刻无人的小路，这样回自家的园子就不会被人瞧见。她没有明确地想什么，但求关上房门，独自一人躲起来。外面、熟悉的景物，甚至天空，都属于她的敌人。她惊恐万状，确切地说，她惊慌失措，万一再看见这个敌人，她就会向任何人呼救，甚至向她父亲呼救。

但是，并未发生这种情况：厨房里空无一人。她三步并成两步地上了楼，锁上房门，一头扎倒，横卧在床上，随即又像挨了咬似的，腾地蹦起来，冲到窗口，拉开窗帘，瞥见自己映在玻璃上的眼神，又往后一跳，真像一头受惊的牲口。

“是你吗，热尔曼娜？”马洛蒂太太隔着门板问道。

唯独玻璃看到穆谢特这副新的眼神、她的嘴唇痉挛的怪相。她平静低声地答道：

“是我，妈妈。”

没容老太婆再插一句话，她毫不犹豫地，甚至未假思索就想出唯一贴点边的谎言：

“乔治表哥用车把我一直送到维埃尔村。他要到维埃尔－奥班去赶集。”

“这么早？”

“他很早就动身，要装运肥猪。只好让他捎个脚儿，要不就得走回来。”

“你没吃饭，”老太婆说道，“我去给你烧点咖啡。”

“我一夜没睡觉，刚刚躺下，别打扰我了。”穆谢特说道。

“开开门呀。”马洛蒂太太重复道。

“不！”穆谢特粗暴地嚷了一声。不过，她又立即恢复了令她母亲发抖的那副冷淡生硬的细嗓门：

“我只想睡觉。晚安。”

她听到木屐声在楼梯拐角渐渐消弱，不觉双膝一软，蹲在昏暗的角落里，一声不吭，眼神呆滞。

眼前的危险，只能引起惊愕，使懦夫呆若木鸡。惊愕总是先麻醉再要人性命。等到神志从麻痹状态中渐渐醒来，认清造成这种局面的险恶之人，恐怖的情绪才开始萌生。判决对囚犯的打击恰如一个投石器的石弹，狱吏押回囚室并投在床上的不过是一具尸体。到了温煦的深夜，不幸的囚犯睁开眼睛，就会恍然领悟，他在世间已成局外人。

穆谢特难得有暇细心地反省，对此她毫无兴趣。这方面她特别生疏，简直天真得很。不管追忆过去生活到多么远，她也毫无愧疚之感，只有隐约的局促不安，即担心危险或危险的挑战，如同一时想以身试法的潜意识，又像一只远离巢穴而走在陌生路上的动物高度警觉的本能。甚至在此刻，她头脑里想的也无非是不久前瞥见的神秘的危险，那个摧毁她的意志的意志，那个人人熟悉并在街上相遇时打招呼的、目睹了她屈膝的随便而可笑的神父。

这一记忆还十分鲜明，排除了其他所有记忆。她碰到一个障碍；障碍者，便是这位神父。从前要是出现这种情况，她早就怒火中烧，张起千面诡计之网。这次使她无地自容的，正是这种十二分的惊诧，因为她在屈辱的内心，只感到一种苦涩的厌恶。

有一阵，仅仅一瞬间，她心生一念（但是刚刚产生就十分为难）：摧毁障碍，重复杀人行为。她立即打消这种念头，觉得这既可笑又无济于事，无异于在梦中继续干这种勾当。总不能因为几句晦涩的话就动手杀人。这就是她为自己找出的理由；但更真实的心理是，这个粗鲁的对手力挫了她的傲气，也就摧毁了她生活的唯一动力。

危险倒可能激发她，憎恶不会使她罢手。她只是有某种担心，害怕出丑或引起怜悯。有时她未假思索，表示内心担忧的话便会脱口而出："他们会以为我完全疯了。"她自言自语。

疯了！……她在这个念头上停留许久。直到这时，甚至在康帕涅的收容所里，她也未曾怀疑自己的理智。她在那里刚一清醒，就怀着讥诮的好奇心，听人谈论她的病症。这些先生，对她的可怕遭遇又了解什么呢？几乎一无所知，主要情况还是个秘密。在这些新的观众之间，她保持她所渴望的样子，始终像她最喜爱的人物，一个具有奇特命运的危险而高深莫测的姑娘，一个在懦夫蠢人之间的巾帼英雄……不过今天，此刻……

谁能解释她惊慌失措的缘由呢？她仅仅把一个年轻神父丢在阒无一人的大路的拐角；这个神父从前

她见过多次，样子很和气，甚至有点愚憨。诚然，她说了话。可是，他讲了什么，竟如此严重呢？致使她要恢复镇定，克制自己而又力不从心。不过，她越来越觉得，在一定程度上她受了蒙骗。她听了便害怕的一些晦涩的语言、一些表面阴险的影射，也许并无恶意，被她误解了。还有哪些话呢？一句顺便说的话，提到一桩已过很久的、几乎淡忘的罪行；一句旨在安抚她的话："这个人命案，您在上帝面前并无罪过……"（她徒然地逐字重复这句话，没有再次恼羞成怒，而不久前，这种情绪却多么猛烈地撞击她的心扉。）还有什么呢？责备，规劝她离开邪路……（一句她也想不起来），总之……（她的记忆到此中断了），某种特别的揭示使她心慌意乱，而现在仅余惶恐情绪，连她自己也说不清为何蜷缩在墙角，脸贴在双膝上，浑身颤抖，打着牙战。唔！秘密在那儿！只是到那时她才逃跑了。当时，她产生一种可怕的空虚感。她听到含糊其词的叙述，居然绝望之极，仓皇逃走，这可能吗？这可能吗？那些话十有八九是来自村里对她和她家人的传闻。的确，她听信了，她也了解不少事情，肯定在一定时候她不能不相信。毫无疑问，再出现同样的人，再听到同样的话，她还会信服。这又怎么样呢？难道她怕过蠢人的仇视吗？其实，这个神父，他到底能讲出什么新鲜东西来呢？那种使她灵魂出壳，并把她抛在这里发抖的恐惧，并不是由神父引起的。她只是受了一场梦的愚弄……带回来的这场梦已经凝滞，很可能会突然苏醒……噢！噢！她的心已经怦怦狂跳，汗流浃背了。惶恐如潮冲击她，可怕而冰冷的抚摩紧紧地卡住她的喉咙。她发出的嚎叫声传到房间的各个角落，墙壁都震动了。

此刻，她又趴在床脚下。鸭绒压脚被早已滑落，她的指甲抠进去，结果趴的地方尽是绒毛。周围一片死寂。她忽然意识到自己不过是在梦中叫喊了。现在，她竭尽余力，又要发出一声嚎叫，但立即压了回去。因为在一瞬间，她看到自己又被送进收容所关起来，而这次可真的疯了，在她自己眼里疯了，并且亲口承认……她先是小声呻吟，继而停止了。

有时，即使灵魂在躯壳里屈服，最寡廉鲜耻的人也要企盼发生奇迹；即使他不会出自本能地祈祷，至少他也要像嘴呼吸空气那样向上帝敞开。然而，这个不幸的姑娘要解开这个谜，调动她所余的全部生命力也徒劳无益。她曾被神父猛然抬起，现在又跌落下来。她怎么能单靠自己的力量升到那个高度呢？照透这个可怜的区区小动物躯体的神光，仅仅给她留下她到死也难领悟的莫名的痛苦。明晃晃的匕首插在心口，她挣扎着，而将她推倒的那只手，却不知道这行为的残忍。至于上帝的仁慈，她毫无体验，甚至想象不出来……有多少人这样挣扎，徒然地搂在他们依稀看见，却又忘记面孔的天使胸前！一个具有这种特点的人，忽而疯狂地寻欢作乐，忽而又因餍足而绝望，他看任何事物总是一副又贪婪又凶狠的目光，但他眼里的欲望的反光已然消失了。人们会好奇地观看这样一个人瞎折腾，并且诧为奇事。

足足有两个小时，她时而缩成一团，纹丝不动，时而一声不吭，在地上打滚，接着又昏昏沉沉，真以为自己丧失了理智，一级一级走下黝黑的阶梯。她的命运一笔一笔重又勾画出来，她经历命运的各个阶段，就像一连串飞快闪过的画面。她数着臆想的人物，端详他们的面孔，谛听他们的声音。每当一个寻觅的、情愿干瘪的形象出现，她就感到感官和理智颤动起来，宛似风浪中的小舟；但是，她清醒的痛苦总要重占上风。她毅然决然地扛起混乱的重负，呼唤疯癫，如同别人呼唤死亡。然而，出于几乎未意识到的深沉的天性，她抑止可能摧毁自己力量的唯一表露：不发出一声呼喊，甚至窒息呻吟。她的谵妄状态，虽然只有一个见证人，这也足以使她周章失措。这一点她十分清楚：她绝不呼唤。随着内心抗力冲破自身的禁锢而逐步加强，她的手脚开始狂挥乱舞；但是这样一撒疯，她反倒因力竭而渐渐清醒，重又观察自己的疯狂。这时，她再次看到自己呼呼喘息，仿佛从长梦中醒来，内心恢复了极度的平静，而失望情绪则达到无以复加的程度，犹如黑夜中惊涛骇浪的海上狂风陡然止息。

她始终缺少，她生活始终缺少同一个未知的东西。究竟是什么呢？究竟是哪样呢？她徒然地擦拭被指甲抓破的面颊和咬破的嘴唇，徒然地隔窗张望曙光，徒然以忧伤而低沉的声音翻来覆去地讲："完了……完了！……"真相大白，明显的事实使她心如刀绞；可是，疯癫也不肯向她提供黑暗的避难所。不！她没有疯，永远也不会疯。她缺少的这件东西，她早已拿到手——可是何地？何时？以何等方式？现在她深信，这一阵她装疯，不惜任何代价，以便掩饰，忘却她这真正的、未知的不治之症。

（啊！上帝有时多么急切而轻柔地召唤我们！然而，当他完全离去时，失望的肉躯所发出的呼号会震撼地狱！）

这时，她一声呼唤，发自幽深隐秘的内心，犹如她本身的禀赋，她呼唤撒旦。

况且，不管她是否直呼其名，撒旦总是抄近路按时到来。即使苦苦哀求，苍白的星宿也难得从无垠的天宇中出现。因此，她在半清醒状态中，也知道自身做出何等祭献，而且祭献给谁。这灵机一动的念头，主要不是来自她的头脑，而是来自已遭玷污的可怜肉躯。现时，唯有惶恐。过去，已成黑洞。未来，是另一个黑洞。别人要一步一步走的路，她已经走完。不管在多少臭名昭著的罪人眼里，她的命运是多么渺小，她这隐秘的邪念早已穷尽了她力所能及的罪恶，只差一个过错，即最后的过错。从童年起，她便把寻觅的目光移向罪恶，而每次失意，只是新的挑战的借口。因为她喜爱它。

不到震动罪大恶极世界的狂躁的信徒中去寻找，地狱又能从哪儿得到更美的猎物。最伟大的圣徒并不全是显圣迹的人，须知静修士往往默默地生与死，鲜为人知。同样，地狱也有它的隐修院。

她来到我们眼下，这个天真的神秘主义者，撒旦的小使女、虚无的圣女布里吉特。除了一件人命案，她在大地上不会留下一点足迹。她的生活是她与她的主宰之间的秘密，更确切地说，是这个主宰的唯一秘密。他没有在权贵中间寻找她，他们的婚礼也是在寂寞中举行的。她一直走到尽头，但不是一步一个脚印，而是连蹦带跳，等触到他时，她还不相信相距如此近了。她即将拿到酬金。唉！无论哪个人，一旦做出决定，事先容忍了内疚心情，势必以清醒的贪婪扑向罪恶，至少在一瞬间，就好像要榨干厄运；这种可怕的梦会使情侣呻吟，使凶手仓皇失措，也会给脖子已经伸进绳套、准备猛然一脚蹬开椅子的不幸的轻生人眼里，点燃最后一线光芒……穆谢特也如此，她虽然没有呼出名字，却以更大的力量，在心灵里盼望残忍的主宰降临。

说来就来，他非常痛快，神态异常平静而自信。不管他多么酷似上帝，他却不会给人以丝毫快乐；然而，他的杰作是沉默、孤独而冰冷的安宁，类似虚无的欢悦，远远胜过只搅动心肠的快感。这种馈赠，双方一旦给予并接受，我们的守护神就会惊愕地转过脸去。

他来了，真是奇迹：他刚一到，穆谢特的狂躁举动顿时停止，心跳开始平缓，体温渐渐恢复，身心完全处于等待的状态，但并不盲目地焦急，而是坚决而专诚地等待一个此后必然发生的事件。她的头脑几乎同时想象他，并把他完全勾画出来。她明白自杀的时刻到了，千万不能贻误！就在此刻。

她的手脚还未动一动，神思早已飞驰在解脱的大道上。她跟随他跨上这条路。怪事：唯有她的眼神依然慌乱与迟疑。她的生命的感知，完全集中在她的手指尖，在她灵活的手掌上。她悄无声息地打开房门，又推开父亲的房门（此刻总是空的），拿起放在固定地方的刮刀，大大地打开。她回到自己的房里，面对镜子，踮着小脚，仰起下巴颏儿，直挺挺伸出喉咙……不管她有多么强烈的愿望，她也没有一刀下去，而是狠狠地、用心地割喉咙，听到刀吱啦一声割进肉里。她最后的记忆是温和的血液喷到手上，一直喷到肘弯里。

四

多尼桑神父在教堂的圣器室里，等待通常由他做的弥撒的时刻；圣器室的钥匙总装在他的兜里。近几天，莫努－斯格雷先生哮喘病犯得厉害，不能出门。快到十点半的时候，他张望大路，发现他的助手，不禁诧异。还未容他细想，那双粗皮鞋就已经踏得门厅石板，接着踏得楼梯呱呱地响。终于，那一向坚定沉稳的声音在门外问道：

“我能进去吗，神甫先生？”

“行啊，”康帕涅本堂神甫心中纳罕，高声答道，“进来吧。”

他仰卧在太师椅上，艰难地转过埋在两个大枕头中间的脑袋。房间昏暗（窗帘半拉着），他看不清助手的面孔。但是，他所见到的，足以揭穿那故作镇定的声音。不过，他锐利目光上的眼睑仅仅眨了眨，微露惊异之色。

“多么出人意料！”他非常和蔼地开言道，“您怎么已经回来啦？”

他有意不让座，凭着经验深知，可怜的神父垂臂站在他面前，拘谨之态加剧了天生的胆怯，就会更容易听他摆布。

“跟往常一样，我又闹了笑话，”多尼桑神父答道……“总之，我迷了路……”

“结果您到达埃塔普勒太迟，忏悔已经结束了？”

“我的话还没有讲完。”助理司铎哭丧着脸承认道。

“真的吗？”莫努－斯格雷神甫高声说，同时异乎寻常地猛拍扶手，“请问，那些先生怎么说呢？去晚了，这情有可原。可是，根本未到！”

不管平时他多么无视别人的评价，他却怕出丑；这种类似女性特点的神经质的疑惧，却表现在一个男子气相当足的人身上。他的助手已经传为笑柄，别人又会多么起劲地明讲他助手，实则嘲笑他啊！可是，他一看到多尼桑神父的笃实的目光，便因自己的虚荣心而羞赧，平静地继续说道：

“木已成舟。今天晚上我就给议事司铎写信，请求原谅我们。现在，跟我讲讲……”

他生了怜悯之心，伸手指了指一张椅子。但是，他的助手依然站立，令他深为诧异。

“跟我讲讲，”他改变了关切而威严的口语，重复说道，“这地方并不是荒山野岭，您是怎么迷路的呢？”

多尼桑神父的头耷拉在肩膀上，态度十分恭顺。不过，他的回答却自上而降：

“我应该讲出我所以为的真实情况吗？”

“应当如此。”莫努－斯格雷先生答道。

“那我就讲讲。”康帕涅助理司铎继续说道。

他那苍白的脸上，还留有昨夜恐惧和疲顿的深深印痕，现在又显露出坚持到底的决心。唯一羞愧的标志，就是他扭过头去。他讲起来，低垂双目，语气也许稍嫌急切……

况且，有些话讲得明白无误，相当大胆，显然毫无顾忌之念，即使一个洞察力较差的人听了，也能发现可怜的神父暗暗希望对方打断话头，激烈驳斥，既使他摆脱窘困，又使他避免失信。然而，本堂神甫深沉渊默，只是侧耳细听。

“我并没有迷路，”多尼桑神父说道，“出现最糟的情况，也无非是途中在田野里迷失方向。因此，我走了大路，仅仅离开过一瞬间。我只要一直朝前走就好了。即使深夜赶路（老实说，夜的确很黑），也不可能走不到。如果说我没有到达目的地，那么受苦的不是我，而是别人。”

他停下来喘口气。

“不管您觉得这事儿多么稀奇古怪，”他又说道，“还有更稀奇古怪的情况。还有更糟的情况。另一种考验早已为我准备好了。”

讲到此处，他的声音颤抖起来，双手不自觉地挥动，就像一个人讲得正起劲，不料有人提出重大质疑那样。这回，他的目光恭顺地凝视本堂神甫的脸。

“我想问问您……叙述这样一种奇遇——说来甚至荒唐——按照我认为适合的方式来解释（他还犹豫）……就是说，我不自觉地扮演了一种角色……得到神奇的智慧……这样做不会有什么过错吗？……”

“讲吧！讲吧！”莫努－斯格雷神甫打断他的话。

他沉吟一下便服从了；在沉吟中，他显然在极力避免任何拐弯抹角的空话、任何顾忌物议的企图：

“上帝两次允许我，这是毫无疑问的，两次允许我透过肉体障碍，亲眼看见了一颗灵魂。不是通过普通方法，不是通过研究与思考，而是通过特殊神奇的圣宠；不管要付出多大代价，我也有义务向您说明……”

“您认为这是圣迹喽？”莫努－斯格雷神甫口气极为平和地问道。

“我相信是的。”他答道。

“您去向主教汇报吧。”康帕涅本堂神甫淡淡说道。

而且，他的目光里毫无惊异之色；他的目光坦然地审视他副手的奇特身影，毫无惊异之色，只有平静专注的神情，但兴趣既不在人，也不在事，而是流露一种怜悯之意。助理司铎满脸羞赧。

“深夜在田野里，您到底遇见什么啦？”

“首先遇见一个男人，但不知姓名。”

“唔！”莫努－斯格雷仅仅应了一声。

“您要理解我，”多尼桑神父痛苦得嘴唇颤抖，反复说道，“他主动上前跟我搭话……我想不到任何类似的情况……我甚至没有看见他的脸……我不熟悉他的声音！我们一道走了一阵。我们随便聊……天气呀……夜晚呀……谁知道还有什么？……”

他住了口，心里感到愧疚，不该向他的审判者隐瞒一部分真相。突然，他要一吐为快：

“正是在那时，我得到圣宠，有了我所说的顿悟。至于另一次相遇……”

“我听累了……至少暂时如此，”本堂神甫打断他的话，“细节无关紧要。”

神甫把头仰在枕头上，脸上一副痛苦的怪相，从衣兜里掏出鼻烟盒，捏了一撮嗅了嗅，又绵软无力地抬起手，仿佛是为打断一场普通的谈话而客气地道歉似的：

“您能按铃叫埃斯泰尔太太吗？到我喝药的时候了，不知道她把水杨酸盐瓶放在哪儿了。”

药瓶在原地找到了。他慢慢地喝了药，非常仔细地擦了嘴唇，然后亲切地示意女管家退下，等到房门重又关上，他说道：

“别人要把您当成疯子，我的孩子。”

然而，站在他面前的这个人，体验完全是内心的，似乎由内功修炼而成，平衡不易受到破坏，多尼桑神父只是微微皱一皱眉，流露出来的是吃惊，而不是畏怯。他镇定地说道：

“我应当如实相告。上帝明鉴，我希望能够忘记这一切并沉默。”

“请相信，我会隐瞒一切可能掩盖的情况，但是不能说谎。因为，我毕竟是您的顶头上司，我的朋友；不过，我也有上司啊！”

他停顿片刻，又说道：

“等会儿我写封信……不妥！还是去一趟，我去瞧瞧高等神学院的前任院长，议事司铎古弗尔蒙。他是个非常可靠、非常坚定的同事。他会有所考虑。况且，我毫不怀疑，我和他不会很快取得一致意见。我不难预见他的决定……”

也许他等待发问，可是连一瞥也没有等到。

“我们将请求让您去图尔封丹，或者去谢夫托涅的本笃会那里长期隐修。应当开诚布公地对您讲，神父。我一直相信您，现在还相信您有种特征，被天选中。话到此为止。如今不是圣迹时代了。大家倒有些害怕圣迹了，朋友。事关社会秩序。当局单等找个借口对我们下手。再说，神经学——如他们所说——科学成了时髦。一个小小的神父，像看书一样看透人的心灵……他们要给您治病的，小伙子。至于我，听了您讲的话就足够了。我不想再追问，不愿意再听更多的情况。”

他伸出双手，仿佛要推开这危险的秘密，接着又把头放在枕窝里。然而，一听到助理司铎要退下的声音，他又说道：

“当心！我正式禁止您谈及此事：无论在任何人面前，事先未经我的允许，连提也不能提。任何人，您听清了吗？”

“甚至在我的忏悔师面前？……”多尼桑神父胆怯地问道。

“在他面前尤其不成。”对方平静地答道。

二人又默然了，气氛愈加沉重。助理司铎的颀长身体左右摇晃一下，两下；他的目光移向房门，右手神经质地摆弄着教袍的纽扣。忽然，他听到自己的声音，深为诧异。

“我还没有全讲出来。”他说道。

没有应声。

“我还没有讲的情况，在多大程度上关系到，上帝知晓，关系到拯救一个可怜灵魂的大事；这颗灵魂将由您与我负责。天主似乎明确地、特意把它托付给我，这是肯定的。因为，神甫先生，这个人是您这教区大家庭的一员。”

“您讲吧。”莫努－斯格雷神甫答道，同时慢慢抬起眼睛。

在冗长的叙述过程中，他的清醒而敏锐的目光盯着助理司铎失态的脸，一瞬间也没有移开。这目光中流露出一种痛楚的专注，明确的决断也已渐渐形成。

这张紧闭的嘴未讲一句话，这双放在扶手上的发青的长手也未有一丝颤动，而脑门朝上微仰的头，则闪耀着智慧与意志。

等助理司铎讲完，康帕涅本堂神甫毫不做作地转过身，面对挂在床头的佛罗伦萨制造的基督像，声音既有力又轻柔地说道：

“上帝保佑，我的孩子，因为您讲得十分坦率，十分谦卑。要知道，面对这种质朴，连邪恶的意识也无能为力。”

他示意年轻神父靠近，自己则微微向他抬起身，寻找他的目光，然后面对面说道：

“我相信您，毫无保留地相信您。不过，我需要思考一下要讲的话……到我书案上，那儿，右边，对，拿起那本《效法基督》……您翻到第三卷第三十六章，着重默念五、六节。好了……让我静一静。”

这位天资聪颖的老神父，从前对无知、不公正与嫉妒无可奈何，在千载难逢的此刻，感到自己要完成一生的使命了。要想说明内心生活的种种波澜，拿世俗生活进行比较，则有天壤之别。这位非凡的人既精细又热情，既有胆识，又能以其睿智观察任何事物，现在到了大显身手的时候了。

“因为逃避荣耀而羞愧……”他自言自语，背诵这一章的最后几句。“现在，朋友，请听我说。”

康帕涅助理司铎驯服地离开跪凳，站在几步远的地方。

“我要对您讲的话，”莫努－斯格雷神甫说道，“肯定会使您难受。上帝明鉴，直到现在，我对您太姑息！然而，我绝不想扰乱您的心。不管我说什么，您都要保持镇静。因为，您毫无过错，只是缺乏阅历，过分热情。您明白我的意思了吗？”

多尼桑神父点了点头。

“您的行为像个孩子，”老神父沉吟一下，继续说道，“这里等待您的考验，绝不是可以傲然相对的那一类。这次非同往常，不管付出多大代价，您也必须转过身去逃走，不要回头看一眼。我们每人都根据自己的力量行事。我们的欲念萌生，膨胀，随我们本身一起发展。欲念犹如某些慢性病，在疾病和健康之间起一种调解作用。因此，只需要耐心。不过，有时，病情会突然加重，一种新的因素……”

他中止谈话，颇感为难，但很快克服了这种情绪。

“首先要牢记这一点，从今以后（直到何时），在所有人眼里，您不过是个充满想象、自命不凡的小神父，终日疯疯癫癫，有五分梦幻，五分谎言。您要接受肯定会强加给您的惩罚，去过寂寞的隐修生活，暂时被人遗忘，但不应把这种惩罚看成是冤枉的，而应看成是必要的、公正的……您明白我的意思了吗？”

同样的眼神、同样的示意。

“要明确这一点，我的孩子。几个月来，我一直观察您；当然，观察中还失之谨慎，失之犹豫。然而，从第一天起，我就一目了然。某圣宠似乎大量地、无节制地赐给您：看来，您要经受特殊的考验。圣灵慷慨大度，但是，它的厚赐向来不是随意的，始终同我们的需要相称。在我看来，这一征象明白无误：魔鬼进入了您的生活。”

多尼桑神父依然沉默。

“噢！亲爱的孩子！傻瓜会闭眼不看这种事情！有的教士连魔鬼的名字也不敢讲。他们把内心生活搞成什么样呢？变成本能的沉闷的战场。说教吗？清净欲念。圣宠不过是唤起智慧的正确推理，诱惑也无非是企图降伏智慧的肉欲。他们并不明白我们内心大规模斗争的极普通插曲。人总一味追求乐事和实用；意识指导选择，那只对书中的抽象人适用，现实里哪儿没有遇见这个中性人！这类孩子话说明不了任何问题。在一个有感觉会思考的动物的世界里，再也没有圣徒的容身之地，必须证实他是疯子。毫无疑问，他们会这样干的。不过，问题并没有这么轻易地解决。

我们每个人——唔！但愿您能牢记一位老友的这些话——我们每个人，在一定程度上，时而是圣徒，时而是罪犯；时而向善，时而向恶。向善时倒不是计较自己的利益，而是明显地主要出于整个身心的冲动，出于一种爱的激情，这种激情能把痛苦和自我牺牲变成追求的目标；向恶时则为自暴自弃的神秘情趣所困扰，喜欢灰烬的气味，羡慕并莫名其妙地缅怀兽性。哼！世代积累的精神生活的经验，有什么要紧。多少不幸的罪及其磨难的示范，又有什么关系！是的，我的孩子，要牢牢记住：恶同善一样，是因其本身受到喜爱和侍奉的。”

康帕涅本堂神甫天生细弱的声音，渐渐低沉，后来仿佛是自言自语了。其实不然，他那半合的眼睑中的目光，始终未离开多尼桑神父的脸。直到这时，这张脸还未动声色，但是听到最后几句话，脸色陡然改变，就像面具脱落了一般。

“必须相信啊！……”多尼桑神父高声说，“我们真的这么不幸啊！”

话刚开头，他却欲吐又咽。这种期期艾艾的争辩，这忧郁的眼神中所含的绝望的隐忍，表现出难以名状的无限痛苦，情态是如此凄惶，以至莫努－斯格雷神甫几乎不由自主地向他张开双臂。他投进怀里。

现在，他对着高高的软椅跪着，这颗蓄着短发的粗笨的头，天真地偎在他朋友的胸口……但是，二人默契，拥抱的时间很短。助理司铎只是恢复了跪在忏悔师面前跪下忏悔的姿势。本堂神甫的激动心情，也仅仅从为他祝福的右手的微颤中流露出来。

“这番话令您气愤，我的孩子，但愿也能把您武装起来。您的使命并不在隐修院，这是千真万确的。”

他凄然一笑，又戛然而止。

“不久便要强加给您的隐修生活，肯定是一段考验和被遗弃的非常难熬的时期。要相信，这个时期会比您想的长得多。”

他凝视着俯过来的脸，目光非常慈祥，微含讥诮之色。

“您天生不讨人喜欢，因为您了解世人怀着敏锐巧妙的仇恨所深恶痛绝的东西，即力量的感知与情趣。他们不会轻易放过您。”

“上帝花在我们身上的功夫，难得是我们所期待的。圣灵似乎总是返工，浪费时间。如果一块铁能构思出锉刀来把它渐渐挫薄，那多么令人恼火，又多么令人厌烦！然而，上帝就是这样消磨我们的。圣徒的一些生活酷似真正的荒漠，单调到了无以复加的程度。”

他慢慢低下头，多尼桑神父头一回看见他眼神暗淡了，流下两滴老泪。他随即摇了摇头，又说道：

“好了，抓紧吧！不久，时刻一到，我就要识时务，再也不能为您出一点力了。现在讲清楚，尽可能说明白些。用一种日常生活的普通语言，表达超自然现象，是再好也没有了。任何幻想也不会唱反调。我略过您的头一个奇遇。您是否迎面看见我们天天所碰到的——但不是在一处弯道上，而是在我们的心里——我怎么知道呢？您真的看见，还是做梦，这对我有什么关系呢？世人可能视为重大的情况，在上帝卑微的仆人看来往往是微枝末节。除了您的事迹，别无办法评断您的洞察力和真诚态度；您的事迹将为您做证。不谈这个了。”

他抬高了枕头，喘息片刻，继续以格外和蔼的口气说道：

“我要谈谈您的第二个奇遇；这对我不无关系，而且关系很大。因为，您的判断万一失误，就可能损害本地一个人的灵魂；正如您讲的，这些人的灵魂都托付给我们了。我不认识马洛蒂小姐。您认为她所犯的罪过，我也一无所知。在我们眼里，这完全是另一个问题。这个小姑娘不管是否有罪，已经得到了特别的宽恕吧？您是这一宽恕的执行者吗？要理解我的意思！……要理解我的意思！……每时每刻，都可能向我们启示必要的话、有效的干预——是指这一宽恕——而不是别的。正是在这种时刻，我们才会目睹良心的真正复活。一句话、一个眼神、手的一按，于是，始终不屈的意志就突然瓦解。可怜的傻瓜想象，我们指导灵魂，仅仅遵循世人交心的一般规律，即使是开诚相见的交心！我们的计划总是被打乱，我们最充分的理由被一笔勾销，我们可怜的手段反过来砸我们的脚。在神父和忏悔者之间，总有一个看不见的第三者；他有时默默无言，有时喃喃而语，又会突然颐指气使。我们的角色往往极为被动！无论什么虚荣、自负，还是经验，都难以抗拒他！这个见证不向我们说明就能利用我们，使我们更紧密地参加他那无法名状的行动，想象起来怎能不揪心啊？您的情况若是如此，那就是他在考验您，而这种考验将是严峻的，十分严峻，足以扰乱您的生活。”

“我知道，”可怜的神父讷讷说道，“噢！您的话多么刺痛我的心啊！”

“您知道吗？”莫努－斯格雷神甫问道，“是如何知道的呢？”

多尼桑神父把脸埋在手里，接着，他似乎对他头一个动作感到羞愧，重又抬头，眼望户外惨淡的阳光：

“上帝启示了我这种思想，从而指明了我的使命；我必须追逐撒旦，直至人的灵魂里，这样做也必然会打扰我的安宁，损害我的神职声望，甚至会危害我的灵魂的永福。”

“千万不要这样想，”康帕涅本堂神甫急忙反驳道，“只有离开自己的道路，才会危害自己灵魂的永福。凡在上帝跟随我们的地方，我们可能会失去安宁，但绝不会丧失圣宠。”

“您的幻想太大了，”多尼桑神父平静地答道，却仿佛没有觉察这种话同他平日恭顺的口气相去多远，“我不至怀疑催促我的意志，也不至怀疑等待我的命运。”

莫努－斯格雷神甫的眼神漾出喜悦之色，犹如研究者突然依稀发现长期寻觅的答案。

“究竟是什么命运等待您呢，我的孩子？”

助理司铎微微耸了耸肩膀。

“我绝不探询您的秘密。从前我本来有这个权力。现在，您与我，我们换了道路，您已经不是我的属下了。”

“不要这样讲，”多尼桑神父忧郁的眼神发直，轻声说道，“无论我到哪里，无论我多么深深地投入——

对——投入撒旦的怀抱，您的仁慈我也铭记在心。”

继而，他仿佛被占据他头脑的幻象搅得太痛苦，想要逃避（抑或迎击），忽地站起来。

“这就是您的秘密，”莫努－斯格雷先生高声说道，“这就是您所谓的神授！您在自身亵渎天主的慈悲，我理解对了吗？这并不是我的教诲！要领会我的意思，可怜虫！您受了您最畏惧者的欺骗（已有多久？……）成为他的玩物、可笑的工具。”

他双手抬起来又落下，做了个憎恶与气馁的动作，但被他有意明亮的眼神揭穿了。

“我并没有亵渎，”多尼桑神父又说道，“我对仁慈上帝的公正也没有丧失希望。我这悲惨的一生直到最后一刻，我也相信我主功德无量，会饶恕我，会饶恕我本人以及同我一起的所有人。然而，有一天，他卓有成效地向我显示了罪孽的骇人的丑罪、罪人的惨状，以及魔鬼的强大，这并不是毫无缘故的。”

“什么时候？……”莫努－斯格雷开口说道。

但是，未来的兰布尔圣徒没容他把话讲完，确切地说，他似乎根本无意听他讲，继续说道：

“从前，我就有这种预感。在了解真相之前，我就产生了忧伤的情绪。每人都会接受神的启示。更虔诚的人、更博学的人，对事物的神品当然更加敏感。

至于我，从童年起，我主要不是生活在对富贵荣华的希望中，而是生活在丧失荣华富贵的遗憾里。（他面部表情渐渐凶起来，额头因愤怒而出现一道深纹。）噢！我的神父，我的神父！我曾经渴望过丢掉这个十字架。这办得到吗？我总是重新背起来。没有这个十字架，生活便失去意义：最好变成上帝所唾弃的那种不冷不热的人。我们，被这个最无耻的东西污辱，欺侮，践踏的人，在悲惨的境遇中，如果连屈辱都感觉不到，那我们就会落到什么地步啊！只要神圣的怒火还在我们胸中燃烧，只要一个人的生命反过来劈面向他掷去：'恕不效劳'，那么他就没有完全主宰世界。”

话从他口中涌出，但是跟激发这些话的内心意象极不相称。一个天生寡言少语的人，这样滔滔不绝地讲起来，显然近乎谵妄状态。

“我打断您，”莫努－斯格雷神甫冷淡地说道，“我命令您听我讲。您这样夸夸其谈，无非是自欺欺人。这且不说。然而我知道，您并不是爱耍嘴皮的人。您这样冲动表明下了什么决心，有了什么计划，也许有了什么举动，而我很想了解。”

一言中的，多尼桑神父抬眼失神地看着本堂神甫。可是，敏锐而老辣的神甫已经继续说道：

“您在感情生活中，通过什么方式弄明白，感情至少可以说是纷乱而危险的呢？”

年轻神父沉默不语。

“让我来提醒您吧，”莫努－斯格雷先生又说道，“起初，您进行过分严厉的苦修。后来，又以始终不减的狂热投入圣职。您取得的成果令您欣慰，本来也应当使您复归宁静。然而，您还没有领略宁静！忠实的信徒到了精疲力竭之时，上帝从来不拒绝给他以宁静。而您呢，难道您断然拒绝接受了吗？”

“我并没有拒绝，”多尼桑神父勉强申辩道，“主要是我生来喜悲而不喜乐……”

他沉吟一下，似乎在思索一种克制的、随和的说法，接着突然把心一横，高声说道，但由于激动，嗓音有些低沉，如同暗红的火焰：

“哦！不如说是绝望，”他高声说道，“宁肯受撒旦的各种折磨。也不怯懦地助他为恶！”

这种祝愿宛似一声喊叫，脱口而出，他自己听见了都未免恐惧。然而，令他深为诧异，本堂神甫却握住他的双手，轻声说道：

“够了。我洞烛了您的内心：我没有看错。您非但没有寻求安慰，反而往头脑里灌一切能使您绝望的念头。您在内心维系着绝望情绪。”

“不是绝望，”他高声说道，“而是恐惧。”

“是绝望，”莫努－斯格雷神甫以同样口气重复道，“是绝望把您从盲目仇恨罪孽引到蔑视与仇恨罪人。”

多尼桑神父听了这话，便挣脱康帕涅本堂神甫的手，眼睛突然涌出泪水。

“仇恨罪人！”他嘶哑地高声说道（由于怜悯，他的眼神含有几分惊慌之色），“仇恨罪人！”

他心潮起伏，思绪纷乱，话到嘴边而遏止，只是闭目观看一种神秘的幻象，沉默良久，然后才说道：

“我拥有比生命还珍贵的财宝……”

这时，在他重新沉默时，响起了康帕涅本堂神甫的声音，听来非常坚定清晰，无法回避：

“我从不怀疑，您内心生活有个秘密，而且由您的无心与诚实来保守，比采取任何虚伪的态度更可靠。但是也有大意之处。如果说您已经立下了什么冒险的心愿，我绝不会感到诧异……”

“不征求我的忏悔师的同意，我不可能立下任何心愿。”可怜的神父支吾道。

“即使不是心愿，也是类似的念头。”莫努－斯格雷神甫反驳道。

接着，他艰难地从枕头上抬起头来，两手扶住双膝，没有提高声调，说道：

“我命令您，我的孩子。”

助理司铎眼神固执，迟疑良久，让本堂神甫好不惊奇。接着，他痛苦地浑身战栗一下，说道：

“真的，我向您保证……我没有立下任何心愿，没有许下任何诺言，仅仅是一种愿望……也许……当然还未考虑成熟，起码按着世人审慎观点是这样……”

“这种愿望侵蚀您的心灵。”莫努－斯格雷神甫反驳道。

这时，多尼桑神父摇了摇头，终于打定主意：

“也许正是这一点引起您的责备……罪恶占据了那么多灵魂，常常激起我对敌人的仇恨。为了拯救这些灵魂，我奉献了我所拥有的，以及可能有的一切……首先是我的生命——这是微不足道的！……还有圣灵的慰藉……”

他又迟疑一下。

“也拯救我的灵魂，如果这是上帝的意志！”他低声说道。

这种供认在深深的缄默中收听。仿佛这些异乎寻常的话制造了这种寂静，并消逝在其中。

这时，莫努－斯格雷神父终于重又开口。

“在讲下去之前，”他以惯有的平易口气说道，

“您要永远放弃这种念头，并祈求上帝宽恕。此外，有关这些情况，除了我，禁止您向任何人透露。”

接着，他见多尼桑神父张口要回答，立即打断，这位高明的心灵医师，始终坚定地保持谨慎和极大的理智。

“不要坚持了，”他说道，“住口。只能忘掉。我全然了解。这件事是逐点酝酿并实现的，无可挑剔。魔鬼正是这样蒙哄类似您这样的人。如果魔鬼不善于欺骗天赋，那他就不过是深渊里的一声仇恨的呼喊，毫无回音……”

莫努－斯格雷神甫的声音，尽管丝毫未表明过分的激动，但是这种情绪还是显露出来：只见他抓住放在椅子脚下的手杖，站起身来，在室内走了几步。他的副手依然站在原地。

“亲爱的孩子，”老神父说道，“您前面的道路上埋伏着多少危险啊！天主呼唤您至善至美，而不是要您休息。您将走上最无保障的道路，仅仅为别人具有远见卓识，您将从光明进入黑暗，飘忽不定。在一定程度上，这种大胆的奉献已被听见。您身上的希望几乎永远破灭了，只余下最后一线光。没有这线光，任何事业均成泡影，一切功德全归枉然。丧失希望，这才至关重要，余者无足挂齿。在您所选择的路上——

不对！是在您所投入的道路上！——您将孤身一人，绝对孤立，您将踽踽独行。谁要是随您而去，非但救不了您，还会自我毁灭。”

“我并没有提出这种要求，”未来的兰布尔圣徒突然激烈地高声说道。（他的声音依然沉郁果断，对照他的语气，的确非常感人。）“我并未祈求这种特殊的圣宠。我不需要！我不渴望圣迹！我从来没有提出要求！把我看成一个目不识丁的可怜神父，由我自生自灭吧。不！昨天夜晚开始的事情不会有结果！我做梦了。我疯了。”

莫努－斯格雷神甫回到椅子躺下，没有提高声音反驳道：

“谁知晓呢？在我们尊为信仰之父的人中间，哪个不被人当成幻觉者呢？哪个幻觉者又没有自己的弟子呢？就您的情况而言，您的功过，只能取决于您的业绩。”

他沉吟一下，口气更加和缓地又说道：

“我不是也值得同情吗，我的孩子？据我洞察灵魂的经验，经过数月思考之后，我认为上帝遴选了您。不信教的傻瓜不承认有圣徒。信教的傻瓜则认为圣徒自生自长，跟野草一样。越珍贵的树木越脆弱，懂得这点的人，实在寥寥无几。您的命运，当然同其他许多命运连在一起，要受制于一步之差、一次哪怕是无意中滥用圣宠的行为，受制于一个仓促的决定、一种犹豫或模棱两可的态度。而您是托付给我的人！您隶属于我！我要把您奉献上帝时，双手颤抖得多么厉害啊！我不能出一点差错。又不能和您并肩跪下，和您齐声感恩，这对我来说是多么残忍啊！我一天一天地等待神奇的迹象证实上帝对您灵魂的意图。我等待有征象证实您的虔诚，您的逐渐扩大的影响，证实我这一小群信徒的皈依。在您这扰扰不安、充满风暴的生活里，朕兆像霹雳一般赫然显现，但使我更加茫然失措。因为从此以后，这种朕兆肯定要模糊不清，圣迹也不纯净了！”

他沉吟一下，接着耸了耸肩膀，打了个无能为力的手势：

“上帝明鉴，我绝不会畏葸后退！上帝明鉴，我多想正视别人的评论！别人往往指责我搞独立，甚至违抗。然而，有的规则是不容违反的。如果您以苦鞭来折磨自己的肉体，我就要制止。如果您梦见魔鬼，或者在每条路的拐角遇见他，这就同我相关了。不过，马洛蒂家姑娘这件事，听来也难以置信，却启示了我。在这个教区里，我不能让您按照自己的念头乱说乱动……我不能信赖您……我应当……有必要……

我必须向上司汇报这些情况。我对您的支持微乎其微。再说，您不应该有丝毫隐瞒。这样一来……噢！这样一来！……就难说了，您何时能消除一些人的怀疑，赢得另一些人的同情，解决所有人的矛盾啊！再说，您能有那一天吗？难道我把您看错了吗？我期许过高了吗？一个老人，不能再错过生活。可是，我可能又要虚掷我生命的最后时刻。”

多尼桑神父终于打破了沉默；他听了这最后一点怀疑，非但没有困惑，反而明显地增加了勇气，怯声怯气地指出：

“我只求默默无闻，被人忘却，过普通生活，尽自己的职责。如果您愿意的话，谁又能阻止我恢复原来的状态呢？谁会想到我呢？我没有引起任何人的注意。我被看成一个头脑单纯、目光狭窄的神父，这名声也与我相符。哦！如果您允许的话，我觉得我会做到不为人注意，甚至不为慈悲的上帝及其天使的注意！”

“不为人注意！”莫努－斯格雷神父低声嚷道。（他还珠泪盈眶，却微笑起来……）不过，他还是住口了。楼道传来女管家格外急促的脚步声。几乎紧接着房门打开了，女管家脸色苍白，跟所有报凶信的老媪一样，急匆匆地说道：

"马洛蒂小姐死了。"

看来对她制造的效果满意了，她才又补充一句：

"她用一把剃刀抹了脖子……"

下面是主教大人给议事司铎捷尔比埃的信件：

亲爱的议事司铎：

我要向您深表谢意，感谢您在一些使我这颗慈父之心深为痛苦的事件过程中，表现出了冷静、机智和审慎的热忱。可怜的多尼桑神父在沃伯古尔精神病院，经约利布瓦大夫的精心治疗，于本周出院了。这位医生是南锡市的贝尔南博士的高足，他昨天向我谈了我们亲爱的孩子的健康状况。他显示出的开阔眼界、体贴关怀，是我常有机会在科学家身上看到的宝贵品质，只可惜他们潜心研究，放弃了信仰。他认为这种短暂的精神紊乱，可能是由肠道感染所引出的神经细胞中毒。

仁慈应是我们一贯的原则，当然不能忽略，但是我同您一样，即使不深究，也对康帕涅本堂神甫先生的粗心大意感到遗憾。他要是采取断然措施，肯定会使我们避免一时要同当局冲突的局面。幸亏您明智的干预，最初的误会才迅速消除，卡莱大夫也对我们礼貌甚殷，帮助我们控制了事件的影响。此外，他的诊断也得到了沃伯古尔的那位出色同行的首肯。这两点既为他的品格增光，也给他的医道添彩。

马洛蒂小姐的证词、她在神经错乱或弥留之前的阶段所吐露的隐情，当然不会因多尼桑先生个人而损害我们教会神职的名望。然而，他不顾马洛蒂先生的明确抗议，强行来到生命垂危的姑娘的榻前，而康帕涅本堂神甫绝不该容忍这种行为。我也承认，一个有理智的人难以预料此事的后果。那个姑娘公开表示要人把她送到教堂去咽气，这种愿望不应予以考虑。且不说她父亲和主治医生反对这种冒失举动，只看她过去的表现和对宗教的冷漠态度，也可以断定，她从前犯过神经病，临死之时，微弱的神智也必然混乱了。随后的争吵又成何体统！还有这个糊涂的助理司铎讲的那些古怪的话！尤其是他明火执仗，从人家父母手中抢下血迹斑斑的垂危姑娘，背到所幸毗邻的教堂去，这又成何体统！这种放诞的行径，只能发生在野蛮时代，简直令人难以形容。

谢天谢地，这件丑事终于了结。一些不仅明智、更为虔诚的善良之人，已经把人们的注意力引向所谓的忏悔上面；这种皈依实在不足信，却会使我们成为笑柄。此事我已妥善处理，各方均感满意。当然，只有康帕涅本堂神甫例外，他倨傲缄默，不肯为我们出证，至少可以说态度颇为古怪。

根据我的指示，多尼桑神父进了图尔封丹的苦修院，一直待到痊愈为止。我承认他非常恭顺，这对他有利，可望有朝一日，这些遗憾的事情被人忘却，我们在本教区再给他找个力所能及的小差使。

果然，五年之后，这位原康帕涅助理司铎，被任命为一个小教区的本堂神甫，莅临兰布尔小村。他在那里的事迹家喻户晓。令人间所有荣耀黯然失色的荣耀，去那偏僻之地寻找新的阿尔斯本堂神甫[①]。本书下编将以无人敢否认的翔实材料和证词，叙述他非凡一生的最后阶段。

① 指法国神父让·玛利·巴普梯斯特·维亚尼（1786—1859），他在阿尔斯任本堂神甫，被人称为圣徒。

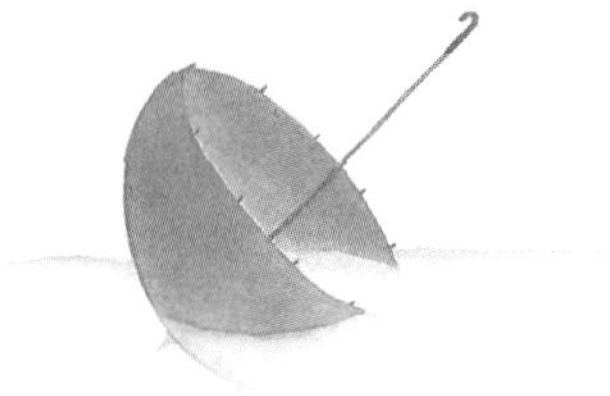

第二部　兰布尔的圣徒

一

他打开窗户，不知道还等待什么。透过雨丝飘洒的黑沉沉的天宇，只见教堂荧然，那是唯一的生息……“我在这里。”他说，宛似梦呓……

老玛尔特在下面关门。远处，马蹄铁匠的铁砧响声阵阵。但是，他已经充耳不闻：夜晚的这一时刻，这个众多灵魂的主心骨、不屈不挠的人，在天授的重负下摇晃起来。“可怜的兰布尔本堂神甫！”他微笑着说道，“他干不出好事……他再也睡不着觉了！”他还说：“您相信吗？我害怕黑暗！……”

教堂的灯光，在夜色中渐渐绘出三立梃的大窗户的尖形拱肋。古老的钟楼建在祭坛和中殿中间，上面是箭顶和沉重的钟架。这些他均视而不见了。他面对黑暗，形单影只，俨如伫立在船头。周围黑茫茫的惊涛骇浪，发出震天巨响。隐匿不见的田野和树林，从四面八方的天际朝他奔驰而来……在田野和树林的外围，还有其他村镇，全都一模一样，殷富充盈，为富不仁，像裹尸布一样冰冷，住满了委琐的吝啬鬼……再远的地方便是永不安眠的不夜城。

“天主啊！天主啊！……”他反复说道，既不能痛哭，也不能祈祷……就像在垂死之人的床头，每分钟坠入黑暗，都一去不返。夜晚无论多么短，晨光也总是来得太迟：塞莉梅娜[①]已经涂好了胭脂，醉汉也已醒酒。巫婆从巫魔晚会返回，还浑身发热，就钻进了雪白的衾单……晨光来得太迟……然而，从大地的一端到另一端，独一无二的正义将突然出现在尘世。

最后，他身子一软，双膝跪下，好像直沉水底。这种正义，宽厚的百姓期待于财政大臣，没有迢迢万里去寻觅——而是在那边，天幕之下，它在下一个黎明中成形，蓄势待发，在要分崩离析的黑夜里所向披靡。张开的手不再握起……话语在嘴唇上枯萎……永远确立的“进化”之魔，会陡然停止扩展与沸腾……可骇的曙光将在人的内心升起，把它的形状和永恒的体积给予最隐秘的思想；诡秘而双重的心灵，甚至不能再自我否认……尽善尽美[②]，亦即一切永远确定。

---

① 法国戏剧大师莫里哀的剧作《恨世者》的女主人公。
② 原文为拉丁文。

学区督学（以文学教师的身份）洛约莱先生，要会见人人谈论的兰布尔圣徒，并且偕同太太女儿秘密拜访一次。他略显激动，说道："我原以为他衣冠楚楚、举止优雅，是个器宇轩昂的人。不料这个小小的本堂神甫毫无尊严：他在大街上吃饭，形同乞丐……"他还说道："真可惜，这样一个人还会相信魔鬼！"

兰布尔本堂神甫的确相信魔鬼，就在这天夜晚，他还胆战心惊。后来他承认道："那时，几周以来，我又为自己苦恼，终日忧心忡忡：我在神工架度过了一生，却恍然憬悟自己的虚弱无力，不禁气馁；在我的感觉中，嫌恶多于怜悯。只要是个可怜的神父，就能了解何谓罪恶的骇人的单调！……我无话可讲……我只能宽恕和哭泣……"

他头上的乌云撕成碎片。一颗，十颗，一百颗，星辰又一颗颗重耀夜空。蒙蒙细雨，犹如一块乌云被风吹破而散落的水雾。他呼吸了暴雨过后的清爽舒畅的空气……今天夜晚，他不再自卫了：他再也没有什么好护卫的了；他全部奉献出去，自身已空空如也……这颗人心，他熟识了，他……（他同他破旧的教袍和粗大的皮鞋一起钻了进去。）这颗人心！

这颗古老的心，住着灵魂的高深莫测的敌人，住着既强大又卑鄙，既出色又卑鄙的敌人。清晨的否定之星：启明星[1]，或者假曙光……

他知道那么多事情，可怜的兰布尔本堂神甫，而巴黎大学却不甚了了。那么多未成文字、几乎不讲的事情，仿佛是从一个愈合的创伤中探询出来的——那么多事情。他也知道了何谓人：一个满身恶癖、百无聊赖的大孩子。

这位老神父，他还能重新学习什么呢？他领略了成千人的生活，全都一模一样。他再也不会感到诧异；他可以离世了。有全新的道德，而人却不会翻新罪恶。

他平生头一次产生怀疑，但怀疑人而不是千百种记忆，如潮袭来：他听见含混不清的哀怨、万分愧怍的嗫嚅，听见情欲的痛苦喊声——这种情欲要逃避，却被一个词定在原地，又被清醒的话语翻来转去并活活剥开……他重又看见大惊失色的可怜面孔、愿意或不愿意的眼神，重又看见被说服而放松的嘴唇、断然拒绝的刻薄的嘴……有多少虚假的反抗者，在世上巧鼓舌簧，又跪在他的脚下，在他看来实在滑稽可笑！有多少骄傲的心，里面却腐烂着一个秘密！有多少老人，却像可恶透顶的孩子！在所有人之上，则是从不

---

① 即《圣经》中的魔王撒旦。

饶人的年轻的吝啬鬼，他们冷眼凝视人间。

今日如昨日，又像他圣职生涯的头一天，毫无变化……他的奋力到了极限，而障碍却不翼而飞。要解救的人，恰恰是那些把自由视为负担来加以拒绝的人。他一直追到天上的那个敌人，却在下方哈哈大笑，既抓不住又伤不着。所有人都蒙骗了他。“我们寻求安宁。”他们说道。他们寻求的不是安宁，而是在黑暗中的一个间歇、一次喘息。他们来到孤独者的脚下，唾沫四溅地忏悔一通，回去依然追求可悲的乐事，继续过着毫无欢愉的生活。（他也比作这些古老的墙壁，上面有行人写的淫秽的话，满负无足挂齿的秘密渐渐倒坍。）

多少回安慰过他的人，见了他也会陌生了。这是他一生最凄苦的时刻，他感到四面压力如山，一切全又成了问题。长期摒弃的一些颇为恶毒的念头猝然再现，仿佛他从未有过。任何事物，他都发现新意，好像品出新的滋味……有生以来，他第一次以怜悯而无爱的目光，观看醉生梦死的芸芸众生。他品味着自己的失败与伟大的苦涩。他惶惑到了极点，但是不屈不挠的意志却不肯认输，还要不惜一切代价恢复平衡……

现在，他伫立着，目光坚定，直视前方……多少夜晚如同今天夜晚，直到最后的夜晚！然而在世人中，上天总要给予慈悲的一击，总要点中一个人；而正义宛若一颗明星，穿过岁月在人间升起，驯顺的明星朝世人的呼声奔去。

他不再呆望小教堂，开始仰视上方。他内心激荡着一种毫无快意的亢奋。他几乎失去了悲苦之感，永远固定了，再也无欲无念；他战败了。骄傲从打开的缺口涌入他的心田。

“我未假思索，就甘愿遭天罚，”后来他说道，“当时我感到自己变得跟石头一样坚硬了。”

他曾多次打算遁世，在修道院或苦修院隐修，默默逝去。这种念头重又浮现在脑海，但显示一副新的形象，使他的心抽搐起来，隐隐作痛，又产生一种莫可名状的眩晕。若是从前遇有这种时刻，这个牧人绝不会丢弃羊群，总梦想一直赶到他苦修之地。然而此刻，就连这最后的记忆也泯灭了。灵魂的不知疲倦的朋友，只盼望休息了，还盼望某种东西，而且只要暗暗一想，所有的神经就会松弛，总之但求一死，就像泪眼婆娑，渴望一恸……的确，他泪水盈眶，但并未减轻心头的负担；不仅如此，这位老人还一时天真，竟然不承认漾出的泪水，他心里纳罕，无法描摹这种惬意的眩晕。有多少这样火热的灵魂，在他之前没有经受住这最后的诱惑，倏然超越欢乐，进入虚无之界，找到了归宿；他也要闭着眼睛，听任诱惑的摆布了。他竭尽了全力；倦意，多少次被战胜，被驱逐，现在却从他周身涌出，如同他的血液在喷射。毫无愧疚之感。诡计多端的敌人，无比巧妙地把他置于这种绝望的疲倦中，就像给他缠上裹尸布一样，仔细得不亚于母亲，真是天大的嘲弄……颓唐的老人徒然地举目张望发白的夜色：他眼里升起最后一线亮光，却不能映现冉冉的晨曦了。他在内心一无所见，没有任何足以扣住欲念的形象，没有一丝在漠然的主宰注视下慢慢耗损他的那种工作的痕迹。他所渴望的已不是这座修道院，而是比孤独还要隐秘的东西，即在封闭的黑暗中永世跌落的眩晕。他这受奴役的肉躯的长期支持者，快感终于发现其堆满静止不动的笑的真正面孔。将要扰乱这个孤独老人的，既不是这个形象，也不是别种形象，而是另外的欲念。这种欲念在他的忠厚而执拗的心中苏醒，即丧失人类之母的狂热感知，它若有所思并直挺挺地站在善与恶的门口。为毁灭而认识，并在毁灭中更新认识和欲望——撒旦的阳光啊——渴望着为虚无而追求的虚无，心灵的邪恶的发泄！兰布尔的圣徒仅有力量呼唤这种可怕的休息；圣宠放下纱幕，遮住他这双刚才还满是神奇景象的眼睛……这极为明亮的眼神现在迟疑了，不知落在何处……一种奇异的青春、一种天真的贪婪，犹如感官的头一回刺痛，烤热这老人的血液，撞击着他的瘦骨嶙峋的胸膛……他摸索着，隔着多少层纱幕，用渐渐无力的手抚摩死亡。

直到这庄严的一刻，他的生活有过意义吗？他不得而知。回首往事，只见光秃秃的景物，以及他穿行时为之祝福的这一群群人。怎么！人群还紧追不舍，随后跟来，永不餍足，不容他有片刻的喘息；他们糜沸蚁动，尘嚣遏云，又像受伤的野兽，东突西奔……不！他不回头，他不愿意。他们把他推到这里，一直推到边缘，跨过去一步……奇迹啊！那便是寂静，真正的寂静，无可比拟的寂静，他的安息。

“与世长辞，”他低声说道，与世长辞……他一字字拼读，以便深信不疑，在心中消化此意……果然，现在他在体内，在脉管里感到了这个词——精制的毒药……他一再坚持，加倍努力，越来越兴奋，但愿一下掏空这个词，加速他生命的终结。急切中，甚至有犯罪者的这种需要，在罪行中越走越远，越陷越深，以便藏匿起来，躲过审判者；他此刻的处境，撒旦全力压在上面，而下面的所有力量也都集中顶在一点上。

然而，他却抬起目光，仰望夜色烟消云散的一方灰色天空。他从未以如此强硬的意志、强硬的口吻祈祷过。他的声音也从未如此深沉有力，这声音含在双唇，喃喃而出，却在他的体内震响，如同关在铜制牢笼里的囚徒的怒吼……传得神乎其神的小小的魔术师，也从未感到离奇迹如此之近，竟然面对面。他的意志似乎头一次放松，但又不可抗拒，而在这沉寂中，只要讲一句话，就能永远毁掉奇迹……是的，他和安息之间，只隔着他自主意志的最后举动……他不敢再看教堂，也不敢再看薄雾中的他这小群信徒的房舍；一种惭愧之感拖住了他，他多么急于以一个不可挽回的举动，消除这种惭愧之感……何必瞻前顾后呢？他的目光垂向大地——他的归宿。

二

突然，临夏弗朗什大路的矮门响了两下。于是，小院里的一窝鸡纷纷拍打翅膀。狗雅科也摇晃起锁链；在明亮的清晨，所有这些响动汇成了一种清音。

老玛尔特的木底鞋已经踏在台阶上——咯噔，咯噔，声音清脆；踏在湿草地上——扑嚓，扑嚓，声音则沉闷。接着，门锁吱咯响起来。

这时，兰布尔的圣徒已经醒了。只有在生活的彼岸才一片死寂，而现实，有一点缝就能钻出来，重新迸发，恢复原先的规模。一个记号就能提醒我们，一句悄悄话便能再现一个取缔的世界，一种从前闻过的香味，比死亡还要持久……老人的眼睛下意识地转向挂在墙上的银怀表；这只蹩脚的怀表，是他上大修院学习的纪念物。“清早这时候上门，肯定有病人。”他自言自语道。一个病人，他的一个孩子！他的极为敏锐的目光只扫了一下，便看清了房舍疏落的村子和树木之间的烟雾。小小教区的所有教民，以及世上多少灵魂，都在召唤他，叫他的名字，他曾是他们的力量和快乐……他侧耳细听；他已经答应；他准备好了。

谁在楼梯下面——如他爱说的，他的栖架——等他呢？讲什么话呢？哪张面孔？等一会儿又要有新的战斗吗？因为，他身上带着难以命名的东西；这东西蜷缩在他心里，又巨大又沉重，是他的惶恐情绪，是撒旦。他知道，他没有得到安宁。还有另外一个人同他一起呼吸。因为诱惑就像一个人中诞生另外一个人，是他的可恶的延伸。他在内心艰难地拖着这一重负，却不敢丢弃；况且，丢到哪里呢？丢到另一颗心中。

然而，这位圣徒在十字架下始终孤单一人。没有别的朋友。

“本堂神甫先生，”老玛尔特高声叫道，“本堂神甫先生！”

他未假思索，便走下楼梯，穿过厨房，走向园子时，还眯缝着双眼，继续他的梦幻……老太婆扯住他的袍袖。

“在客厅里呢，神甫先生，在客厅里呢……”

她耸了耸肩膀，怜悯地微微一笑。

这间客厅挺漂亮，非常漂亮，打的蜡相当光滑。有六张草垫椅子；在灰色大理石壁炉台上，摆着一个大贝壳、两个沙锥标本，以及一尊闪着蓝白光的、卢尔德造的白石膏大型圣母塑像（是去年圣诞节放假时，圣－梅莫兰嬷嬷从索姆河畔孔夫朗带回来的）。还有一幅耶稣入葬图，装在橡木框里，已然霉迹斑斑了。在唯一的窗户旁边、绘有花枝图案的发白的壁纸（真正的旅店壁纸）上面，挂着一个没有基督的、光秃秃的、巨大的黑色木十字架。

（本堂神甫先生头一眼就看见了十字架，立即移开了目光……）

“本堂神甫先生，”玛尔特说道，“这是普鲁依庄主，说他小子有病的事儿……”

普鲁依庄主站起来，响亮地咳嗽一声，往炉灰上吐了口痰。他面前的咖啡杯子空了，还在冒气。

“哪个？”老神父冒失地问道。

他立即住声，在玛尔特的注视下脸红了，说话磕巴起来……天啊！谁不知道，普鲁依庄主只有一个儿子！不过，来客并不为怪，平静地更正道：

“是我们那小子梯埃诺。晚祷回来，他就感觉不好，好像是消化不良。接着，头疼得直叫唤。快天亮的时候，他就对他母亲说：‘哎呀，我动不了啦。’果真，胳膊、腿，全不能动弹了。瘫痪了。眼睛也翻白了。冈比埃先生对我说：‘我可怜的阿塞纳！这算完了。’他说是脑膜炎。可是，孩子他妈听见了。您知道是怎么回事吧？她什么话也听不进去。‘去请兰布尔本堂神甫。’她嚷道……于是，我套上马车，赶到这里。”

他善意地瞧着兰布尔的圣徒，但是透过泪光，眼神却闪着一丝讥诮。男子汉对男子汉，当然知道一个女人的念头的分量。（况且，这位传得神乎其神的圣徒，还不认识普鲁依农庄的小男孩，这个圣徒，真该教训一下！）

“朋友……我的好心的朋友……”神甫支支吾吾地说，“我很愿意……也就是说……我很想……我真担心……想想嘛，想想嘛！吕扎尔纳不是我的教区，还有吕扎尔纳本堂神甫先生……阿弗雷太太还记得，叫我十分感动，可怜的女人！不过，我应当……我似乎应当……”

他特别担心使一位多心的同行丢了面子。再说今天，他这么颓丧，千真万确！

然而，普鲁依庄主快人快语，他已经围好围巾，穿上了呢大衣。玛尔特也不由分说，往主人手里塞了一顶发绿的旧帽子……不走不行……他走了。

三

吕扎尔纳本堂神甫是个朴实的人。他生活俭约，感情单纯，也屈指可数，而他又相当谨慎，不轻易表露。年过五旬，尚显年轻，而且会永远少相，面貌上看不出年龄。他胸怀坦荡，宛似一部巨著的书页，既无涂改的条杠，也无排字的错乱。他的过去并非空白，还能忆起几件乐事，他如数家珍，但奇怪一件件均已消亡，各就各位，排列整齐，好比数字一样。那些真是乐事吗？那些乐事确曾呼吸过吗？确曾跳动过吗？

他是个好神父，办事勤快准时，不喜欢别人扰乱他的生活，既忠于他的出身阶层、他的时代，又忠于他时代的思想；凡事有取有舍，图点小利，生来就有行政官员和伦理学家的气质。他预言，只要酗酒现象和性病消失，贫困——如他们所说——也会随之消灭；总之，穿着运动衣的身心健康的年轻一代，将要征服上帝的王国。

“我们的兰布尔的圣徒……”他时常带着狡黠的微笑说道。不过，当争论激烈时，他以另一种声调，也说：“您的圣徒！”诚然，他爱指责主教教区把他培养成拘泥呆板、谨小慎微的人，但也同样叹惜一个有圣迹的人打乱他的全盘计划，在他这平静的教区引起混乱。“在这件事情上，主教大人无论怎样严谨和识辨，也不为过，”他断言道，但像议事司铎一样字斟句酌，早已想好经句，如同遍体长出的芒刺。天主啊！圣徒一出现，准要坏事；不过，这种损失也只好认了。

车轮每转一圈，就使兰布尔本堂神甫接近这位无情的审判官一步。他透过迷雾，已经看到他同行的灰眼睛：那副眼神荧荧闪光，十分灵活狡黠，从不休息。让人把他拉出离他可怜教区六公里的地方，到一个有钱人家的生命垂危的孩子床头，这件事多么可笑！多么丢人！他人还未到，就已感觉充满戏谑的欢迎话当胸而来……别人对他有何期待？难道希望他这皱巴巴的老手显灵吗？殊不知这双手放在灰不溜秋的旧教袍上，随着马车的颠簸而哆嗦……

他怀着学童式的恐惧，凝视着这双从不洁净的农民的手。唉！他在那些人中间算什么呢？无非是个贫苦而又固执的农民，只会在空旷的田地上终日耕作。每天都交给他一项新任务，就像要翻耕一角田地，使他粗笨的鞋陷进去。他一走再走，并不回头，不时向左右抛出一句欠考虑的话，不知疲倦地画十字为人祝福。（当年祖先在弥漫的秋雾中，就是这样播种大麦和小麦。）那些只听到有关他的传说的男男女女，为什么从远地慕名而来？为什么找他而不找别人，不找那些深谙世事、能言善辩的城镇或大村庄的本堂神甫呢？在日暮黄昏、疲惫不堪之际，这个念头有多少回萦绕他的脑海，使他无法摆脱！他思考从无索解的神授天赋及其奇特的途径，最后终于合目睡着了……今天则不然！何来行善无能为力之感，使他愧汗而又不还给他安宁呢？始终献身的话，就这么难于出口吗？心灵的奇妙的迂曲！曾几何时，他还梦想逃避人世，逃避普遍的罪恶；追惟自己的徒劳无益的巨大努力、庄严的一生及其异乎寻常的孤独，会给他的死亡抛来充满苦味的最后快乐——而现在，他甚至怀疑起这种努力，自身被撒旦拉向更低……他，是自我牺牲的人吗？……不对！他不过是个爱祈祷的苦修狂、一个乡村的圣徒，只能迷惑无所事事和麻木不仁的人……

“就是这样，就是这样！……”他眼神茫然，车每颠一下就喃喃说一句……左右两侧的树篱向后滑去。马车如梦般飞驰，而巨大的惶恐却跑在前面，在每块路碑守候他。

这个异人，身上寄附着多少人，跟重负一样；他拥有安慰别人的天才，却从未能自慰。须知在少有的诉苦的时候，他也直抒胸臆，在巴特利埃神父的怀抱里痛哭流涕，祈求上天可怜，那声声哀怨，天真得像出自孩子之口。在兰布尔的简陋的忏悔室里，他那些跪着的孩子，只听到主的声音；那声音威严而循循善诱，胜于雄辩，能打动铁石心肠，即使柔和委婉时也是坚定不移的。从翕动着看不见的嘴唇的昏暗圣室，传出宁静的祈祷，直达云霄，并把摆脱了自我、被赦免而自由了的罪人拖上去。话语朴实明白而有力，直透心扉，而且只抓要点，极为简洁，接着急促起来，势不可当，完全表达了超人告诫的意蕴；更加喜爱这话语的人，不止一次听出这声调，不啻最狂暴灵魂的回音。唉！这个赐予安宁的人，在侃侃而谈的时候，内心则沸沸扬扬，一片混乱，各种形象在狂奔，还有巫魔晚会的狰狞面目、震耳喧谚……继而一片死寂。

数千人在义务发生严重冲突时，都选择他为仲裁，而他在内心的争执中，总表现得不稳定，甚至心虚气短，这是什么奇迹造成的，对许多人来说始终是个谜。“别人戏弄我，”他时常说道，“别人把我当成玩物了。”他就是这样大把地散发他自己缺乏的安宁。

四

“我们到了。”普鲁依庄主说着，一抬鞭子，指向树木间的一缕炊烟。

一个穿着天蓝色短裤的小家伙推开大门，抓住缰绳。进了院子，阿弗雷师傅跳下车。兰布尔本堂神甫跟随他一直走到屋前。

门口伫立着一个高高的黑色身影，正是迎候他们的吕扎尔纳本堂神甫。

“我亲爱的同行，”他说道，“这里人等待您，如同从前一个落泊的大老爷盼望圣万桑[1]先生……”

他脸上挂着快活的笑容，但还是显出某种基于职业的谨慎，毕竟垂危的孩子近在咫尺。与此同时，他有力而亲热地握了手，冲淡了这句玩笑。

---

① 指圣万桑－德－保罗会，建于1833年，宗旨为救助穷人。

……然而，兰布尔本堂神甫已经拉他走开几步，惊得鸡群四飞五散。

“我很惭愧，朋友，实在惭愧，”他悄声细语地说道，“我请您原谅……这位可怜的太太的无知……我也请您……宽恕我……这事我们以后再谈，”最后他改变了口气说，“那时您就会明白，两个人之间，我的罪责最大……”

吕扎尔纳本堂神甫感到紧紧搂着他胳膊的手指微微颤抖。这个超人，即使在俯首下心的时候，身上的天赋也会迸发出来，他仍以主人的身份行事。

“我的仁慈的同行，”原化学教师答道，快活的神情也收敛多了，“您不要在我的面前自责……不管有没有道理，我被认为是有头脑的人，在某些人看来，甚至桀骜不驯……您知道，受过科学教育，如此而已……有些差异，谈吐稍微不同……但是，我对您的性格……仍然由衷地敬佩……”

他低垂着双眼说话，神态越来越尴尬。他觉得自己可笑，甚至可恶。终于，他住了口。不过，在重新抬起额头之前，他仿佛在自身，在最幽深的镜子里，看见了盯着他眼睛的目光。他不由自主地寻找这目光，他不得不披肝沥胆……一瞬间，在这个满怀宽恕之情的审判者面前，他感到自己赤身裸体了。

他在对方颤动、松弛而苍白的脸上，仅仅看到目光。这种目光含有哀求绝望的神色，遥遥地呼唤他。比伸出的双臂更有力，比一种无声、凄厉而难以抵制的呼唤更可怜……“他对我有什么要求呢？……”此公怀着圣洁的恐惧，暗自思忖……“我真以为看到他在火塘里！”他后来又解释道。一种莫名的怜悯充满他的心田。

一时间，他感到搂着他胳膊的年迈的手抖得更厉害。

“为我祈祷吧……”兰布尔的圣徒附耳轻声说道。

然而，他抓得更紧，接着，又突然松开手，就像要保卫自己生命的人那样，用生硬的声调补充一句：

“不要诱惑我！……”

他们再也没说话，并肩走进屋里。

“不要诱惑我！”

他仅仅发出这一喊声。他本想解释……道歉……想到自己以生命的施善者的身份进入这座房子，不禁羞愧得红了脸；而且自己要甩袖而去，又势必铸成大错，得罪他人，真是进退维谷……继而，那些袭扰他、使他痛苦整整一个夜晚的力量，刹那间重又突起；于是，他要讲的话、他本人的隐秘思想，倏忽消逝在惶恐中，而这种情绪已成唯一的现实。不管从前这个狡猾的敌人把他拉到多么低下，毕竟联系并未完全斩断，外界的回声也并未完全窒息……然而这次，这只有力的手却把他活活连根拔起……“你快逃吧，到时候啦！……”他从前听到过的雷鸣般的声音又说道。“无谓的搏斗、单调的胜利，全收场了！四十年，进行一场乏味的搏斗；四十年，在牲口棚里趴在人兽上，跟这人兽的腐烂的心正好契合；四十年，攀登，跋涉！……快点吧！……这是你的第一步，你出世的唯一的一步！……”

这声音还讲了许多别的事情，千言万语汇成一句话，千头万绪融为一件事；这唯一的简短的话，宛似一瞥，意味深长……过去，从他身上挣脱，跌得粉碎。一种强烈的快乐，像闪电一般，倏忽穿过变幻不定的惶恐，灿烂夺目；内心爆发一阵笑声，势欲迸裂整个甲胄。他又看到自己是个小教士，雨天站在神学院带棚的操场上……在装饰着樱桃红锦缎帏幔高顶大厅里，面对披着披肩、身穿紧袖法衣的主教大人……到兰布尔的最初日子，摇摇欲坠的本堂神甫住宅，光秃秃的墙壁，小庭园里的阵阵寒风……后来……后来……无休无止的工作，而现在，这无情的一群日夜围着神父的神工架，把他当成另一个阿尔斯本堂神甫，主动割断世人的任何救援；是的，这个神父被看成猎物，你争我夺。毫无休息，毫无安宁，只有以斋戒和鞭刑换取的、在终于垮了的肉体之内的宁静；只有重新萌生的种种顾忌、不断触摸人心上最污秽的伤口而产生的惶恐，以及看见众多灵魂被打入地狱而感到的绝望，因为既无力搭救，又无法隔着肉体的深渊拥抱它们；只有蹉跎的岁月的困扰、冗繁的工作。有多少回，甚至在昨天夜里，他顶住了这种意象的冲击！然而此刻，一种期待，一种伟大而神妙的期待，照亮了他的内心，并最终耗尽了这个内在的人。他已成为新时期的人、一位新客……尘世被他抛下多远啊！他的执迷不悟的羊群也被远远抛在后面。普世罪恶的这种强烈感觉，他再也不会产生，永远也不会产生了。他只对罪恶的巨大神秘性及其粗俗可笑的谎言感兴趣了。可怜的人心啊，仅仅粗具规模！可怜的荒芜的头脑！下层的百姓，在这尚未完成的心室里蠕动。他再也不属于它了，再也不认识它了，他准备毫无怨恨地否认它。他像一个潜水员，重又浮向天日，全身重量要投向伸出的手臂，在黑乎乎动荡的水中，已经睁开眼睛张望上面的阳光。

“你自由了，”另一位说道（酷似他本人的另一位）……“你度过的生活、你的徒劳但感人的工作、你的斋戒、你的苦修、你的颇为天真而粗鲁的忠诚、体外内心的屈辱、一些人的热忱、另一些人不公正的怀疑、某种恶毒的话语。哦！这一切不过是场梦，是梦幻之影！本来一切就是梦幻，除开你向真实世界的缓慢的升华、你的诞生、你的赦免。你要一直升到我的嘴边，听到容纳一切科学的话。”

他侧着耳朵，等待着。他来到宿敌想拉他来的地方，这个宿敌只有一种诡计。而这个老叛逆，从上帝得到的自卫手段，唯有千篇一律的谎言；他受侮辱，被践踏，像渣滓一样被扬在地上，被巨大的重量压碎，被各种无形的火焚毁，再被剑尖挑起，刺穿，切成碎段，而他最后的咯咯牙齿声，也被天使的吼叫所掩盖……

唉！在悭吝的嘴角，或者在洋溢着残忍乐趣的贪婪而垂死的喉咙里，同样的谎言，毫无二致：“你将知道……你就会了解……这是神秘之言的头一个字母……进来……进入我的体内……搜索流血的伤口，大吃大喝，饱餐一顿！”

须知世世代代至今，他等待的还是您；而他屡屡重新粉饰，焕然一新，满脸淌着脂粉，闪着油光，笑得龇牙咧嘴，显露全部崭新的牙齿，以他干枯身体、整个谎言引诱您的残酷的好奇心，但您焦渴的嘴唇却吮不到一滴血！

“我看见他，确切地说，我们看见他，”事后很久，原康布雷小修院教师，吕扎尔纳本堂神甫在给议事司铎西博先生的信上写道，“我看见他来到我们中间，眯缝着眼睛；我们注视他数分钟之久，不愿打破沉默。他脸上表情自然，洋溢着热忱与仁慈，好几个稳重的人都觉得他的性格相当敦厚。然而此刻，在我们所有在场的人看来，他瘦削的面庞，仿佛由于一种无比强烈的情感而呆滞了。他那神态，就像要竭尽全力，跨出艰难的一步。我注意到他的身子难以置信地挺起来，在老态中给人以少有的活力的印象，甚至给人以粗暴的印象。尽管我的头脑从前受到精确科学的严格方法的培养，一般不大善于发挥想象力，但是看到这颀长的身体木然不动，在这农舍的宁静的氛围中仿佛被雷击毙似的，我万分惊讶，一时竟怀疑起自己感官的作用；等到我可敬的朋友重新活动讲话时，我又深感意外，好像这是始料不及的事件。况且，他也如梦方醒。尊贵的同僚，我在上面已然写到，我去迎候我们亲爱的兰布尔本堂神甫，在离房屋不远的大路边上见到他。有几句话，也许我没有抓住准确的意思，却给我增添了几分不安情绪。我出于谨慎的友谊正要回答，他却猛然抓住我的胳膊，直视我的眼睛，说道：‘不要再引诱我了！……’我们的头一次谈话就此结束，当时已经走到阿弗雷家门口。就在这一时刻，我预感到发生不幸……果不其然。在我出去的片刻间，病危的孩子咽气了。卫生员朗布兰太太科学地验证了死者，绝不会出错。‘他死了。’那位太太小声对我们说道。（但是，我不知道兰布尔本堂神甫是否听见了。）他跨过门槛，走了几步，这时，不幸的母亲冲过来，跪到我这尊敬的同行的脚下，她在绝望的冲动中，竟然亲吻他的旧教袍，并往地上咚咚磕头，一声声在我的心中回响。这一举动十分感人，任何明智的人都会敬佩其笃诚，但是也要叹惜她主要由于无知而未免过分。兰布尔本堂神甫接触到可怜的女人，戛然止步，却没有低头看她。正是在此刻，我们看见他在屋子中央伫立几分钟，形同泥塑木雕，就像我在上面向您描绘的那样。

“继而，他在阿弗雷太太的头上画了个十字，朝我抬起目光，说道：‘咱们出去！’唉！敬爱的同事，这就是头脑受到强烈刺激时所表现的弱点；我觉得，当时什么也拦不住我跟随他出去，而那位不幸的母亲又极度悲痛，一言未发便放我们走了。我们所有的在场的人中，也许只有朗布兰太太还保持冷静。当然，这个人的品行与宗教信仰大有可非议之处，但是上帝通过她给了我们一次常识和理智的教训。毫无疑问，在这个可怕的早晨，我仿佛成了一个不幸手中的玩物；倘若有人凭着经验和学识，给予有益的劝告，就可能使他避免一场乱子。我是上天的愤怒还是慈悲的对象，唯有上帝明鉴。不过，随后发生的可悲的情况，恐怕给前一种假设增添了砝码。”

这位受俸的杰出的议事司铎后来去世了；他接到这封绝无仅有的信时，每看一行都有再生之感；信中公正而精审的用语，犹如串在一起的印度板栗，笼罩着梦的魔力，而蠢人只会觉得平淡无奇。这是一个可怜生命的唯一的梦，他平生只遇见这一次良心问题自身碰得粉碎，而这也是唯一的怀疑和唯一的神奇之感！这位无辜的受害者在临终的前几个月，给他一个近人写道：

我的思想难以摆脱一些记忆，不得不停止工作——我的唯一消遣。在这些记忆中，最痛苦的要算兰布尔本堂神甫不幸而费解的溘逝。我反复回想这件事，并把它看成一个人世罕见、超越常理的事件。我虚弱的身体受到这个固定念头的反击，我也把它视为我气力渐衰、食欲几乎丧尽的主要缘故。

最后这几行字，凡是劫夺人的档案材料的人都将视为至宝，而我们今天却任其在低潮里漂流浮沉。不过，假如不追求低级趣味，而是让这种天真的怨言在自己心中回响，人们就会深刻理解，这种承认无能为力的心声所涵容的惨苦，而文笔又如此典雅。一些敦厚的人，生来只适于平静的劳作，在一耀即逝的唯一闪电中，被一种神奇的际遇投入事物的核心，只见他们殚精竭虑，要呼唤并追回击在他们背上而一去不返的东西，直到他们不可理解的生命的最后一刻；他们临终的奋力的情景十分悲壮，充满了十分幽深隐秘的苦计，世间唯有儿童之死可与之比拟。他们一步步回首，一件件往事追寻，一字字剥露他们的生活，然而徒劳无益。账目俱在，但是历史已无意义。他们仿佛成为他们自身经历的局外人，从中再也认不出他们自己。悲剧性穿透了他们的躯体，却杀害了他们旁边的另一个人。对于命运的这种不公，对于偶然性的恶毒和愚蠢，他们怎么会一直无动于衷呢？他们再大的努力，也超不过任人宰割的牲畜的战栗；他们与临终所遭受的命运并不相称。因为，不管平庸的思想能驰骋多远，即使能想象出它通过象征与表象，有时也接触了实在之物，但是它绝不会窃取了强者的智慧；这种智慧主要不是对实在的认识，而是我们要捕捉并留住全部实在的力不从心之感，即真实给予的无情的嘲讽。

这个生命在孤寂中消耗殆尽，永世封起来了。除了这位杰出的神父，谁能更加卓有成效地向我们描述这样的人一生的最后一章呢？可惜，原吕扎尔纳本堂神甫只给我们留下残缺不全的几封信札，其主要段落上面已经援引了。其余部分，在主教指令的调查结束后即行仔细销毁，而调查的结果还暂时保密。

五

“咱们出去。”兰布尔本堂神甫说道。

另一位便跟了出去，但并非像他后来以为的那样受了迷惑，而仅仅出于好奇心，想瞧个究竟。吕扎尔纳本堂神甫不大了解这位老神父的情况，不知他何以变成一大群数目还不断增加的羔羊的牧者。这位老神父鞋上溅满污泥，总是面带苦笑，独自一人从路上匆匆而过；他竟然在他的神工架周围集结了一大群教民，他的教民，这是什么奇迹造成的呢？吕扎尔纳初到这个主教教区，“在一定程度上，”附和了他的几位同事的怀疑态度，“我有所保留。”他时常圆滑地说道。不料今天，纯系偶然（他爱讲的另一个词），他一步跨进了这个怪人的秘密圈里。

二人来到房后有围墙的小园子里。阳光明媚，透下来照在莴苣和生菜上。西风中，蜜蜂宛如飞矢。太阳一出，风也起来了。

兰布尔本堂神甫戛然站住，朝他的同伴迈了一步。在阳光下，他那张老脸因失眠而憔悴，跟弥留之人的面孔一样赫然醒目。一瞬间；可怜的人嘴角放松，颤动起来，继而，在好奇的目光注视下，他的目光认输了，交出秘密，完全招认……老人潸然泪下。

未来的议事司铎已经心软，金黄的小手伸向半空。

“其实，我亲爱的同事……”

他急匆匆随口讲了许多话，仿佛在如此严重的时刻，他必须听着自己的声音逐渐镇定下来。他边讲边瞧，以便确认说服了老神父；他的雄辩不久便会使摇摇晃晃的老神父挺起身来。“这种激烈的冲动，我虔诚的朋友，不过是一次短暂的考验，是天主的一次警示；也许天主并不总是您热忱的过分举动：这种严厉的苦行、斋戒、守夜……”

他滔滔不绝，急于得出结论，大把大把施胭脂香粉，不料突然响起一个声音，出自一个根本未听、也不会再听对方的人之口，音调十分奇特。啊！这声音无异十分奇特：唯独这哀怨在虚无中重现了落空的雄辩。

“我的朋友，我支持不住了。我已精疲力竭。”

另外一句话在他嘴唇上颤动，却未讲出来。可是，这位谨慎的同事一时愕然，却失口说出：

“这种绝望……”

兰布尔本堂神甫已经伸出一只急切而颤抖的手，放在同事的手上，说道：

“劳驾，咱们走开一点儿，一直到那边。”

他们停到一堵坍塌的墙脚下。周围嗡嗡唧唧，一片生机！

“我精疲力竭了，”他凄然说道，“噢！可怜可怜吧，我的朋友，我现在的唯一朋友，但愿您不要被慈悲所迷惑。要严厉！我不过是个不称职的神父、一个可怜的神父、一颗枯竭的灵魂、一个瞎子、一个微不足道的瞎子……”

“哪里……哪里……”未来的议事司铎有礼貌地

订正道，“不是您，也许是几个思想大胆的人利用了您的轻……您的诚意……别人讲我们的好话，多么容易相信啊！”

他微笑起来，挥手赶走一只缠人的胡蜂（一只胡蜂，以及这张巧舌如簧的口，两只嗡嗡的昆虫）……不过，他又断然说道：

“我听您讲。”

兰布尔本堂神甫双膝一软，跪到他的脚下。

“上帝把我交到您的手里，把我托付给您。”他说道。

“多么幼稚啊！”未来的议事司铎高声说道，“快起来，朋友。这不过是倦意，是劳累过度，却被您的想象力给无限夸大了。唔！我仅仅是个普通人，不过，有某种经验……”他结束话头，微微一笑。

兰布尔本堂神甫以苦笑回答他的微笑。无所谓！在最后一次转折之前，他只想把此人视为朋友，虽非由自己选择，却是接受的，显然是上帝的派遣，他最后的朋友。啊！当然，他无意走回头路，恢复宁静，重新生活。他在可诅咒的路上已经走得太远。他还要走下去，同这唯一的旅伴，一直走到最后一息。

“唉！”他高声说道，“我在大神学院如此，现在依然如此：头脑固执，心灵冷漠，毫无激情，总之，我是个上帝使用过的卑劣的人。有关我传闻很多，那么多罪人紧追不放，向我表示友谊，所有这些征兆与考验，我既未领会含义，也不明白目的。一个圣徒在孤寂中成熟，而孤寂却把我拒之门外。就在刚才，我还本应沉默……否则现在，我何至于向您吐露真情……（是的……在这种时刻，离开这个下跪的可怜女人——遭受多么严重的……对，遭受多么严重打击的女人——我心里还在流血……）这不是没有道理的……不是没有道理的……因为……朋友，当时我已经到了门口……突然产生一个念头……一个这样的念头……”

“什么念头？”吕扎尔纳本堂神甫问道。

他不由自主地俯下身去，一直贴近老神父的嘴，而此时只听见含混不清的低语……接着，大惊失色，抬起身来……

“嗳！朋友……”他高声说……“嗳，朋友！”

他双臂伸向空中，又叉在胸前，宽宽的肩膀沮丧地往下一撂。老神父始终垂头跪着。只看得见他那因羞愧而弯下的灰色脖颈。

“这么说，”吕扎尔纳本堂神甫吃力地说道，“您突然产生这种念头，是头一回吗？”

“头一回。”

“从未有过？……”

“天哪！”兰布尔本堂神甫高声说道，“从未有过！我仅仅是个不幸的人。多少年来，我已经不知道一小时安宁是什么滋味……怎么！甚至在撒旦的脚下！显一次圣迹，我！……朋友，老实说，我这一生，也许没有一件爱上帝的举动，哪怕是不完美的、不完全的举动……没有！因而昨天夜里遭受了巨大痛苦……千真万确，我不再属于我自己……当时我在绝望中挣扎……忽然……忽然……仿佛开玩笑，……我产生了这个念头……”

“早就应该丢掉。”对方说道。

“要明白我的意思，”老人低声下气地又说道，“我说：我产生了这种念头。说得不准确。哪里是个念头，而是确信……（‘噢！我想不出词儿来，我总是笨口拙舌。’他焦急而天真地嚷道……）我应当走到底，我亲爱的兄弟，直到最后承认……即使跪在您的面前，陷入惶恐，即使怀疑我的灵魂能否得救……我也相信……我也应当……无法克制地相信……这种确信来自上帝。”

“您有过——怎么说呢？——有过一种物质的朕兆……”

“什么朕兆？”兰布尔本堂神甫天真地问道。

“我怎么知道呢？……比如说，您看见或听到过……”

“没有……只有这内心的声音。假如给我的命令如此明确，那我当即就会服从了。然而不是命令，而是一种保证、一种确信……如果我愿意……便会如此。上帝明鉴，我向您吐露的情况，是从心里掏出来的，我真羞愧得要死去……我早就知道……我一直知道……我确信……我一句就能……天哪！……就能使人复活……对！会使这个死去的孩子复活！”

“看着我。”沉默半晌之后，吕扎尔纳本堂神甫吩咐道。

他用双手扶起老神父；看见他低着头站在面前，双膝沾了泥土，他真喜爱他……

“看着我，”他又说道……“坦率地回答我。谁阻挡您尝试……当即尝试一下您的法力呢？”

“不知道，”老神父答道……“说来非常可怕……如果工具太卑劣，上帝用完就会丢掉。”

“可是您的……信念一点儿没变吗？”

“没变。”兰布尔本堂神甫又答道。

“现在呢，您打算怎么办？”

“听从吩咐。”这个怪人回答。

未来的议事司铎猛然摘下眼镜，往上一举。

“我要向您提的建议非常简单，”他说道。“首先，您跟我回屋，尽量向人家道歉。(您突然离开，肯定显得很怪异，不大得体。) 我去赔礼的工夫，您就上——听清楚了——您就上死者的房间，做弥撒……尽量做好……随您的便……您的头脑已经这么混乱，我不愿意再给您留下任何疑点……责任完全由我来负。”他略微迟疑一下，又毅然决然地打了个手势说道。

(他在自己眼里，就是这样克服好奇的弱点，尽管这种好奇的举动刚刚意识，还未明言。常有这种情况，最平庸的人误入赌场，受到每颗心急速跳动频率的感染，也要往赌桌上掷一枚金币，发现一点自我。)

接着，他又把眼镜举到眼前：

“然后，朋友，您就老老实实地去休息一下。”

“试试看吧。”老神父恭顺地答道。

“这取决于您自己。专家们断言，休息是一种自觉的行为。对于许多患者来说，失眠不过是意志缺乏症的无数表现的一种。请相信一个熟悉这些问题的人。像这样的情绪冲动，毫无疑问，完全是肌体过度疲劳的自然反应。亲爱的同事，在我们之间，要直截了当。安宁，您到遥远的地方去寻找，可它十有八九在您的身边；讲讲保健，您就能恢复安宁。诚然，这些实话，出自一个神父之口，往往是危险的，者或做起来很微妙。不过，对于您这样一位才智过人的人，我并不怕一种极端的解释……有些顾忌多的人则……”

“您以为我疯了。”兰布尔本堂神甫轻声说道。

他刚才低垂的目光，现在朝对方抬起来，充满了一种神秘的深情。接着，他又说道：

“唉！就在不久之前，我还盼望，自己疯了倒好。看到独自经受如此严峻的考验，有时真希望上帝击碎镜子。很可能击碎，朋友……因为，站在十字架下固然难以忍受，但凝视十字架更难忍受……清白无辜的人奄奄一息，这是多么凄惨的场面！不过，归根结底，他的死无足挂齿……人们也许能一下毙命，一举成功，用泥土堵住这张奇妙的口，窒息他的喊声……不对！掐住他的这只手更为灵巧有力，觊觎他的目光不是人的目光。一切都奉送，一切都交给了覆盖垂死的义人的巨大仇恨。绝对的亵渎，不仅撕裂，而且强占并玷污了上帝的肉体，甚至破坏了临终的庄严……这是撒旦的嘲弄，朋友！撒旦的狞笑，及其难以理解的快乐！……”

“……对于这种景象来说，我们的土地还是太洁净了……”他沉吟一下又说道。

“髑髅地的悲剧……”未来的议事司铎开了口。

他没有讲下去。从此刻起，这位信奉笛卡儿[①]主义的神父，再也看不清自身了。那位杰出的哲学家的演说，从前向多少好奇的婵娟揭示了另一个感性世界，并以数学和智慧的精妙的配量，把人的问题变成了有教养人的一种消遣——倘若有一天，他听到他的一个完全由弹簧、杠杆和齿轮组成的奇特动物说了话，他也不会像可怜的神父这样沮丧。这位始终异常坚定的神父，此时突然晕头转向，如堕五里雾中。

兰布尔本堂神甫将一根尖尖的手指，放到未来的议事司铎的额头上。

“我们多么不幸，”他声音沙哑，缓慢地说道，“我们多么不幸，在世间只有一点头脑和撒旦的骄傲！您的谨慎态度，对我又有什么用处？现在，我的命运已经确定。我所寻求的是什么安宁，是什么清静？尘世并无安宁，跟您说，绝无安宁；哪怕有瞬间真正的宁静，这个腐朽的世界就会像一股烟、一股气味，化为乌有。我祈求过天主扒开我的眼睛；我想看看他的十字架；我看到了；您并不知道那情景……

① 笛卡儿（1596—1650），法国数学家和哲学家。他是二元论者，明确地将心灵和肉体分开。著有《方法论》《哲学原理》等。后者就是献给伊丽莎白公主的。他同她通信中也多谈及灵魂与肉体之间的相互作用。

您说什么：髑髅地的悲剧……然而，您却视而不见，无非如此……对了！没错儿，萨比鲁，我听见——对——甚至在大教堂的讲坛上……我听见一些事情……我无法说……他们谈论上帝之死，就像叙述一个古老的故事……他们加以美化……添枝加叶。他们到哪儿去寻找这些呢？髑髅地的悲剧！当心哪，萨比鲁……”

“亲爱的朋友……亲爱的朋友，”对方筋疲力尽，期期艾艾地说道，“如此冲动……如此激烈……多不符合您的性格……”

诚然，令他恐惧的主要不是话语本身，而是变得如此生硬的声调。更糟糕的是，他自己的名字，这三个字，像一声号令似的抛到风中：萨比鲁……萨比鲁……

“当心哪，萨比鲁，人世并非一台安装很好的机器。上帝把我们投在他和撒旦之间，当作他的最后一道壁垒。世世代代以来，同样的仇恨，正是企图通过我们打击上帝；不可名状的罪孽，正是通过人的可怜肉体得以完成。噢！噢！不管祈祷和爱把我们送往多远的地方，我们也总是带着这个可怕的伙伴：他紧紧地附在我们身上，狞笑声响彻云霄！一起祷告吧，萨比鲁，但愿考验的时间短些，但愿悲惨的众生得到赦免……悲惨的众生！……”

他的声音在喉咙里撕裂，他用发抖的双手捂住了眼睛。阳光明媚的小园子在周围鸣唱。然而他却充耳不闻。

“悲惨的众生！”他低声重复道。想起他十分热爱的人们，他的嘴唇颤抖起来，脸上渐渐漾出并扩展一种笑意，庄严的神态又显得极为温存，以致萨比鲁担心他会倒在自己面前死去。他胆怯地叫了他两声。这时，老神父才像大梦初醒：

“我应当这样讲。这样好一些。稍微纠正您对我的评价，萨比鲁，我想是可以的。若是让您相信我曾受到幻象……显圣……总之，受到异常诱惑的惠顾，那我就太难过了。我的情况并非如此。不是！我所见到的，朋友，我在狭小的圣器室里，坐在草垫椅子上所见到的，跟我现在看您一样清楚。真的，一般人不知道一个罪人是怎么回事。在昏暗的忏悔室里，一个声音窃窃私语，越讲越急，越讲越快，只强调‘我的罪过’[①]的头几个字母，这究竟是怎样情景呢？这呀，哄孩子合适，可怜的孩子！然而应当瞧瞧，应当瞧瞧各种表情、各种眼神的面孔。人的眼睛，萨比鲁！那里面总

① 原文为拉丁文。

是大有名堂。当然！我守护过不少临终的人；那不算什么，他们已经不吓人了。上帝把他们覆盖了。然而，我在面前所看见的不幸者——他们争论，嬉笑，挣扎，说谎，说谎又说谎，直到惶恐最后把他们像空口袋一样抛在我们脚下！哼！在社会上神气活现，在姑娘面前忸怩作态，对待神灵冷嘲热讽……哦！很久我都没想明白，总以为他们是些迷途之人，要由上帝沿路收容。然而，上帝和人之间有异物，而且不是次等角色……这之间有……有这个隐秘之物，它灵巧顽固之极，无与伦比，即使不是残忍的讥讽，也是一种无情的讪笑。一时间，上帝向此物投诚。上帝是通过我们被抓住，被吞噬，是从我们身上被夺走的。世世代代以来，芸芸众生被置于压榨机下，鲜血哗哗挤出来，要把圣体的最小一块，也变成可恶刽子手的美食和笑柄。噢！我们多么愚昧无知啊！请问，在一个博学的、彬彬有礼而又有政治头脑的神父看来，魔鬼又算什么呢？只要一提及，准保不屑地一笑。他们像轰狗似的嘘他。嗯，怎么！他们以为把他变成了熟悉的东西？算了！算了！这是他们看书太多，忏悔不够的缘故。我们只想讨好，只讨好并安慰蠢人。我们并不是骗子，萨比鲁！我们站在一场殊死斗争的前列，而我们的孩子则排在后边。神父！然而，普天下苦难的呼叫，他们并没有听见！他们只是听他们教堂执事忏悔！他们面对这些执事，从未流露过惊慌的神色吧？他们也从未见过人抬起这种令人难忘的目光，这种充满了对上帝的仇恨、从别人再也无所得的目光！受自身癌瘤啮食的吝啬鬼、如同行尸走肉的淫荡之徒，只抱一种梦想的野心家、日夜惕厉的嫉妒者。怎么！面对神秘莫测的人类痛苦，哪个神父没有因为自己无能为力而哭泣过，没有因为上帝在他的庇护所——人体中受辱而哭泣过！……他们不愿意看！他们不愿意看啊！”

尖厉的声音在风和阳光中越升越高，繁茂的小园子却以其勃勃生机与之抗衡。五月的疾风席卷着天上的乌云，有时将这大片羊群赶至天际之外。于是，一道耀眼的光芒，像马刀一样扫荡整个昏暗的平野，照到绿篱这里便散成万道金光。

“当时我觉得身处一座孤峰上，”萨比鲁神甫后来写道，“手无寸铁，完全暴露在无形敌人的打击之下，而他则重又沉默，眼睛凝视半空，似乎等待始终不来的信号。”

六

我们还是让见证人发言吧。他向本部记述提供了最精彩的篇章；他被一个更机敏能干的人选中，来陪伴兰布尔的这个老人结束最后一场搏斗。下面的引文同前面的一样，也是摘自这位谨慎的议事司铎给上司打的长长的报告。读此引文自然会发现，他的疑惧和自尊心有时表达得既狡猾又天真。不过，这个不幸者是在维护自己的成见、安宁、虚荣心，以及生活的目的，在他的辩护词中并无纯粹卑劣的成分。

自不待言，一个事件时过境迁，就很难以有力的笔法描摹出来。像我试图在此转叙的一次谈话，可以说无法捉摸。隔了一段时间，恐怕再好的记忆，也难重现谈话的神态、语气，以及种种细节；须知正是那些细节逐渐改变词义，使我们只听见同我们隐蔽的感情相吻合的话语。我应服从上司的正式命令，并渴望向上司说明情况，因此必须克服我的憎恶与顾忌情绪。我主要不是复述原话，而是尽量传达总的意思，以及我所留下的奇特印象。

“——当心，萨比鲁！”我这可怜的同事突然嚷道。他的声音把我定在原地，他的眼睛喷射火光。有一两次，我试图让他听我讲，可是他连目光都不屑于低一低。我还要老实承认吗？我已经着了迷，如果神经的剧烈挛缩、贪婪的好奇心可以称为着迷的话。无论他讲多久，我也不再怀疑对面是一个入禅的真正的超人。多少事情使我心智豁朗，茅塞顿开，而我却从未想过；但今天看来，这些事情曲解百出，疑窦重重，甚至充满了幼稚可笑的幻想。我以为进入了一个新世界。怎么能冷静地复述这些奇特的话语啊！他时而哀求，时而威胁，时而气愤得脸色刷白，时而又悲伤得泪流满面，声调十分凄惨；他对拯救灵魂的功业感到绝望，描绘了灵魂的无谓牺牲，并且声讨罪恶与死亡，俨然掐住了撒旦的喉咙。撒旦！这个名字他一再重复，声调怪异，令人心碎。我们的神父以圣洁的天真态度，把那个叛逆之神魔鬼说得神乎其神，如果说从前凡胎肉眼能够依稀见其踪影，那么在他的奇迹更为人了解的今天，这类话就可能把他唤来了；的确，他的身影已在小园中，在我们两个普通神父之间了！没错儿！先生们，这种事无法冷静地复述！必须听听这位可敬的人；他因恐惧而矍然失容，仿佛疾恶如仇，追惟他的教区的隐私，吐露骇人的情况，叙述在灵魂中赎罪的努力，一直谈到成为魔鬼猎物的那些不幸者的面孔；而他那观照异象的眼睛，看见了我主在十字架上临终的情景一幕幕重演一遍。我一时欣喜若狂，仿佛不再是基督精神的一名使者，俨然成了一个神灵附体的人、一个传说中的祓魔法师，准备从邪恶的强手中夺回羊群。雄辩所产生的奇迹！我讲些不连贯的话；我真想迎着危险，甚至迎着牺牲冲上去。有生以来我头一回感到，我发现了我生活的真正目的和圣职的尊严。我扑到，对，我扑到兰布尔本堂神甫的脚下。不仅如此，我还揪住他的破旧教袍的大襟亲吻，泪水洒在上面。唉！我简直乐不可支，叫嚷起来，不是说出而是喊出这些话："您是圣徒！……您是圣徒！……"

议事司铎不胜惊愕，不止一次，而是反反复复讲这句话，陶醉于这种结结巴巴的重复中。地面烫着粗皮鞋，天旋地转，宛似车轮。他感到自己比橡木人还轻，在有弹性的空气中自由轻捷得出奇。"我以为自己摆脱了死亡的羁绊。"他解释道。

是什么有力的话，或者是什么更为奇妙的沉默，竟把这沉重的躯体举得如此高呢？这个可悲的老人附耳对他讲了什么话呢？我们根本无法了解……这老人已被诱惑搅得六神无主，又被所有人，甚至被上帝鄙弃，他精疲力竭，迫不得已，临死转向一种友善的目光……

“噢！撒旦把我们置于他的脚下。”他终于无可奈何地轻声说道。

吕扎尔纳本堂神甫十分惊奇，讷讷说道：

“我的朋友，我的兄弟，原先我有眼无珠……我不知道……上帝把您当成本教区、整个教会、真理讲坛的荣耀……怎么！您拥有这样出色的天赋，还唉声叹气，认为自己战败了！至少让我向您表示感激，感谢您给我的教益，感谢这种热情……”

“您没有明白我的意思。”兰布尔本堂神甫直率地说道。

他明知应当缄口，却还是要讲。意志薄弱同英雄主义一样，也有其逻辑与倾向。然而，在最后几下打击之前，老人仍游移不定。

“我不是圣徒，”他又说道，“好了！让我讲吧……我过去的生活一目了然，我就像观景一样看见那段生活，就像站在谢纳维耶尔山上眺望脚下的潘村。我力图脱离尘世，心中这样祈愿，但是对手更强大、更狡猾；他帮助我消磨我自身的希望。我遭受了多大磨难啊，萨比鲁！有多少回我吞咽了自己的唾液！我在自身维系着这种憎恶之感，就好像我把小魔鬼紧紧搂在胸前。当这次发作摧毁整个意志的时候，我已经心力交瘁了。我实在愚蠢！上帝不在这儿了，萨比鲁！”

面对这个无辜的受害者，面对这个容光焕发、眼神憨厚的神父，他仍然迟疑不决，继而勃然大怒，他要打击，加倍打击：

“圣徒！你们人人嘴边都挂着这个词。圣徒！你们了解是怎么回事吗？还有您本人，萨比鲁，记住这话！罪恶进入我们体内，不是凭蛮力，而是靠诡计。它像空气一样渗透，本身既无形状、颜色，也无味道，但是又全具备。它在内部消耗我们。虽说有几个倒霉的人被它活活吞噬，嚎叫声使我们毛骨悚然，可是还有多少人已经冷却，甚至不如僵尸，简直成了骷髅。我主早有明训：那是什么样的警语啊，萨比鲁！人类之敌窃取一切，甚至窃取死亡，然后狂笑着飞走。”

（同样的光芒在他凝视不动的眼睛里重又闪现，宛似墙壁上的反光。）

“狂笑！这便是人世之王的武器。他说谎，躲避，换上各种面孔，甚至装扮成我们。他从不等待，没有固定地点。他在与之对视的眼神里，在否认他的口中。他在神秘惶恐的情绪里，在傻瓜的自信和安适中……人世之王！人世之王！”

“为何发这么大火？冲谁呢？……”吕扎尔纳本堂神甫心中不禁纳罕。

“嗳！”他高声说道，“像您这样的人……”

然而，兰布尔本堂神甫没容他讲完，抢着说道：

“像我这样的人！《圣经》告诉了您，萨比鲁：他们在自己的智慧中化为乌有。”

接着，他忽又断然地问道：

“人世之王……您呢，对这个人世怎么看？”

“老实说，当然……”吕扎尔纳本堂神甫支支吾吾。

“人世之王，这便是关键的词。他是这个人世之王，他君临并掌握人世……”

“我们被撒旦踩在脚下，”他略一沉吟，又说道，“包括您，我比您更甚，怀着绝望的心情确信。我们在劫难逃，已经被淹没，被覆盖了。他甚至不屑于把我们这样孱弱的人赶开，而是把我们变成他的工具；他在利用我们，萨比鲁。此刻，我本人又算什么呢？对您来说是件丑闻，是他扎在您心上的一根尖刺。看在慈悲的上帝面上，您宽恕我吧！这种念头终生萦绕我的脑际，悄悄日益成熟。我容不下它了，它已经把我吞掉了。现在是我在它里面，我的地狱！我了解的灵魂太多了，萨比鲁，我听到的人语也太多了；当然，我所听到的人语不再是用来掩饰，而是用来表达羞愧的，是取自它的源泉，像伤口的鲜血一样喷射出来的。原先我也相信，即使不能取胜也要斗争。在圣职生涯之初，我们对罪人总产生一种极为奇特、极为宽容的看法。反抗、诅咒、渎圣，这自有一种野性的崇高，这是一只要降伏的野兽……降伏罪人！多么可笑的念头！降伏懦弱与卑怯！举起一大堆死沉的东西，谁能不厌烦呢？全都半斤八两。在忏悔中，在得到宽宥时，还是说谎，无时无刻不在说谎！他们疑虑重重，硬充好汉、不顾礼仪、道德和其他，一味横冲直撞，还抱怨控制得太严！哼！多可悲！他们筋疲力尽！我见过，喏，这种人我见过，他们听到一个女人的名字就暴跳如雷，又恐惧，又内疚，又嫉妒，痛苦万分，像畜生一样匍匐在我的脚下……这种人我见过。算啦！算啦！这种弥天大谎、这种残酷的笑声、这种践踏被害者的做法，正是得胜的撒旦！您明白我的意思了吗，萨比鲁？”

原教师的天蓝色眼睛同他对视，流露出天真的好奇、无限而永恒的善意。哼！这种宝蓝色，但愿能被击碎！面对着容光焕发的胖娃娃，老竞技者的脸色一阵红一阵白。他的心脏均匀地怦怦跳动，而胸膛里的壮志从未完全屈服，已经蓄势待发，要挣脱羁绊。他把萨比鲁推到墙根，以终生难忘的声调，附耳冲他喊道：

“跟您说！我们战败了！战败了！战败了！”

一阵工夫，好大一阵工夫，他倾听自己的亵渎，就像听着往坟墓填的最后一锹土。一而再再而三否认自己主人的人[①]一瞥就足以宽恕他；然而，这个自我否定的人，又能有什么希望呢？

“朋友！我的朋友！”吕扎尔纳本堂神甫高声叫道。

然而，兰布尔的圣徒轻轻地推开他的手，说道：

“丢开我，丢开我……不要再听我讲了。”

“丢开您！”对方又朗声说道，“丢开您！我还从未见过像您这样的人。您还是原谅我吧：我曾怀疑过您。在您酝酿的实验中，我准备为您做证……对您这样一个人来说，凡事无不可能，也无不可信……去吧！去吧！我跟随您：刚才是上帝给您以启示。走吧！一同回屋去。去救活孩子，还给他母亲。”

兰布尔本堂神甫愕然地看着对方，用手抚摩额头，力图弄清楚……即使一个伦理学家，也有这种可悲而惊人的忘性！……怎么，他想不起来了？……

“瞧您，我的朋友，我可敬的朋友，”吕扎尔纳本

① 据《圣经》记载，在耶稣受刑十字的前夕，圣彼得三次否认他，稣耶在预言这种怯懦行为时，曾责备地瞪他一眼。接着又宽恕地看他一眼。

堂神甫重复说道，“您刚才在这里讲的话，难道要我来提醒吗？……”

他想起来了。那是慈悲上帝的最后呼唤，是本来能拯救他的奇妙允诺，然而他听见时却满腹狐疑，没有从命，没有像孩子那样用小手不觉干出大事来。难道这可能吗？还得由别人来提醒。这种固定的念头，在这不幸的人头脑里萦绕了两天两夜——多叫人恼火啊！——也许恰好在他要解脱之际，却又完全抓住了他，而且手法何等敏捷！在关键时刻，在他非凡一生的唯一际遇面前，他完全成了一个两脚畜生，仅仅有能力忍受苦痛和嚎叫——真是天大绝妙的嘲弄！

在早晨迷雾中再也找不到赤色风帆的海上遇难者、眼看生命垂危的儿子的目光渐渐离去的母亲、才思已尽而虽生犹死的艺术家，也不会向天发出更为凄厉的呼号。

即使遭受这种打击，刚强的老人也并未屈膝。他不再祈祷，而是冷静地探测堕落的深度，又回顾一下敌人用以战胜他的高招。他思忖道：“我曾痛恨罪恶，接着又痛恨生活。我在祷告的惬意中的难以名状的感觉，也许就是融于我心中的绝望情绪。”

一个个形象在我们身上穷尽其命运，然后在思想极度混乱中，理智再来给我们致命一击。我们借以自豪的杰出才能，跟本能一样，也会惊慌失措。兰布尔本堂神甫有此感觉，他耗尽了戕害他的思想。什么！就在我自以为……什么！居然沉醉于对上帝的爱中！

“上帝戏弄了我吗？”他高声诘问。

原先我们总把梦想当作现实，把它同我们的命运连在一起；而一旦梦想破灭，除了挑动，催促并最终认识厄运的这种强烈愿望，还会有别的什么力量激发我们呢？

“走吧。”兰布尔本堂神甫说道。

七

一片乌云蔽日，他大步穿过园子，回到房门口。

“他来啦！”等待他的那个女人心怦怦直跳，嚷了一声。

她迎上去，戛然止步，看到这张失态的脸，惊讶得连她的希望都震动了：这不是圣徒的，而是英雄的脸，完全是一副视死如归的表情。然而，老神父并未朝她垂下目光，径直走向关着的房门，到了橡木大桌子后面，抓住门把手，示意胆怯的同事原地停下，房门打开，屋里黝暗静寂，百叶窗关着。里端的烛光摇曳几下。他走进去，同死者关在一起。

房间狭长，白灰墙壁。家里人遵照医嘱，把患者移到这里，因为这个厨房后间宽敞些，朝东有两扇窗户，对着小园子、塞纳古尔树林，以及横卧道道缀满鲜花的绿篱的博雷加尔丘陵。红石板地上铺着一块破旧的地毯。四壁光秃秃的，一烛荧然。户外的光线，不知如何从看不见的缝隙射进来，聚在僵硬无褶的白衾单上浮动，又均匀地落在此刻极为老实安静的孩子两侧的地面上，一只苍蝇嗡嗡地忙碌着。

兰布尔本堂神甫伫立在床脚，他没有祈祷，只是凝视着洁白单子上的耶稣十字图。他不再期望重新听到这个神秘的命令。然而，命令既已听到，又已许诺，这就足够了。就在主宰曾徒然等待他的地方，这个不忠的仆人漠然地听候他应得的判决。

他倾听着。户外，在关闭的百叶窗外面，太阳晒得园子嗞嗞作响，宛似投入火中的湿木柴；室内，丁香花、热烛，以及另外一种庄严气息香味馥郁。这已不是大地的寂静，而是从深处升到他们周围的沉寂，外界嘈杂声渗透进来而不能打破。这沉寂像看不见的水汽升上来，已经消散，化为各种透明而活跃的形体，此中声音已经松弛，已经在相互吸引，并同无数陌生的东西集聚。犹如两种浓度不同的液体交流，两种现实重叠起来，却不相融，保持着神妙的平衡。

此刻，兰布尔的圣徒的目光同死者相遇，凝视不动了。

死者睁只眼闭只眼。大概过早拂他合目，手又颤抖，结果眼睑肌肉收缩，又微微翘起，只见直直的睫毛下的蓝眸子已经丧失生气，但是颜色深得出奇，几乎变黑了。灰白的脸在枕窝中，就像陷在一个黑坑里，只看得见这个眸子。小小的躯体，在盖满丁香花的裹尸布里，已经初具尸体的僵硬与棱角；周围空气平时那么抚爱活着的形体，现在却仿佛凝冻成冰块。铁床载着冰冷的小东西，酷似一只永远抛锚的神奇游船。唯余这回眸，流放者的久久的顾眄，跟手势一样清晰可辨。

这凝眸，兰布尔本堂神甫当然不害怕；不过，他要探询，要倾听它。刚才，他以挑战的姿态，跨过门槛，准备在这四堵白墙里进行一场无望胜利的搏斗。他毫不动心，毫无怜悯地走向死者，仿佛要越过一个障碍，要搬动一个重物……然而，死者却抢在前头：正是死者在等待他，好似一个态度坚决、严阵以待的对手。

老神父好奇地凝视这只半睁的眼睛，专注中，怜悯之意渐渐消失，接着，焦急情绪也涣然冰释。自不待言，死人场面他见得多了，熟悉得很，不亚于一名最老的士兵。跨进一步，用手指抹下眼睑，覆盖住这个窥视他的、丧失防御力量的眸子，不是举手之劳吗？今天，既无恐惧，也无憎恶掣肘，倒是碍于一种愿望，他隐约期待一件不可能的事情：它即将在他身外，在没有他插手的情况下发生。他的思想游移不决，退一退，又进一进。他试探死者，片刻之后，他又不知不觉地试探上帝。

再试一下，他要祈祷，翕动嘴唇，放松发紧的喉咙。不行！稍候片刻，再等短短一分钟……他被异常的、荒唐的担心定在原地，以为一言不慎，就会永远赶走一种可臆测而不可见、他既渴望又畏惧的存在。手在空中画了个十字，又放下来；肥袍袖这样一唿扇，烛火摇了几摇便熄灭了。太迟啦！有两次他看见眼睛睁开又合上，发出无声的呼唤。他憋住没有喊出声来。昏暗的房间愈发宁静。阳光从百叶窗缝隙钻进屋里，在周围悬浮，灰色的背景衬出每件物品，蓝幽幽的光晕中灵床赫然。厨房里的钟敲了十下……在这天朗气清的上午，一个少女的咯咯笑声冉冉升起，久久回旋……“好啦！好啦！……”兰布尔的圣徒说道，声音未免迟疑。

他情急搜身，颇为可笑，想找打火机（那是德·萨尔佩纳伯爵送的礼物，但他总是丢在桌子上），结果发现一根火柴，却未划着，咬着牙一再重复：“好啦……好啦……”他掏空了口袋，把牛角柄刀、几封信札、鲜红布手帕放在地上，然后又在石板地上乱摸一气，却没有找到这些东西。身边的灵床暗影益浓。上方则相反，在关闭的百叶窗周围，闪亮的水汽在扩大铺开。死者的面孔……已经……缓缓地……逐渐浮起……直到黑暗的表面。老神父俯过身去，几乎触着，定睛察看……此刻，那两只眼睛圆睁，也在注视他。

他怀着极大的希望，又同这目光对视了一分钟。然而，挑起的眼皮却纹丝未动，混浊发黑的眸子再无人的意念……不过……也许有别的意念吧？……瞬息间，一丝嘲讽之色，旋即辨认出来……死神的挑战，窃人大盗……正是他。

“是你，我认出你来了。”可怜的老神父声音低沉、斩钉截铁地嚷道。与此同时，他觉得脉管里的血液像冷雨一般，全部落入心田。一阵难以名状的疼痛，闪电般从一个肩膀传到另一个肩膀，至左臂时已经散漫，一直传到僵硬的手指。一种纯粹肉体的、从未感到的惶恐，使他胸膛产生空乏之感，仿佛上腹被魔鬼吮干了。他蜷起身子，以免呼号喊叫。

整个生命的安宁已然消失：死神逼近，大势已去。这位不屈不挠的人还在拼死抗争。他身子一晃，跨了一步，想保持平衡，又抓住铁床，以免跌倒。在最紧张之际，为了最后全力一搏，得以一时确定命运，在这一失脚中，崇高意志的四十年竟倏忽而逝。

的确，一直到黑夜也终于将他掩藏遮蔽为止，这个顽固的刽子手要千方百计迷惑他，呼唤他，引他误入歧途，命令或者抚爱他，打消或者给他希望，他像玩耍猎物一般戏弄人，能操各种声调，无论天使还是魔鬼的声音，简直变化无穷，得心应手，魔力不亚于上帝。不亚于上帝！哼！地狱及其烈火又有何妨，只要有一次，哪怕只一次，魔鬼的狡计被粉碎！难道这可能吗？一直追随上帝的仆人，最终找到的却是可笑的蝇王、七番加冕的禽兽[①]，难道这是上帝的意愿吗？对于向往十字架的口，对于抚摩十字架的胳臂，难道仅仅给这种报偿吗？这种谎言？……难道这可能吗？兰布尔的圣徒低声重复道，难道这可能吗……接着他又高声说：

"您欺骗了我。"

（像被肩带勒的一样的剧烈疼痛略微减缓，但是

---

① 《启示录》中对魔王的称谓，见《圣经·新约》。

他的呼吸仍然困难，心跳缓慢，仿佛溺水一般。“我只剩下片刻时间了。”这个不幸的人思忖道，同时一只一只抬起铅灌的脚。）

然而，一个咬紧牙关、只抱着一个念头的人，走向得胜的仇敌，瞄准了进击，是什么也阻挡不了的。兰布尔的圣徒把手插到孩子的胳臂下面，把很轻的尸体拉出半截。死者的脑袋耷拉下来，从一个肩头滚到另一个肩头，接着仰到后面不动了，似乎在讲：“不！……不！”那优美倦怠的动作，就像娇惯的孩子。然而，这个粗犷的农民已被逼得只剩下最后一线希望，仅凭冲天的怒气才未倒下；对他来说，儿童或半神的恼怒这样一种基本情感，又算什么呢？

他像举起圣体饼一样抱起小男孩，狠狠地朝空中瞪了一眼。怎么能希望复制出悲痛的叫喊，复制出一位不求怜悯与宽恕、只要正义的英雄的诅咒呢！不对！不对！他并不哀求，而是要求显灵。这是上帝欠他的，必须给他，否则，一切不过是一场梦幻。说说谁是主宰，是他还是您！诳语，诳语啊，但却能响彻云霄，打破沉寂！诳语，深情的亵渎！……

把死亡引进人类大家庭者，也许没有力量摧毁生命，不能使从虚无而来的生命复归虚无。他徒然受了苦，就算如此吧！然而他却始终相信。“请向我指明，”他的心声高喊，“在无形的世界中，人的难以理解的能力表现在哪里！在永远抛弃我之前，请向我指明！……”可怜的老神父啊，为了得到上天的启示，他丢掉了一切！这种启示，不会拒绝给他；因为，能够移山的信念，也必能使人复活……可是，上帝只献身于爱。

八

我们从兰布尔的圣徒本人所得到的，仅仅是一篇简短的记述，确切地说，是他几乎处于谵妄状态中匆忙写下的几笔。文字既笨拙又天真，不加修改难以引用。文中没有只言片语能使人想起这个经受绝望的种种诱惑的非凡之人；反之，却能从中发现原兰布尔本堂神甫，及其敦厚的谦恭、对上司的尊敬，甚至低首下心；还会重新看到他懦弱得惧怕流言，完全缺乏自信，意志消沉而不能自拔。

尽管如此，有些文字却有价值，不容湮没。他一心要准确记载唯独他亲眼所见的一连串事实，从而也近乎一字不差地记录了他奇异一生的最后时刻。这段原文如下：

“我双臂托着孩子尸体有一两分钟，接着想把它举向十字架。因左臂虚弱疼痛，不管它多么轻，我托着也十分吃力。然而我却举起来了。于是，我凝视着天主，极力回想我可怜一生的苦修与劳累、有时我所行的善事和我所得到的慰藉，决意毫无保留地奉献一切，但求那个不停追逐我的、此刻连拯救我灵魂的希望都窃取走的敌人，终于在我面前被一个比他有威力的神灵折辱……天父啊，为此我甚至情愿牺牲永福！……”

“……天父啊，千真万确，魔鬼早已控制了我，他相当强大，相当狡猾，能蒙骗我的感官，迷惑我的判断，混淆是非。您的圣断，我听从，事先就接受。然而，奇迹仍在目睹它的眼中，仍在触着它的手里……是的！在我未能捕捉的一瞬，尸体好像还阳了。我手指上感到它热乎乎的，微微颤动。仰着的小脑袋转向我……我还看见他眨眼，目光开始有神……我看到了。这时，内心一个声音向我重复这句话：‘你的圣迹在黑暗中能为人所知吗？你的正义在这遗忘的大地上能为人所知吗？[①]’我正要张口讲出这句话，突然，这种

① 原文为拉丁文。

难以名状、无法比拟的剧烈疼痛，重又把我压垮。小躯体向下滑，一时间我想极力托住，但还是眼看它掉在床上。恰巧这时候，只听他身后一声可怕的嗥叫。”

他的确听见了，这声可怕的嗥叫又紧随着更为瘆人的狂笑。于是，他像小偷一样逃出房间，头也不回，径直跑向敞着的门和阳光灿烂的小园子，双目所见唯有人影，不待辨认就用伸直的胳膊推开……身后的声音一一止息，汇成一片隐约的喧闹，不久便被覆盖了……他又冲了几步，停下喘息，睁开眼睛。他坐到兰布尔大路的路坡上，帽子失落在身边，眼神依然恍惚。一辆马车急驶而来，经过时，车夫还咧嘴一笑，挥鞭致意……“这是一场梦吗？”不幸的神父思忖，心怦怦直跳……

吕扎尔纳本堂神甫来到面前。

吕扎尔纳本堂神甫脸色苍白，气喘吁吁，张口结舌。不过，不幸的老神父光着头，花白头发蓬乱，费劲起身，勉强站立，未来的议事司铎见此情景，就渐渐恢复了威严和自信。

“不幸啊！”他一确信能义正词严地讲话，便叹道，“不幸啊！您的状况值得怜悯；我可怜您。然而，我还是遗憾，怪自己听任您胡闹，又给这个可怜的家庭引来一件巨大的不幸，损害了我们大家的声誉——

对！您可笑之举，损害了我们大家的声誉……居然逃跑！唉！亲爱的同事，您一下子丧失勇气，真叫我诧为怪事……现在呢（他沉吟一下，但仍眯缝着眼睛自我欣赏），现在呢，您怎么办？”

“我又能怎么办呢？”兰布尔的圣徒答道，“我犯了一个错误，却不甚了解其严重性，唯有上帝知晓。我咎由自取，应受您的蔑视。”

他又说了几句，但声音很低，含混不清，继而迟疑良久，头垂向地面，下首怡色，终于又开了口，但声音几乎听不清楚：

“现在么……现在么……您想对我说……刚才我用胳膊捧着的……那个死孩子吗？……”

“不要提他了！”吕扎尔纳本堂神甫答道；他口气生硬，但掌握分寸。

受到这一打击，他浑身一抖，没有应声，但神情古怪地瞥了他的审判者一眼。

“您演的这出几乎渎圣的闹戏，是什么结局，您似乎不知道……咱们讲话要严肃！您不可能既没看见也没听到……”

“听到……”兰布尔的圣徒答道……“听到……我听到什么啦？……”

“我听到什么啦！”原教师嚷道，“您自己说说么！总之，您完全能够只倾听幻象的声音。我不愿意相信您这样一个人，一位神父，会毫无愧疚地丢下一个女人不管吧？由于您装神弄鬼，那位母亲几乎丧命[①]，此刻她的神经完全错乱了。”

但是，他见老神父注视他，那惊愕的神情显然是诚恳的，于是又放低声音继续讲，匆忙的口气好比要急于倒出一件悲惨事件的傻瓜：

“看来，您一无所知喽！您不知道可怜的女人在您身后溜进房间了吗？您应当比我清楚……我们听见了一声嗥叫、一阵狂笑……接着，您像个精神失常的人穿过房屋……她要跟去，我们勉强把她拉住；那场面真可怕……唉！一个身遭不幸的软弱女人，被您的动人的话吸引，受到您的举动和狂热幻想的感染，我何必大惊小怪；就说我本人……像我这样的头脑……那会儿……不是也不辨真假……她一再叨咕：‘他活了！他活了！……他要活过来啦！……’她要跑出去，要人把您拉回来……天主啊！”

他住了口，喘息片刻，又叉起胳膊问道：

“情况就是这样……您怎么看呢？”

---

① 众所周知，数月之后，阿弗雷太太去兰布尔教堂朝圣进香，疾病便痊愈了。异乎寻常的皈依的事例不胜枚举，其中一件值得一提：阿弗雷太太的病治愈，这是迄今为止，多尼桑神甫的祈祷所能产生的唯一奇迹。——原注

“我完了。”兰布尔本堂神甫重新挺起身子，平静地答道。

接着，他的目光仿佛还在虚空中追踪他的无形敌人。

“我完了，”他又说道……“当时我疯了……是个危险的疯子……我将自裁——对——我应当亲手把自己变成无害的人……还有希望，因为我时日有限，不久于人世了……朋友，刚才我就感到病痛初次发作……我认为这病……总之，疼得很怪，显然时刻在加剧，要把我带走……”

“他非常清楚地向我描述了他的老病心绞痛，”吕扎尔纳本堂神甫在上面提到的报告中写道，“我毫不含混地告诉了他，本想还提几点建议（唉！也是经验之谈。家母便因这种可怕的病症而去世）。他不知道心绞痛这个病名，让我讲了两遍，然后拾起地上的帽子，用袖子掸了掸土，再也不想听我讲，大步离去。”

九

路漫漫，返回的路多长，漫长的路啊！败军之路，夜晚之路，没有目标，徒受风尘之苦！……然而，只要这颗衰老可怜的心尚在跳动，就必须举步，必须奔走——毫无目的，仅仅消耗生命——因为只要日子还在延续，只要凶煞之星在高空瞪其独眼望着我们，就没有休息。只要这颗衰老可怜的心尚在跳动。

这是村头的第一家房舍，接着走近道，从两道高矮不齐的绿篱中间穿过草地和苹果林，直到墓地的门口，直到教堂的阴影下。这便是兰布尔教堂，形同幽灵。

兰布尔本堂神甫趁无人看见，从敞开的小门溜进圣器室，仰身倒在椅子上，眼睛凝视砖地，两手摆弄着帽子，溃散的记忆还无所凭依，只是呆呆地倾听脖颈动脉血流的撞击。

自不待言，那个奋力反抗、昂然挑战的高个子老人，已经荡然无存了。直到生命的终结，他也不会有片刻时间积蓄足够的力量，以便收拢或清理记忆。回味如此痛苦的事件，这种念头刚一萌生，他就感到憎恶，无法容忍。唉！不如维持这种半睡眠状态。他奋力过猛，已从高处摔下来。寻常的诱惑，无非是儿童的梦想、单调的反思、如同阴险的法官饶舌的絮语。然而他呢，却受到刽子手的审问。

他下意识地用手捂住胸口，那正是疼痛的病根所在……他首先想到同事的审评和议论、大主教的训诫和制裁，这种担忧压抑心头，还要甚于生命再次垂危的恐惧感。他的眼睛漾出泪水。他把椅子移到小桌子旁边，要写份报告，以应付可能的调查，但是头脑空空，心中畏怯，在威胁的压力下弯腰躬背；他力图写得清晰工整，不亚于小学生。这份报告，前面已经援引了几行。

他写了又涂改，然后又撕毁。然而，他的这番奇遇，随着他要详细记录在纸上，却在他头脑里风流云散了。他再也认不出来，仿佛成了局外人。他绞尽脑汁追忆，反倒打破了他记忆的最后易断的网，只好双肘撑在桌上，两眼失神，呆若木雕。

他这样要过上几小时呢？他盯着厚厚石墙中的小铁窗，却视而不见；窗外一根接骨木枝在风中摇曳，被阳光照得时而变黑时而发绿。正午来敲三经钟的人，透过门上小窗口发现室内昏暗，老神父的帽子和经书掉在地上，还看见散落在地上的经书的圣像和书签。五点钟，初领圣体教理班一名学员，叫塞巴斯蒂安·马莱的，来找他遗忘的一本书，发现门关着，但是听不到一点动静，于是回去了。“我不敢用力敲门，也不敢呼唤，”后来他说道，“因为教堂里已经挤满了人，我很害怕别人问我。”

的确，这个时候，由普莱西－博格尔南公共汽车每天运来的香客，拥入了圣徒的神工架和天使小教堂里。奇特的人群：只见如潮的悲凄与滑稽的人物比肩接踵，众多的著名木偶被一颗伟大心灵的热情一时举到平庸谎言之上，恢复了人的尊严。那天傍晚，人数更多，他们在嘈杂的古老教堂里，等得焦躁不安，抑或由于朦胧的预感而骚动……一张张绷紧的面孔，朝香的常客终生也不会忘记。每次正门响一下，所有面孔就转向刹那一亮的门口，然后又一齐回到黑暗中。窃窃的私语、用手捂住的声声咳嗽，以及烦躁与纳罕引起的千百种小动作，汇成一片奇特的声响，宛如暴风雨中奔驰的羊群。戛然，这响声也停止了，一片沉寂。在这庄严的寂静中，圣器室的门吱咯一声，兰布尔本堂神甫出现了。

“上帝啊，他的脸色多么苍白！”远处大殿里一个女人声音叹道。

这声感叹十分真切，打破了迷人的气氛。群羊又找到主人，纷纷松了口气。

老神父缓步走上神工架，他的头略微偏向右肩，手一直捂住胸口。刚迈一步，他以为要跌倒。但是，人群的浪潮已经把他冲到地方，重又把他裹起来。再一下，他就要成为他们的猎物了。

他再也逃不出他们的手掌。他伫立在浓重的暮色中，颀长的身子折成两段，颈项冲着天棚，极力调整气息。他的躯壳，这个遭受侮辱、毫无生气的肌体，他丢给了痛苦。他的驽骀的耐性，会把刽子手拖得疲顿。

然而，谁又能把那个观察他、看他要咽气才满意的无形者拖垮呢？这个可怜的老人曾一时起来抗争，几乎得胜了；必须让他直到临终也感到身上这种他曾对抗的力量……他至少能面对面认出他的敌人也好哇！然而他将听到的不是这种声音，不是这最后的挑战……在剧烈的疼痛中，他倾听逐渐恢复的意识……他倾听一种低语：这低语越来越清晰……单调无味……毫不容情。他听出来了，正是他们。一个一个，男男女女，全来了，气息朝他冲上来；他感到他们的气息不如他们龌龊的话语可恶，因为那种忏悔罪恶的枯燥乏味的连祷，全是世代以来父子沿袭使用的语言，早已成为陈词滥调，如同一本争相传看的淫书，由于千百人抚摩，一页页都留下罪恶的指印——他们的签字。这话语冉冉上升，渐渐笼罩住依然站着的兰布尔的圣徒。他们多匆忙啊！他们走得多快啊！……不过，气息一旦恢复，您就会看到他们——啊！您就会看到这些坏孩子！——用嘴唇寻找摸索撒旦为他们挤着充满毒蜜的丑恶奶头！……注定失败的背负十字架的人，抬起手，宽宥，赦罪，直到最后一息！

他倾听，回答，如同梦呓，但又极为清醒。他的神思异常自由，判断异常迅速明确，而肉体仅注意渐渐加剧的疼痛，仅注意一个固定点：剧烈的疼痛就是从这点辐射，向四处伸展其神奇的枝杈，真像一副灵活的梭子在神经网下穿行。这种钻心刺骨的疼痛，仿佛把身体和精神分开，把一个人截为两部分……气息奄奄的兰布尔的圣徒，只同灵魂打交道了。眼睑虽已垂下，但他这目光却看到灵魂，只看见它们……他伛偻着身子，靠在嗡嗡回响的壁板上，剧痛难忍的腰挤着祷告席，却不敢坐下，张口吸着稠糊糊的空气，浑身汗如雨注，耳畔只传来含混不清的絮语、他这些跪着的孩子的愧恨之声。唉！他们说话也好，沉默也罢，这颗急不可耐的伟大心灵已然抢到忏悔之前，又是吩咐，又是恫吓，又是哀求！背负十字架的人在此并不求胜，而是证明邪恶的力量，证明他上诉天主的不公正判决，直至死于残忍的诡计之下。天主，瞧一瞧这些孩子，他们多么懦弱！他们的虚荣心如蜜蜂般轻盈敏捷，他们的兴趣反复无常，他们的目光短浅，见识平庸，淫荡的生活也充满愁苦……听一听，他们的语言又粗野又无耻，谈事情善于轻描淡写，处处模棱两可，否认时相当坚决，肯定时则怯声怯气；这是奴隶的或解放了的奴隶的语言，适于撒野或爱抚，既轻柔委婉，又口是心非。“天父，原谅他们吧，因为他们不知道自己的所作所为！[①]”

十

“唉！”吕扎尔纳本堂神甫解释道，“从前我取得经验，付出不小代价啊！我的不幸的同事心绞痛发作，险些死在我的面前；等一会儿您就会亲眼看到了。”

说罢，他大步流星走上兰布尔大道，夏弗朗什的年轻医生则快步跟上。这个初出茅庐的大夫，到此行医不过数月，便颇有妙手的声望，而且并非浪得虚名。此人能言善辩，初生之犊不怕虎，尤其鄙视患者，从而非常吃香，使人趋之若鹜。殷实人家的主妇，无不梦想他那张放肆的口承认与自家小姐的关系，无不梦想他那双内行之手的救护，认为那双手跟著名的投枪一样，能治愈它们造成的创伤。在临终床上的垂危病人，无不渴望听到一句以开玩笑的残忍口吻、小声讲的令人欣慰的猥亵话。须知这位花花公子已不再计算——拿他的话来说——经他治疗而安乐死的人数。

---

① 原文为拉丁文。这是基督在十字架上的祈祷，求上帝宽恕他的刽子手。

“天哪！这很可能，神甫。”他口气随和地应道。

根据吕扎尔纳本堂神甫的提议，匆忙请来了这位大夫。普鲁依庄女主人正在发病，仅仅由于气力耗尽，才结束谵妄状态，傍晚时分睡着了。于是，吕扎尔纳本堂神甫高声说：

“亲爱的大夫，我要请您帮个忙，就当为我办件私事。您说，小汽车将近七点钟来这儿接您。现在刚到五点。您就同我走走，到兰布尔村去。一到那儿，您就往夏弗朗什打电话，让司机到那儿去接您，又有何不可呢？趁等车的工夫，您就能给我那可怜的同事仔细检查一下；我要听听您的看法。”

“我的看法您早就了解！”年轻的大夫不无兴致地说道，“食品营养低，缺乏活动，住在虫蛀的房子里，教堂又潮湿，神工架也昏暗，空气不好，老实说，这种卫生条件，就像在十三世纪！……肌体本来负担过重，不算心绞痛，就这些也足以把他搞垮！……真的！您到底想让我干什么呢？”

“我有我的职守，您有您的，”吕扎尔纳本堂神甫郑重其事地说道，“我们在世的义理，就是怜悯弱者、人类。我那可怜的同事这样也好，那样也罢，于您又有什么关系呢？假如您的话不假，那又是一例职业性的怪癖，更值得注意观察，而医生的治疗……”

“好！好！我去……”大夫退让了。“再说，跟您这样一位神父讨论，也很有意思。”他又补充了一句。

二人商定，怀着相似的心情去兰布尔。到了村口，下起霏霏细雨；脚下白色的道路变成赭石色，上面雾霭飘浮，散发着常青藤的气味。只见他们加快了脚步。墓地里的青草挂满水珠；铁栅门不停地开关，发出凄厉的吱扭声响；暮色中，大门上面的灰色拱石被雨注抽打，犹如张满鼓动的风帆。少时，二人并肩走进几乎空了的教堂。

到了里面，吕扎尔纳本堂神甫亲热地把手搭在同伴的肩上，低声说道：

“冈比莱先生，到圣殿来拜访也许难为您，我很想使您免此一行；不过，本堂神甫住宅的一间厅室，跟圣克莱尔修女院的会客室一样阴冷，光秃秃的，恐怕您不会期待那里比这里舒服吧？再说，幸好大群人都已散去，看来接近神工架没有阻碍了；如果我的尊敬的同事去圣器室休息，让他立即跟我们回他住宅去，想必他不会推托吧！”

说罢，他倏忽走开。夏弗朗什的年轻人挨着圣水缸始终伫立不动，只听见神甫的声音在远处的回响、一扇门的噼啪声、粗鞋在石板地上的滑动。流连未返的女信徒迈着碎步，一个个从面前经过时几乎触着他，悄悄摸一下大理石承水盘，神色严肃地瞥他一眼。少顷，农民出身的圣器室管理人吹灭了最后几盏灯。吕扎尔纳本堂神甫终于回来了。

“真是怪事！找不见我那同事了，他一定离开了教堂。况且，我听说忏悔仪式结束至少有四十分钟了……显而易见，冈比莱先生……他肯定从墓地的门出去回住宅了。再多走两步路吧。”他补充一句，口气亲热得叫人无法拒绝。

“这有什么关系呢？”夏弗朗什的医生乐得做个顺水人情，答道，“将近十九点，汽车才来这儿接我，我还有时间……不过，神甫，您的朋友虽说要死了，腿脚倒挺快……”

他漫不经心地吹了声口哨，补充未尽之意。须知过一会儿该他登台，他认为此刻显得动情有些不妥，因此摆出一副沉毅的样子，毫不焦急地等待。

“这个可怜可亲的人，吃饭没个准时候，不止一次待在天使小教堂里，在石板地上一跪就是一夜！”

“他还在那儿呢，先生们，没错儿，就跟你们在这儿一样。你们到放洒水壶桌子后的小墙角，就能找见他；那是他爱待的地方，独自一人，就像在巴尔日蒙的密林里。”

“拉迪斯拉！”她见抱着一摞台布的圣器室管理员出现在门口，便对他说道，“你巡了一圈，看见他了吗？”

那人摇了摇头。

“教堂六点钟关门，”老太婆解释道，“等九点钟，该做晚祷和圣体降福仪式时，拉迪斯拉才开门。这段时间，本堂神甫用来整理一下内部，喏，按照他的方式安排……当然喽！他得到大主教的准许，圣体通宵陈列！……你把钥匙给两位先生吧？”她有点为难地问拉迪斯拉。

“我还是陪他们去吧，”圣器室管理员赌气地答道，“不管怎样，我有规定嘛，大妈！吃口面包，喝杯酒，说话就得。”

老太婆在他身后摇了摇修女帽。

“我就料到了，先生们，”她说道，“不过，他很快就能吃完饭，因为他不怎么吃饭。瞧，背后说人坏话，但这跟孩子一样有口无心。”

“我们就等他吧。”吕扎尔纳本堂神甫说道；他的神情颇为不快，用目光询问他的同伴。

“还……还有，我要向你们提个建议，”老玛尔特咳嗽两声，清清嗓子，又说道，“在隔壁房间（就是我们的圣徒所说的祈祷室，这名称同他有时在里面忏悔有关），有一位高个子的先生，特意远道来看本堂神甫，是位戴着荣誉团勋章的老先生，真的！非常体面，非常和蔼，他可能觉得时间过得太慢。”

夏弗朗什的医生双手一扬，好像让老家伙及其荣誉团勋章见鬼去。

“可能是个退职的将军吧？……”原化学教师会心地一笑，猜测道。

“名片就在桌子上，对，先生们，就在你们面前，”她气馁地说道，“要知道，他的眼睛特别温柔！嗳！不对，不是军人！”

冈比莱已经把方形名片举到鼻子底下，他像个孩子似的涨红了脸。

“嘿！嘿！这可大不一样！”他以行家的口吻说道……

吕扎尔纳本堂神甫接过名片一看，身子都站不稳了。

“安托万·圣马兰……”这位未来的议事司铎嘴唇湿润，含混不清地念道。

“法兰西学士院院士。”另一位应声答道，宛似回音。

年轻的医生愣了片刻，仿佛思忖什么事儿……

“带我们去吧！”他终于说道。

十一

这位声华卓著的老人以讽刺为业，已达半个世纪之久。他以傲岸一切自诩的才华，其实是最为驯顺、最为常见的。如果说他假装羞愧或气愤，嘲笑或威胁，那也是为了更好地取悦于主子，就像一个服服帖帖的女奴，时而咬人，时而爱抚。在他那矫揉造作的口中，最明确的词都被歪曲，真理也奴性十足。这个走江湖的人虽已年迈，好奇心却未减；他凭着这种本领，不断翻新花样，对镜乔装打扮。他的每部书都是一块路碑，等待行客。恰如一个淫荡既久而圆滑历练的女人，他深知给予的方式重于给予的东西，因而在恣肆的出尔反与自相矛盾中，往往每次都能向读者推出一个崭新的人物。

在他周围舞文弄墨的人把他捧上了天，认为他为文言近指远，语言像舞台上的天真少女般轻灵，思辨幽婉，学识渊博。没有才华而心肠冷酷的人都奉他为宗师。他们看到虚弱之性嘲笑其把捉不住的东西，便欣欣然如同反对人类而赢得了一次胜利，要求分享这种不育的抚爱。哪个有思维的人，都没有使那么多思想变成老生常谈，没有糟蹋那么多令人钦敬的字眼，也没有向不逞之徒提供更为丰富的胜利品。他在开篇以鄙夷放肆的态度所提出的真理，一页一页下去，又遭背叛，愚弄与挖苦，翻了一个大筋斗之后，到最后一行则暴露无遗，跪倒在得胜的斯加纳雷尔[①]的脚下……一小撮门徒谨慎地笑着，忙不迭地欢迎这个将近百岁的老顽童的新把戏；不久，惊慌的忠实读者也加入这个行列。

“我是最后一个希腊人。”他品评自己，同时怪模怪样地咧嘴一笑。

不少在儒尔·勒梅特[②]之外猎奇、胡乱吞了点荷马史诗的呆笨之人，马上庆贺地中海文明的新奇迹，尖叫着跑去唤醒惊愕的缪斯。须知老丑货厚颜无耻的儒雅风流，正是在于假装在那高傲女神的双膝上等待荣名，他偎依着贞洁的腰带摇晃，一双老迈的手乱摸……真是古怪、可怕的乳儿！

他早就决定到兰布尔看看，他的门徒对世俗之人已不再隐讳：他去那里打算写本书。“生活的偶然事件，”他对身边的人交心，口气既亲热又放肆；他正是以这种口气声称，他在散发他命名为古代智慧的

① 在法国戏剧家莫里哀的五种喜剧中出现的人物。
② 儒尔·勒梅特（1853—1914），法国作家与文学批评家，主要著作有故事集《旧书之外》。

街头怀疑论的珍宝——“生活的偶然事件，使我接触的圣徒不止一个，只要人们情愿把这名称赋予生活俭朴、头脑单纯的人。须知这些人的王国不在尘世，他们虽然像我们一样，以幻想的面包为食，但胃口大得出奇。不过，他们的生死，知者甚少；他们的荒唐之举，也流播不广。我这么老又回到儿童的梦想，还请原谅。我希望亲眼看看另一位圣徒、一位真正的圣徒、一位显灵的圣徒，总之，一位大众的圣徒。谁说得准呢？也许我要去兰布尔，在那位善良的老人手中咽气吧？”

这话以及别的话，在很长一段时间，被当作可爱的奇思异想，尽管他讲话时显出某种滑稽的腼腆，怀着世俗的，但富于人情味的真诚感情，以及卑怯的惧死心理。不幸的是，这位名作家仅仅卑劣，并不世俗。他的突出个性，在他的书中被禁锢得好苦，便在淫荡的生活中放纵。他加倍怀疑和嘲讽，力图向人掩饰他的丑恶秘密，但是徒劳，这种秘密时常从他话语中流露出来。这个可鄙的家伙随着渐入暮年晚景，发现自己在谎言诳语中受到追捕堵截，日益难以用鸡零狗碎的东西，来聊且安抚不断增长的贪婪之性。他意识到惹人憎恶，但又不能自持，凭着诡诈和心计，也只能抓到寥寥几次机会满足自己，于是他饥不择食，凡经过嘴边，无不攫取，看看餐碟空空，就羞愧得涕泗涟涟。如果大胆安排幽会，他想到要克服障碍，要做戏引诱，哪怕缩短时间引诱也势必拖延，又担心身体随时可能衰竭，而色欲又朝三暮四，因此未待约会便已气馁。从前，他遮遮掩掩地供养着女管家，如今则换了放荡的女仆人；她们在家成了统治他的暴君。他极力为他们放肆的语言开脱，摆出一副可怜的天真相，以嘿嘿假笑转移注意力，同时眼睛瞄向短衬裙，心想过一会儿，他的白发脑袋就要在上面打滚。

唉！他在这种淫荡的生活中精力耗尽，却未餍足。他想象不出还有什么更卑劣的行为，他触到了他怪诞地狱之底。短促而不稳的、偷偷摸摸的行乐，取代了无比强烈的、迫不及待的情欲。时间一到，便有了要求，真是有血有肉的狮身人面像的最后之谜……正是在这种时候，死神犹如第三个伙伴，在这僵尸般衰老的躯体及其徒然勒逼的快感之间站起来。

另一种快感，他在自己的著作中多少回爱抚，并以为已经穷尽其温柔，却并不认识；这种快感，就是上百次梦想与品味过的死亡，通过他的冷峻讥诮随处可见，犹如清澈深水下的一张面孔。从此以后，他跟死神嘴对嘴，看得太清楚了。他选择了漫长衰老期的形象，走在鲜花盛开的缓坡上，于最后一步安眠。然而，他绝想不到大白天会发生这种意外事件，会破门盗窃……咦，怎么？已临大限？

他极力排除这种念头，至少要极力掩饰，在这场可悲的游戏中耗费了巨大精力。但是，这种惶恐心情，他对最亲近的人也只敢微有吐透，而他们仅仅一知半解：谁也不想在这伟人的眼睛里，捕捉那种流露孩子般恐惧的凄然神色。“救命啊！”那眼神说道。听众则欢呼：真是妙语连珠！

十二

冈比莱先生走向《复活节的蜡烛》的著名作者，相当稳练地做了自我介绍，须知他不乏油滑和机变。然后，他转过身去，让他同伴讲话：

“这是吕扎尔纳本堂神甫先生，”他说道，“在兰布尔这神奇的、与您来参观的小教堂仅隔咫尺的地方，他比我更有资格欢迎您。”

安托万·圣马兰苍白的长脸探过去，不胜其烦地从头到脚打量萨比鲁神甫。

“敬爱的大师，”萨比鲁神甫说道，“我没有想到能在这么近前看见您。我们在这偏僻的乡下担任圣职，全都命里注定要终生孤寂；神职人员远离我国知识界的精英，实在是极大的不幸。至少请允许神职人员的一个最卑微的代表……”

圣马兰从上往下摆动白皙的纤手；这只手已由克洛迪乌·尼夫兰入画，永世长存了。

“我国知识界的精英，神甫先生，是一群闹哄哄的、非常讨厌的人；我倒是劝您让他们离你们本堂神甫的住宅远一点儿。至于孤寂嘛，”他微微一笑，补充说道，“但愿我从前也能有你们这样的命运！”

原化学教师一时瞠目结舌，最后还是决定跟着微笑。夏弗朗什的年轻医生倒是见面就熟：

“算了，算了吧！神甫，您就像市长恭迎国王进入他管辖的城市。杰出的大师不用走出百里，就能听到赞扬之声。我应当以实相告吗，先生？”他向圣马兰躬了躬身，继续说道，“我准备对您犯一个更严重的错误。”

“不必客气。”小说家轻声答道。

“只是请允许我问问您为何……”

“不要再加一个字，如果您有意尊重我的话！”《复活节的蜡烛》的作者高声说道，“听得出来，您渴望了解促使我做这次小小旅行的动机吧？不过，谢天谢地，这个问题，我并不比您更知道底细。年轻人啊，创作，是最烦人、最费力不讨好的事情。我创作书，就够受的了，不能再创作我的生活。这一页是白纸一张。”

“然而，我希望您能写一写，”吕扎尔纳本堂神甫叹道，“冒昧地说，您欠我们这样一部著作。”

杰出大师的目光一直有点走神儿，这时降到这个和善的乞求者身上，但是一拂而过。接着，他眯缝着眼睛问道：

“这么说来，我们三人要等待一位圣徒的意愿喽？”

“首先得等待圣器室的钥匙，以及圣器室管理员拉迪斯拉的意愿。”夏弗朗什的捣蛋鬼指出。

“这是为什么？”圣马兰问道，他没有理睬吕扎尔纳要求讲话的手势。

然而，冈比莱嘴巴来得更快，他按照自己的方式叙述了当天发生的事件，而他那顾虑重重的同伴多次要开口讲述，都让杰出大师不耐烦的轻微表示给打消了。小说家听完了全部情况，便说道：

“老实说，先生，今天出门不利，我真没敢抱这么大希望。听点超自然和神奇之事，真叫人耳目一新啊！”

“超自然和神奇的？！”吕扎尔纳本堂神甫提出异议。

“有何不可呢？”圣马兰猛地反问，同时身体整个坨子转向他的无害的敌人。

（不管这个名人堕落到什么地步，赤裸裸地讲蠢话，他也不免羞愧。可是，他把别人的愚蠢或卑鄙的言行当成可悲的镜子，尤怕上面映现自己的形象。）

“有何不可呢？”他重复道，这句话一气呵成，而不是从他那密实的长齿中拼读出来的。“我们人人盼望看到一次显灵，忧伤的宇宙同我们一起呼唤。今天，或者千世之后，如果有朝一日，一场解放运动冲破宇宙的机制，于我又有何干系呢？我倒希望明天就能等到，我还照样安眠。综合工科的粗鲁学生，有什么权利把我从梦中唤醒？超自然和神奇的，是意味深长的形容词，一个诚实的人，只能以羡慕的心情说出来……”

吕扎尔纳本堂神甫后来透露，他感到自己从未受过如此不公正的侮辱。

“圣马兰先生，”他私下对他朋友冈比莱说，“与其说是哲学家，我看更像诗人；他能随心所欲地解释别人的话。可是，他为什么发火呢？”

《复活节的蜡烛》的作者本人若是听见，恐怕也难以回答。因为，他憎恨类似他的人是出自本能，并且暗中品尝在别人身上蔑视自己的苦涩醉意。他比谁都清楚，炫耀智慧的人，同蠢人的差异是多么细微；

这个厚颜无耻的老家伙在一些巧舌如簧的傻瓜身上，也气恼地嗅出一个同等货色的小子。

“假如您还根本没有见过隐修士，”夏弗朗什的医生为了打破沉默，又说道，“至少您了解了幽静之所吧？多么奇特的住宅！多么孤寂啊！”

“刚才我就着了迷，”圣马兰说道，“人生中真正宝贵的，莫过于稀奇和独特，莫过于等待和预感的时刻。这种时刻，我在此地领略到了。”

冈比莱先生慎重地笑了笑，点头同意。这时，身材颀长的老人走到窗口，用细长手指开始来回划玻璃。灯光摇曳，他的身影在墙上舞动，时短时长。外面的景物已看不清楚，唯见灰白点似的道路。沉寂中，夏弗朗什的医生听见指甲划平滑玻璃的细微的吱吱声。

圣马兰突然说话，使他浑身一抖：

“圣器室管理员这个魔头，是想让我们忧伤而死。我真像一只大野兽，在这里等待，打呵欠，而且还有整整一天。因为，我明天才离开兰布尔。再者，老实说，我浑身要散架子了。”

“况且，”冈比莱先生指出，“如果萨比鲁神甫的想象有几分依据的话，今天晚上，他的可怜同事就不能接待您了。”

“不过，这次也满足了：看到了乡下本堂神甫的住宅，真是独一无二。”

（他以爱抚的手势指着四壁光光的屋子，如同古董商要招揽收藏家。）

这简单的一句话，对吕扎尔纳本堂神甫的自尊心来说，仿佛是一种安慰。

“我必须提请您注意，”神甫说道，“这间屋称为祈祷室并不确切：我这可敬的同事很少待在这里。老实说，他不大离开自己的寝室。”

“是么？”《复活节的蜡烛》的作者颇感兴趣地说道。

“我很高兴能带您进去看看，”未来的议事司铎忙不迭地说道，“我确信，兰布尔本堂神甫一定会给您个面子，我不过是实施他的想法。”

他拿起灯，举到头顶，然后手按门把，停了片刻：

“先生们，请跟我走好吗？”

到了二楼的长走廊，吕扎尔纳本堂神甫指着尽头的一扇半开的门，说道：

“对不起，我走在前面。”

他们跟着进去了。手臂举着的灯照亮了一间长长的屋顶室，墙壁刷了白灰，乍一看显得空荡荡的。杉木地板刚刚洗刷，有一股经久不散的气味。几件家具，靠墙摆得极为整齐，因其影子才映入眼帘：有两把草垫椅子、一个跪凳、一张堆满书籍的短桌……

“随便哪个穷学生住的阁楼，也跟这一模一样。”圣马兰失望地说道。

然而，未来的议事司铎不知疲倦，拉他们往里走，又把冒烟的灯贴向地面。

“这就是他的床。”这位无与伦比的人颇为自豪地说道。

夏弗朗什的捣蛋鬼和这位作家，二人尽管都毫无廉耻，也不免在神甫宽宽的脊背上面尴尬地相视一笑。草垫窄小得有些滑稽，上面铺着一条破床单。仅此床铺一宗，就够寒酸凄凉的了。可是，圣马兰并未细心察看，眼睛却瞧着一双开嘴的粗皮鞋。这双鞋穿得太久，已经发绿，一只很怪，稳稳地立着；另一只则躺倒，看得见生锈的鞋钉、翘曲的皮子、翻起的鞋帮。一双又破又旧的皮鞋，显得疲倦不堪，比人还要凄惨。

“好一副形象！”他低声说道，“多么可笑而又美妙的形象啊！”

他想到整个人生的循环流逝、徒然走过的道路，以及最后的失足。这个高尚的流浪汉，远路去寻觅什么呢？正是他所期待的东西；他在德·让泽夫人仙逝的维尔纳伊街公寓里，在他所熟悉的人与物中间，即在他珍视的铜版画、书籍、情妇和门客中间所期待的，正是同样的东西。这个信奉虚无的老人，在他一生最美好的时刻所达到的高度，也不过是一种具有诗意的厌世思想、一种温柔的虚无主义。然而，他喉头发紧，心跳加速。

于是，他滔滔不绝地讲起来。

“我们来到这里，”他说道，“来到一个跟庙宇一样可敬的圣地。如果广阔的世界是一个封闭的区域，那么，此地既然做出了巨大的努力，尝试过最荒唐的希望，就值得人们注意。自不待言，前辈会鄙视我们这位圣徒；但是，鉴于他长期苦修，我们对这种带有几分残忍的德行，也就不那么严厉了；这种德行从其行善的激情中发现存在的意义和酬赏。在容纳一切的人和排斥一切的人之间，差异并不如人们想象的那么大。有一种古德所未认识的野性的崇高……”

这位杰出作家深沉悦耳的声音，仿佛停留在最后一个字上，而他的目光则凝望墙角；此刻，殷勤的萨比鲁已经举灯把这个墙角照了一遍。在一个由于屋顶尖脊所形成的凹室里，有一条粗拉钉制的横板，上面摆着一尊金属耶稣受难像。下面，在最幽暗的角落的地上，弃置一条盘卷的皮鞭，其梢很细，根部有三指宽，宛如一条扁平的黑蛇，赶牛人则称为“刀子”。不过，无论耶稣受难像还是皮鞭，都没有吸引住大师的目光。在齐人高的地方，有一片奇特的血污，几乎盖住了一面墙，由数以千计的密集小点构成，靠近中心处则连成一片，呈浅棕色；有一些斑点较新，仍保持粉红色，另一些却模糊不清了，好像吸进厚厚的灰层里，已经干结，颜色也难以识别了。耶稣受难像、皮鞭、染红的墙壁……这位杰出的音乐家没有勇气唱出最后的和声，他的歌戛然而止。

冈比莱先生伫立不动，讷讷地讲了好几遍神秘的狂热，在下首窥视沉默不语的圣马兰。夏弗朗什交际圈的这位所向披靡的知情人，常常厚颜无耻地炫耀他们什么都见过，什么都听过，而且能翻转单子遮丑，手法奇快，但他后来也承认，此刻他感到脊背冒凉气。即使最迟钝的人，眼睁睁看着被人抢走一种伟大之爱的卑微秘密，抢走穷人的一点积蓄，抢走他要随身带去的唯一珍宝，他也会感到心神不安。

吕扎尔纳本堂神甫移开灯光，随即十分自然地说道：

“先生们，我那尊敬的朋友折磨自己，严重地损害了身体！我若是谴责他的热忱，上帝也不允许！不过我要说，他惩罚自己的酷刑并不事先规定，仅仅以能够承受的程度为准；但不少人认为这种圣化的方式有危险，往往成为意志薄弱的人的言谈，或者不信教者的笑柄。”

原教师强调最后一句话，合拢拇指和食指，竖起小手指，打了个习惯的手势，讲话的语气也像一个人指出有争议之点。看到医生尴尬的神情，另一位沉默不语。他觉得这种相当捧场的态度表明了他们善意的关切。他的反应只是微微一笑，接着满意地离去，因为这个平庸的神父城府很深。

“这个大个子可真好激动！”冈比莱心中暗道。他走在圣马兰的后边，好奇地端详那只握在手杖上的象牙色长手，只听手杖不时轻轻敲击地面。的确，这一阵工夫，《复活节的蜡烛》的作者在拼力掩饰慌乱的心情，以便恢复平静。固然，面对可怜之人的住宅这首悲歌，他仍旧无动于衷；但是已有好一会儿，小说家不再受他这颗衰老的心的任何跳动迷惑了！激情刚一萌动，尚处于初生状态，就立即被清理利用了；这是他机变才能为适应买主口味所炮制的第一手材料。

这位老演员仅凭感官来理解事物。在灯光的光晕中，墙上的殷红痕迹使他的神经暴露无遗。

他有不少页放肆的文字，大家了解并背诵得出来：这个不幸者使出他的全身解数，极力祛除他那难于对付的幽灵。谁谈论死亡也没有放得这么开，没有这么漫不经心，谁也没有这么深情地蔑视它。使用我们语言的作家，谁也没有以如此憨直的目光观察死亡，谁也没有绷着脸，以如此挖苦而温柔的口气来嘲笑它……这只如椽之笔惧它如猛兽，如野人，是由于什么冥冥间的反作用呢？

一想到人必然陨灭，他的理智倒没有昏乱，但意志却弯曲，几欲摧折了。这位雅人怀着绝望的心情，领略到本能的骚动、可鄙的惶恐，不禁望而却步，毛骨悚然，像牲畜到屠宰场嗅出屠夫的卡盘气味时一样。据龚古尔[①]讲，自然主义之父、《卢贡·玛卡尔家族》的作者[②]，深夜被同样的痛苦惊醒，滚下床去，一副身穿衬衣的控告者的形象，在惊愕的妻子面前吓得瑟瑟发抖。

圣马兰伫立在头一级阶梯上，脸转向冥晦的笼子，鬓角绷得铁紧，喉咙燥热，呼哧呼哧喘气：这是治这种急症的唯一良方。冈比莱被堵在后面，十分诧异，不安地倾听大师的不均匀的喘息。他伸手搭在大

---

① 法国历史学家和作家。埃德蒙·龚古尔（1822—1896），儒尔·龚古尔（1830—1870）。

② 指法国自然主义文学奠基人左拉(1840—1902)。他的主要著作《卢贡·玛卡尔家族》共二十卷。

师的肩膀上，问道：

“您大概不舒服吧？”

圣马兰艰难地回头，假声假气地答道：

“哪里！哪里……微感不适……有点胸闷……好些了……完全好了……”

他还感觉十分虚弱，十分沮丧，即使得到夏弗朗什的医生一点泛泛的同情，他的心也觉得难以置信的温暖。在神经松弛的惬意中，他往往渴望叙谈，倾诉衷肠，强行乞求对方的高见和援手。幸好在沉入噩梦之际，他的麻木的自尊心总能唤醒他。

“大夫，”他慈祥地微微一笑，说道，“等您有了阅历就会认识到，旅游并不能培育老年，只能加速老年的结束。这又是难得的优越性！因为，一位老人来到人生的最后关口，既盼望又害怕，走错一小步就会迅速堕入虚无，在这种时刻，一点意外情况往往是必要的。”

“虚无！”吕扎尔纳本堂神甫有礼貌地反驳，“大师，这个字眼儿太大了吧？”

（圣马兰从夏弗朗什的医生肩上，打量一眼他难以忍受的奉迎者。）

“字眼儿又有什么关系？”他说道，“人能选择吗？”

“有些字眼儿太消沉……太痛苦……”可怜的神父高声说道，他的脸已经白了。

“对不起！”《复活节的蜡烛》的作者继续说道，“我并不希望，多说或少说一个字，我就能得道成仙，长生不老！”

“我的话容易使人产生误解，”未来的议事司铎急于和解，申辩道，“毫无疑问，像您这样一位智者……考虑未来的人生……得出的印象……大概……同我们大多数教徒不一样……然而，我难以相信……您有超人的智慧……居然毫不反抗就会接受……一种不可挽回的绝对堕落的念头、一种消逝在虚无中的念头吧？”

说到最后时，他有些哽咽，眼睛则流露出感人的困惑神色，哀求这位闻人宽容与怜悯。

圣马兰鄙视蠢人所显示的冷酷，别人初一见不免奇怪，因为他平时特意装出一副随和的怀疑态度。其实不足为奇，他这样仅冒极小的危险，就能发泄他天生对老弱病残的仇恨。

“感谢您给我保留的是另一座天堂，”他对吕扎尔纳本堂神甫说道，“而不是您的副手和唱经班的天堂。然而，等我对唯一的法兰西学士院感到厌倦的时候，神明却让我上天去寻觅一个新的学士院！”

“您说这种挖苦话，”未来的议事司铎答道，“如果我理解得不错，您是要指责我……”

“我并未指责您，”圣马兰突然异常粗暴地嚷道。

“您只需清楚，要说害怕虚无，我更害怕你们可笑的爱丽舍场[①]！”

“爱丽舍场……爱丽舍场，”天真的神父一时昏头，咕哝道……“我无意诋毁教育……只想以您能接受的……使用您的语言……”

“我能接受……我的语言！”《复活节的蜡烛》的作者奸笑一下，重复说道。

他停下来喘口气。吕扎尔纳本堂神甫手里的灯不住颤动，正好迎面照亮他那张毫无血色的脸。他那张利口嘴角拉下来，仿佛感到恶心。不过，这个老喜剧演员要呕出来的，正是他的心，的确，他要把他那颗真正的心，一股脑吐到这个愚蠢的神父的脚下。

“你们当中最高明的人向我提供什么，神甫，我一清二楚，即在善于推理的慈悲上帝的保佑下，与门托耳[②]和忒勒马科斯为伍的贤人的不朽。我同样也喜爱身穿法国卫队军装贝朗瑞[③]的上帝！勒南先生[④]的

---

① 在古希腊神话中，爱丽舍场意味英雄圣贤的灵魂在地狱的日子。

② 据希腊神话传说，门托耳是奥德修斯的挚友。奥德修斯出征特洛亚时，委托他照料家园。门托耳抚养奥德修斯的女儿忒勒马科斯，阻止向奥德修斯的妻子佩涅洛佩求婚的人。雅典娜也曾化为门托耳帮助奥德修斯父女。在近代文学中，“门托耳”意为“参谋”“导师”等。

③ 皮尔·让·德·贝朗瑞（1780—1857），法国诗人与民歌作家。

④ 埃尔奈斯特·勒南（1823—1892），法国作家，曾在法兰西学院教授希伯来语。在他的著作《雅典古卫城上的祈祷》中，他赞扬古希腊，认为古希腊实现了美、理性和神意识的完美和谐。

复古、雅典古卫城上的祈祷、学院的希腊，全都瞎扯！我生在巴黎，神甫，生在马雷街区的店铺后间里，爸爸是博斯人，妈妈是图尔人。我对待弥撒跟别人一样。我若是打算跪下祈祷，那也得径直回到我那圣绪尔比斯老教区；别人绝不会看到我像个醉醺醺的教授，怪态百出，投在帕拉斯－雅典娜的脚下！我的著作！我才不在乎呢！我呀，是个文学爱好者！嘴很刁？我从生活摄取一切能摄取的东西，要听明白，我是狼吞虎咽！大口大口地饮用，管他发生什么情况！人必须打定主意，神甫。图享乐，必怕死。极力正视死亡，或者到哲学家的著作中寻求消遣，就像患者在牙科诊所里翻阅画报那样，两者没有什么差异。我，头戴玫瑰花冠的贤人！一个老古董！哼！……有时候，您受到蠢货们的崇拜，真想上刑柱去示众！大家揪住我们不放，总是要我们做同样的怪相，也只为怪相喝彩；到了明天，他们又来斥责我们是江湖骗子。嘿！嘿！虔诚的人若是会描述！其实，我们受了骗，神甫，得几分或全盘皆输！一个灰浆工，只想填饱肚子，可是他却比我精明；直到最后一息，他也希望吃饱喝足。然而我们呢！……从学院里出来，满脑子诗人的幻想，觉得世上唯有雪肤花貌最叫人垂涎，拼命眠花宿柳。四十岁上，跟公爵夫人共枕；年届六旬，就只好同娼妇鬼混了。再往后……再往后……唉！唉！再往后……便羡慕像兰布尔这位圣徒的人，他们至少懂得如何度过老年！……您要了解我的思想吗？杰出大师的思想，我的赤裸裸的思想？当一个人不能再……”

的确，他在深恶痛绝中讲完这句赤裸裸的话。这时，他的清秀的脸庞呈现迟钝的表情，阴险地咧着嘴，一副老人脸上邪恶的可怕的呆滞相。冈比莱带着狞笑，从下面窥视他。吕扎尔纳本堂神甫则退后两步。他此刻的沉痛，都能够感动不朽的维利耶[①]笔下的萨图尔纳男爵。

“瞧您……瞧您……大师……”他讷讷言道，“我荣任圣职的宗教……拥有宽容……慈悲……的珍宝……在一些心灵非凡的人看来，对教义所表现出来的迟疑……能够……在一定程度上也应该同慈父般关怀……甚至同特殊的仁慈相一致……我始终不相信，真诚地努力进行调解……综合……扩大一些视野……根据教会的教导……未来的生活。”

各种理由乱糟糟的，一齐拥入他贫乏的头脑；他真想一股脑儿讲出来，因此思路从一个理由跳到另一

---

① 维利耶·德·利尔－阿达姆（1838—1889），法国诗人、剧作家、短篇小说家。

个理由，宛似罗盘上激烈摆动的磁针……

这时，健壮的老人朝他走去，以其宽宽的肩头罩住他。

“未来的生活？教会的教导？”他用惨白的眼睛凝视他，高声说道，“您相信吗？这个……您毫不犹豫地相信吗？一个心眼儿？对还是不对？……”

（当然，在《复活节的蜡烛》的作者声调里，除了侮辱性的挑战之外，也许还有别的成分……）然而，谁能期望钳制住吕扎尔纳本堂神甫呢？他从未认真怀疑过他所宣扬的真理，这原因很简单，他就从未怀疑过自己，从未怀疑过他那放之四海而皆准的尺度。不过，他还在游移。他急于想出恰当的措辞、一句妙语……唉！他的可怕的对手实在逼得太紧……他举起手求饶。“要理解我的意思……”他有气无力地说道。

圣马兰瞥了他一下，眼神里着实闪着仇恨之光，接着掉过头去。可怜的神父干着急，要讲的话窒息在喉咙里，眼睛不禁漾出真正羞愧的泪水。

冈比莱先生怎么也弄不明白，一场起初平静的谈话，何以逐渐提高调门，最后竟奇妙地导致这种混乱局面；他们三人在灯光下，一时面面相觑，如同三个毫不妥协的仇敌。这表明他们正经历奇特的时刻，这时言语和神态各有不同的意义，在场的人尽可相互质问，相互却充耳不闻，一味继续内心独白，以为是在斥责别人，其实仅仅揪住自己不放，怒喝自己的愧疚，如同猫戏弄身影一样不可思议。

在孕育新的风暴的持续的沉默中，忽听外门吱呀一声打开，沉重的脚步踏得楼梯一级一级咯咯响。大家一惊，你看看我，我看看你，脸上竟然流露出宗教的恐惧。萨比鲁神甫首先认出玛尔特那张平静的面孔，不禁长出一口气。

“这事儿可真够折腾的！”老太婆气喘吁吁地咕哝道。

她登上最后一级，轻轻把围裙拍平，迅速地扫了三人一眼，说道：

“拉迪斯拉等候诸位先生呢。”

她再未说话，驯顺地一直跟他们走到园子门口。此刻已星斗满天了。

“拉迪斯拉可能先走了，”女管家用手指了指在昏暗的墓地中摇曳的一盏提灯，又说道，“我听见了他的脚步声。你们一到，教堂门准开了。”

她拉住吕扎尔纳本堂神甫的袖子，把他留下一会儿，踮起穿着木底套鞋的脚，附耳对他说道：

“您至少让他通通情理；从昨天傍晚起，他就没有吃饭！尽可能劝劝他！”

她未待回答就走了。未来的议事司铎到门廊追上两位同伴。在他们头上，教堂高高耸入无比活跃清亮的夜空。教堂里传来圣器室管理员铁掌鞋踏着石板地的声响。

“咱们继续一道冒险，”圣马兰亲切地对原化学教师说道；这位名士的微笑使他恢复了活力。“在您抓到那位难以捕捉的圣徒之前，我没有心思吃饭；况且，没有上天的这种干预，我们的小小争执今晚恐怕结束不了。”

雨后的清爽空气驱散了他的恶劣情绪。一离开兰布尔本堂神甫简陋的房间，离开灯在墙上映出的具有魔力的光影，他的恼怒便恍若一场噩梦了。

“咱们进去吧……”萨比鲁简短讲了一句。（然而，他的眼睛却流露出何等感激的神色！）

拉迪斯拉一瞧见他们，便快步走过来。未来的议事司铎迎面轻快地问道：

“怎么样，拉迪斯拉，有什么新情况？”

（圣器室管理员一副大惊失色的样子。）

“本堂神甫根本不在这儿。”他答道。

“真的吗！”萨比鲁嚷了一声；这声音在拱顶下

久久回响。

他气愤地又起胳膊。

“咱们可别开玩笑！”他又说道……“您这话有准儿吗？……”

“我一个角落一个角落找，全找遍了，”圣器室管理员答道，“我原以为能在天使小教堂里找见他；每天晚饭后，他都来这儿，他待的小角落值得一看……可是，既不在这儿，也不在别处……我连讲坛都搜寻了，这样看来……”

“据您猜测，是怎么回事呢？”冈比莱插言道，“见鬼，一个大活人，总不至于丢啊！”

未来的议事司铎点头同意。

“依我看，”拉迪斯拉说道，“本堂神甫先生可能从圣器室出去，上了维尔奈伊大道，一直走到鲁村的耶稣受难十字架。他喜欢在那条路上散步，边走边祷告。”

“哦！哦！”夏弗朗什村的医生高声喟叹。

“让我讲完，”圣器室管理员又说道，“按说，现在这个时候，离颂扬圣体只有二十分钟，他该回来了，早该回来了……我仔细考虑了这件事……今天晚上，他身体虚弱极了，脸色苍白极了……从昨天傍晚起就斋戒……我想，他可能晕倒了……”

“我开始担心会发生这种情况。”萨比鲁说道。

他沉吟片刻，鼓起两腮，一直叉着双臂，身子挺得更直。突然，他打定了主意：

“亲爱的大师，我非常遗憾……间接地……让您空跑一趟……”

“并未……并未空跑，”可爱的大师否认道，他的态度完全和缓下来了，“总之，我可以说，若不是同你们一样担心，我倒觉得这件事挺有意思……不过，鉴于我这副老迈的双腿，我不会建议你们再往远走了……我还是在这儿等你们吧……”

“但愿路不远，”原教师断言道，“毫无疑问，我们到那儿能找见他……冈比莱先生会愿意陪我一道去的；此刻我更离不开他的帮助了。您跟我们去吧，拉迪斯拉，”他对圣器室管理员说道，“再顺路叫上铁匠的儿子，万一我们不幸的朋友需要人抬……”

他的声音渐远，等教堂门重新关上，便完全止息了。只剩下《复活节的蜡烛》的这位杰出作者，他的脸上漾出微笑。

十三

奇异的微笑！古老的教堂被太阳晒温，此刻在他周围缓缓呼吸；一股古石和朽木的气味，如同密林深处的气味一样隐秘难辨，它像雾气游移在合缝不严的石板地上，或者像死水聚在昏暗的角落里。一处加厚的地面、一个墙角、一个空穴，都能接收这气味，仿佛把它拢在花岗石的辙沟里。远处祭坛附近，一盏长明灯的红光，宛似一片荒僻水塘上的灯塔。

圣马兰在这充满悠久岁月芬芳的十六世纪高墙之间，惬意地嗅着这乡村夜晚的气息。他走到右耳堂，蜷着身子坐到坚硬的橡木歇脚长椅头上。头顶有一根铁条擎着一盏铜灯，发出轻微的咝咝声。门不时啪地响一下。等到周围要寂静下来，也许是路上跑过一匹马的缘故，积满灰尘的玻璃在铅丝网中又震动了。

"此刻，"他心中暗道，"夏弗朗什的大夫和他那叫人不堪忍受的同伴，不知在什么地方奔波呢，一个钟头之内回不来，正好让我清静一下！……（因为，萍水相逢的这类客套、莫名其妙的赞同，他是不愿意违背的。）这座教堂、这种宁静、这光影之戏……嘿！一切都属于他……一切都等待他。至少，但愿他们别回来得太早。"他祝愿道。

他们回来早不了。

（垂危的人完全清楚自己的愿望，只是对任何事情都保持沉默。那位老犹太人梅西斯拉·戈尔堡如是说。）

杰出大师的内心极少有过这般宁静，惶恐情绪也渐渐消失了。宁静中，种种往事闪现，宛如一座夜城的万家灯火。重温那些往事，品味其模糊与令人感奋的杂乱。年年、日日、时时，冲破由我们的日历所划定的界限，竞相呼唤和应答！……度假的一天明媚的早晨，一只装果酱的大铜盆响起美妙的声音……一天傍晚，静止不动的树冠下面，清冽的小溪淙淙流淌……隔着家庭的餐桌，瞥见一位金发表妹的眼风及其起伏的小胸脯……倏然——半个世纪一跃而过——初具的老态，一次赴约的幽会……伟大的爱情，一直珍视，步步保卫，争辩，直到最后一分钟，结果老恋人的嘴唇还是压在一张水性杨花、明日就变得凶狠的嘴上……这便是他的一生——岁月所存留的一切——在他的过去，他的生活尚保持形貌；其余的不值一提，他的事业如此，荣耀亦然。五十年的奋斗、光辉的历程、三十部名著……怎么！这些，分量竟如此轻吗？……多少蠢货要叫嚷艺术……什么艺术？最高明的江湖骗子，也仅仅了解艺术的束缚。而他从事艺术，却如负重担。这位巧舌如簧的人只谈他自己，但一回也没有表达出来。那些自以为喜爱他的人，仅仅认识他的伪装。他从自己的书中被流放了，事先就被剥夺了所有权……众多读者，无一朋友！

然而，他毫无憾意。他确信这样就能永远逃匿，将给世人留下假象，转念至此，他那狡黠的眼睛便闪闪发光。他的最佳著作应有的结局，也不过是这种临终的戏谑。他并不期望收弟子。围着他转的人，全是些对头。他们的宗师掌握魅力和优雅的秘诀，而他们不能另辟蹊径，只好巧妙地模仿他的风格。他们最大的胆量表现在语法方面。“他们拆开我使用的异常句式，”他说道，“却不知道如何组合了。”年轻的一代，有十分之一见到贝玑[①]面对上帝躺在牧场上，便鄙弃沙发床，正是过分的舒适磨钝了他们的爪子。他们容许那耳客索斯[②]对其微妙的低能精益求精。但是，他们已经运用其才华的全部力量，仇恨这一群中最强壮、发育最好的人，因为这些人企图继承坏宗师，提炼他们复杂的小书，丑态百出，冲着伟人咬牙切齿，他们在世上的唯一希望，就是要把他们酸溜溜费解的脏东西，推到不幸的人要饮用的智泉边上。

---

① 夏尔·贝玑（1873—1914），法国作家，诗人。

② 希腊神话中的美少年，河神刻菲索斯之子。回声女神厄科爱上那耳客索斯，因得不到他的爱憔悴而死。其他自然女神为了报复，让那耳客索斯爱上自己水中的影子；最后他也憔悴而死，化为水仙花。在现代西语中，“那耳客索斯”引申意义为“孤芳自赏的人”。

然而，这些勤快的小牙齿在他阴影下的咯咯声，对《复活节的蜡烛》的作者又有什么关系呢？他啃东西是由于需要，并无兴趣，已经厌倦了。让位给牙口好的小老鼠！今天晚上，他可以梦见他们而不至于生气。他想到那座遥远的大都市，想到那辽阔墨黑天空下的喧闹的人群。他还会见到吗？在如此温馨的夜晚，在远处什么地方，它还至少存在吧？

有一座挂钟，几乎在他头上嘀嗒响，宛如心跳。他闭了一会儿眼睛，以便更好谛听钟声，与挂钟一起体味并呼吸这古老教堂的气息：多少世纪以来，这高寿的老祖先就一直遗憾地分发无情的前途。在嗡嗡回响的大殿里，他倾听着，这钟声细微难辨；这单调的嘀嗒声，仅仅被钟点的低沉声音打断，它要比他久长，还将经历年年岁岁，穿过新的寂静空间，直到那一天……哪一天呢？哪一天才能标志最后一次敲午夜十二点，然后两根生了锈的指针，一对伙伴就永远停止呢？

他睁开眼睛。对面墙上镶嵌着一块灰色大理石板，他慢慢辨认那上面失去镀金色的大字铭文：

“纪念……让－巴普梯斯特·哈姆，王国公证人（1690—1741）……皮埃尔－安托万－多米尼克……让－雅克·哈姆，厄姆古尔领主……保尔－路易－弗朗索瓦……”名单一直列到下面最后一位：“让－凯撒·哈姆·德·厄姆古尔，骑兵上尉，曾任本堂区财产管理委员，于1889年……在戛纳逝世……这座教堂的施主……”

“为这个绝嗣的家族祈祷吧。”

古老的石头又这样恭请，仿佛为它在这里道歉似的。

“重大的损失！”《复活节的蜡烛》的作者喃喃说道。不过，他怀着庇护者的同情，开心地微微一笑。这块贵重的大理石板，精心刻上铭文，又镀了金粉，其豪华不亚于有产者的任何一件家具！一座围着铁链的白石墓，在冬日里受冷雨抽打，那景象无比凄凉。然而，这位逝去的本堂区财产管理员在石柩中接受祝圣的面包，对面这块石板还如第一天那样光滑锃亮，每周都由勤快的圣器室管理员涂蜡，这是多么令人欣慰的死者形象啊！目睹这身后的舒适，这位敏感的作者相当激动。他像对待朋友一般，仔细辨认所有名字，又因其近在眼前而放心。除了哈姆家族之外，在铭文已然磨灭的石板地下面，还布列着其他家族，一直排到祭坛脚下；这些善良的人愿意在此长眠，要同这牢固的地基一样长久！人可以想象在此安息，相伴……这位著名小说家从未感到如此忍让恭顺。由于一种惬意的倦怠，他的全部肌肤都放松了；沉睡而幽深的教堂的形影在他眼前跳动，它此后再无秘密可言，已经变得友好亲密了。他领略到一种前所未有的宁静，一种无与伦比的、几近宗教的恬适。他五体通泰，伸展四肢，憋住一个类似祈祷的呵欠。

外面，天空晦暗下来；耳堂里的最后一块玻璃的彩光也完全熄灭了。此后，教堂门开开关关，而里面因为挂着黑丝绒帏幔，只能从香气得知外面进来人了。三五成群的身影靠近聚拢。窃窃私语声沿着一排排座位滚动，从一张橡木长椅传到另一张橡木长椅；焦躁的轻微脚步声直达门口，教堂里一小群看不见的人渐渐走空了。圣体降福仪式的时间早已过了，圣器室始终关着；大殿里十二盏灯，只有三盏亮着。发生了什么事？还等待什么？……众人摸黑相互寻找，轻声咳嗽，遥相呼唤；教徒间议论纷纷。因为此时，那些好奇的男男女女，已经乘去沃伯古尔的最后一班汽车走了：时间这么晚，兰布尔只能留住自己的老友。继而，最后一批人也离去，又要剩下圣马兰形影相吊。

十四

这个大玩具有点忧伤，但还是可爱，这出戏只为了他自己——只为了《复活节的蜡烛》的作者——只为了他自己！他以爱抚的目光扫视拱顶的肋骨，只见肋骨聚成圆花形，每三条一束落到侧面的墙柱上，造型十分柔和优美，几乎像动物一样栩栩如生。当年，建筑师在半空中画出蓝图施工，未必不知道是为了愉悦这位衰老的天才的双目吧？男女信徒们，乃至这位农村生长的神父，仰望空空的上天时，除了忘却尘缘，享受片刻安宁，暂时听天由命，他们还会有什么期待呢？他们天真地称为上帝圣宠、圣灵恩典和圣体降福的，恰恰是他们在这清静之地所体味的短暂歇息。可怜的人们，他们实在单纯，受了多少废话的迷惑！诚实的乡村的圣徒，每天早晨都以为功业圆满，得到永生，殊不知他的感官只领略一种相当明显的幻象，而那幻象都难以比拟这位杰出作家清醒的梦幻、自觉的幻想。“我早怎么没来呼吸一座乡村教堂的空气呀！”他思忖道……“我们的祖母在 1830 年就了解的秘密，到我们手里便丧失了！”本堂神甫住宅要把他引入歧途，他后悔不该去瞻仰圣徒的寝室，这举动未免愚蠢（那扇墙壁，他看了，意志一时竟然模糊了），总之，那景象颇为野蛮，适于给不大文雅的人参观……“圣洁，”他承认道，“也跟世上所有事物一样，仅仅在台面上好看，背面则又臭又丑。”他的头脑嗡嗡作响，新的大胆的念头层出不穷；一种新生的希望，虽然还未成形，却使他的肌肉都冲动了；很久他也没有感到如此轻快健壮。

“在衰老的过程中，也有一种快乐，”他几乎高声嚷道，“今天我才发现。甚至爱情——对，甚至爱情！——也不难舍弃了。我曾在书籍中，或者在不堪入目的城市公墓里寻觅死亡；它时而无限扩大，宛似梦中所形成的幻象，时而缩小成人形：此人头戴鸭舌帽，负责登记管理，据说他把墓地围墙保护得完好无损。不对！应当效法贤人与野兽，在此处或者其他类似的逗留之地，天真地迎候死亡，以及冷与热、夜与昼、星辰的难以觉察的行程、季节的嬗变。像这样一位老神父，十分接近自然，继承了我们先辈奉为田野之神的那些有灵气的隐士；单从这样老神父的本能里，哲人就能学到多少宝贵的、无与伦比的东西。寻觅天国的懵然无知的诗人啊，至少得到了内心的宁静，安息，即对基本力量的恭顺……”

著名大师只要一举胳臂，手指就能触着神工架。

兰布尔的圣徒正是在这里向信徒分施他那基于经验的智慧的财宝。神工架在两根柱子之间，涂成寒碜的栗色，门上挂着两条绿色帘子，总的看来很土气，几乎恶俗不堪。毫无必要搞得如此丑陋，一位乡村的先知，竟在杉木箱子里宣布神谕，对此《复活节的蜡烛》的作者不胜叹惋。但他还是好奇地察看木栅栏，想象老神父在里面眯缝着眼睛，平静的脸上带着微笑，举手为人祝福。他更喜欢老神父在楼上寝室的形象：手执鞭子，面对光秃秃的墙壁，处于残忍的谵妄状态。“最温和的幻想者，”他想道，“当然需要这类颇为剧烈的震动，以使他头脑中渐趋衰退的意象重新活跃起来。别人求助于吗啡或鸦片所体验的，这一位却从脊背两肋的鞭痕中得到了。”

粗铁丝头上的铜灯轻轻摇曳，摆来摆去。每次灯光摆过来，他的身影便延伸到拱顶，随即又被驱逐，躲至柱间的黑暗中，蜷缩一团，伺机再度舒展。“我们从冷到热就是这样过程，”圣马兰玄想道，“一会儿满怀热情，一会儿心灰意冷，不知道依照什么规则，当然也从无索解。从前，怀疑论还是一种挑战。后来，我们以为能借以达到一切的冷漠态度，很快就完全成为保持起来相当累人的一种姿势了。天哪！在伊壁鸠鲁式的微笑背后，是何等骇人的痉挛啊！然而，我们未成功，我们的侄孙也未必能遂意。人类思想不断变换其翅膀的形状和弧度，从正反各种角度冲击空气，却始终未能起飞。艺术爱好者，这名称从前很体面，如今却等而下之！新一代显然别具特色；什么特色，现在已然明了：这便是他们的奉献精神，受军人艳羡的可敬的命运。我看到年轻的拉格朗日宛如一种活的预感，就不免心急如焚……他在我之前体味了他曾鄙视的安宁。信徒或不信教者，无论给我们冠以什么名称，说我们的探寻无济于事也还不够；每次努力都加快我们末日的到来。甚至我们呼吸的空气也在体内燃烧，势将我们烧毁。怀疑跟否定一样，并不能使人耳目一新。不过，当一名持怀疑论的教授，无异于受中国式的酷刑！况且，在年富力强的时候，女色、性欲时时充塞头脑，驱逐思想。我们贪恋声色，处于半亢奋状态，难以产生清醒的绝望。然而，年复一年，影像渐渐丧失力量，我们脉管里流淌的血变得稀薄，我们的机器也空转了。我们在暮年中咀嚼中学时代的幻想，那些幻想的效力全部来自我们炽烈的欲望；我们重复的话语跟我们一样枯竭了；我们在年轻人的眼里窥视我们失去的秘密。最严峻的考验，就是不断拿别人的活力和劲头对比本人的失意，就好像我们感到巨大的潮波滚到身上，再也不能把我们托起似的……何必再引诱只能经受一次引诱的东西呢？这位老神父还算明智，在生活离去之前，他就离开了生活。他的暮年晚景没有酸楚。我们唯恐丧失的东西，他却希望尽早摆脱。当我们哀叹再也没有情欲的时候，他则庆幸自己所受的诱惑较小。我敢断言，他在三十岁上，就为自己营造了老年的幸福，这是年岁所未能消磨的。要效法他，难道为时已晚吗？一个农民出身的宗教狂，灌了满脑子古书和粗俗教师的教诲，在神学院的灰尘里，可以逐步升华，并达到贤达的恬静；不过，他的体验很短，他的方法未免幼稚，有时甚至可笑，还掺杂着毫无必要的迷信。一位杰出大师虽然生涯即将结束，却仍然富有才力，他所掌握的手段则另有一种功效。向圣洁借其可爱之处；毫不勉强地恢复童年的安宁；习惯于田野的僻静和孤寂；内视反省，但旨在无所追惟，而不是在于无所遗憾；以理性，有分寸地探究关于贞洁和清心寡欲的那些古老的、无疑宝贵的箴言；安享晚年，就像度过秋季或者黄昏；渐渐熟悉死亡；这对作者，即散布幻想的人来说，难道不是一场困难的游戏吗？但仅仅是一场游戏。“这将是我的最后作品，”杰出大师得出结论，“我写出来只为自己，我轮流当演员和观众……”

然而，这最后一部书，他只是在玄想中隐约瞥见，并没有写出来。仅仅在梦幻中一现，就表明大限已到。正如要死的老猫，还用爪子轻拂地毯的绒毛，黯淡的目光深情地扫视那美丽的颜色。

《复活节的蜡烛》的作者以同样的目光凝视细木栅栏，想象他这位降福的英雄，脸上挂着宽宥笑容的教长在栅栏里面娓娓而谈，那美妙的话语富有熟谙灵魂的经验。鉴于他所能期待的祝福，他已经爱上他了。老神父作为一个圣徒，对恭维的某种少见的形式，照样相当敏感；这种关注的深沉的同情，正是智慧王国的一个大权贵的最高礼节。憎恶阿谀逢迎的人，更善于体味恭维的高级形式。嘿！嘿！若是换了别人，而不是圣马兰，他们就会跪下，聆听善良的老人，离去时心情就不那么沉重了。没有忏悔，难道罪恶的体验还算完整吗？忏悔即使不完全、不诚实，但是在忏悔的羞愧中，不是也有一种类似痛悔的强烈感觉吗？不是也有一种防止罪恶渐渐乏味的颇为猛烈奇特的药方吗？再说，自由思想的狂人实在愚蠢透顶，竟然否认教会是一种精神疗法，只承认神经科名医才掌握这种种有效的新疗法。鼓动，启发交心，然后再对平静放松了的病人从容地进行暗示，这位宣传家在自己的诊所里，跟神父在神工架上的做法有所不同吗？多少事情腐烂在心中，唯有这种努力才能清除干净！这位形影相吊的名人，在每人眼里都看到本相，在每人嘴唇上都听到发出自己的声音，甚至在仇恨嫉妒他的气焰中认出自己的品行，他完全可以试图摆脱自扰，打破魔圈。他对地位低下的人从不讲心里话，跟平起平坐的人在一起向来说谎。如果他留下真实的回忆录，那么，他装得非常自然的假象，便掺杂了公众相当熟悉的那种谋求身后虚荣的异常冲动。最不足信的，莫过于墓畔遗言。不过……不过，偶尔一回，把自身这珍贵礼物随便赠给一个人，如同有人往一个乞丐手中塞一把金币，这也是件快事，尽管他始终拒绝这样做。

这个精明人虽说缺乏真正的情趣，但至少觉出别人的粗俗，就像肉体感到拘束一样；然而，他一刻也未逃脱自身卑劣的陷阱。他以天真的自信咀嚼这纷乱的思绪，觉得充实的道理俯拾皆是，只需做出选择，不免沾沾自喜。最后，他观看被膝盖磨损的木台阶，那神态既好奇又艳羡……一旦跪在这儿，余下的事就顺其自然。谁会拉住他呢？在这同一个地方，经常给予目不识丁的老小姐的东西，当然不会拒绝给予一个最狡诈的、善于故作镇静的观察家，妙语如珠的嘲笑者！既已吮吸并吸干了那么多难得的感觉，发表了那么多论调，做了那么多生动的怪相，最后只需稍微努力，就能进入一位乡村哲人的境界：看破红尘，摒弃万念，虔诚得恰到好处。自从皇帝栽萝卜以来，世上不止一个大人物采取牧歌的方式仙逝。用后台的行话来说，这叫作进入角色，以便假戏真做。一位喜剧演员，潜心研究完了角色就会这样，心里感到充实，高兴得涨红了脸，干掉啤酒，合上书本，嚷一声："我抓住波利厄克特[①]啦！"

十五

"我抓住这个圣徒啦！"杰出大师此刻若是有心思开玩笑，就可能这样讲。他的确抓住了，或者将要抓住。他天真地想道，他撇着嘴尝了从御花园采摘的仙果之后，现在可以从穷人嘴边夺下粗制面包大吃大嚼了，因为天才的好奇心历久弥新，原本如此。

到了晚年才体味奥义的乐趣，这真是一件美事！诚然，从巴黎到兰布尔，旅途漫长；但是，从附近的本堂神甫住宅到静谧的教堂，他跨越的空间又是多么不同啊！刚才他还心神不定，惶恐不安，唯一的希望，就是少时便垂头丧气地回到维尔奈伊街小客栈，

① 法国古典主义剧作家高乃依（1606—1684）的同名五幕剧。

在那里成为无用之人，被人遗忘，有朝一日在一个女用人的怀抱里咽气，女用人则向幕后的人悄声说道："可怜的先生临终够遭罪的。"现在他却心中释然，轻松自在，头脑里已有筹划——其乐无穷！——令人心痒的一股激情……六周之内，一切便可决定并了结了。他将在周围找一座半土半洋的房子，要坐落在两块绿茵之间，在一片树林的边上。圣马兰皈依，到兰布尔退隐……信徒们胜利的欢呼……记者第一次采访……仔细调好焦距……犹如伟人的遗嘱：最后爱抚青春，爱抚美，爱抚欢乐；这些他虽已丧失，却毫未否认；然后便是寂静，在一片沉寂中，兰布尔公众要虔诚地把哲人和圣徒，合葬在他们的僻静之地。

这种意念十分强烈，他真以为做了梦，一时脱离尘缘，现在忽又回到孤独境地，浑身不寒而栗。从梦幻中醒来；过于突然，平衡顿时打破，他感到六神无主，烦躁不安。他狐疑地看着眼前阒无一人的神工架。挂着绿帘的关闭的门在邀请他……怎么！除了老神父的陋室及其寒碜的床铺和刑鞭，再看看他向信徒的灵魂自我表现的地方，这是多么难得的机会？《复活节的蜡烛》的作者独自一人，况且，他不大担心给别人瞧见。年届七旬，他的下意识的冲动始终那么明确、大胆而无法抑制；这是富于想象的作家的危险特权……他伸手摸索，抓到把手，一下子打开门。

犹豫随之而来，并不在行动之前；思考为时已晚。他心中产生一种难以名状的内疚，后悔贸然行事，因为担心或者惭愧，一时垂下眼睛，怕无意中瞥见一个保守不好的秘密；不过，石板地的反光已经发现洞开的入口，潜入进去，缓缓上升……他的目光也随之升起……

……站住……何必呢？光亮一旦揭示，便永远昭然，再也无法掩盖。

……两只粗大的鞋，跟在楼上见到的那双一模一样；教袍襟翻起来，样子好奇怪……一条穿着毛袜的瘦长腿，已经僵硬了，一个脚跟搭在门槛上，这就是他头一眼所见到的景象。接着……在愈浓的昏暗中……渐渐地……现出一个模糊的白影，突兀现出一张被击倒的可怕的脸庞。

安托万·圣马兰无论碰到什么特殊情况，总是胆识过人，表现得既冷静又沉稳。况且，这位猝然出现的老神父是死是活，使他气恼的程度，至少相当于使他惊恐的程度。总之，他的好梦突然被打断了。赢家在这黑暗的木笼里，是这个奇异的见证人、一具不倒的尸体。讽刺大师遇见了高手，他经历了一场幼稚而动人的梦幻，醒来万分愧怍。

他把门大大地打开，退了一步，端详他这古怪的对手，只是对峙，还未敢叫阵。

“多美妙的奇迹啊！”他有些气急败坏，轻声说道。老实厚道的神父犯了心脏病，不声不响地死在这里，而那些笨蛋还在奔走寻找他呢。他静静地待在这里，犹如一个贴身挨了一枪而死在岗亭里的哨兵！……

兰布尔的圣徒在最后时刻倒在椅子上，腰部由窄窄的椅背托着，身子靠在壁板上，僵硬的腿蜷成弓形，蹬着一条薄木板门槛，一动不动，这姿势又可怜又可笑，真像吃惊得要站起来的人。

若是别人，就会由亲友扶持，躺在洗干净的衾单里休息了；而这一位，还得在漆黑的夜里起身，听他的孩子们叫喊……他还有话要讲……不对！他还没有讲出结束语……身受百创的竞技者，为弱者做证，指出叛徒和叛卖行为……啊！另一位，魔鬼，无疑是个机智高明的谎言家，这顽固的反抗者，威名虽已扫地，可是他诡计多端，仍旧激发或者极力保住他的威名；然而，他这卑微的敌手却同他对阵，在震耳欲聋的嘲笑声中还执着地晃着头。快活的地狱以雷鸣般的嬉笑呼喊，来欢迎这含糊不清的天真话，这混乱而无华的辩护词！无所谓！还有一位听见这声音，那一位不会总被天幕遮盖！

天主啊，说我们诅咒过您，并无其事；但愿您的可笑的对头，那个谎言家、假见证一命呜呼！他剥夺了一切，把我们赤条条地丢下，还在我们嘴唇上放了一句亵渎神明的话。然而，我们还留有痛苦，这是我们同您的共同份额，是我们受遴选的标志，也是继承我们父辈的，这比圣洁之火还活跃，不受腐蚀……我们资质鲁钝平庸，总是轻信，而那个狡猾的骗子，巧鼓舌簧……在他的嘴唇上，平常话随他的意愿改变含义；甜言蜜语更容易把我们引入歧途。如果我们沉默，他就代替我们表达；我们一旦试图自我辩解，又无异于搬起石头砸自己的脚。那个无与伦比的推理大家不屑于反驳，仅仅让他的受害者自己宣读死刑判决书，并以此为乐。但愿恶毒的话语同他一起毁灭！人类是通过他的痛苦的呼号来表达，那哀怨之声是奋力从他肋部夺出来的。您把我们当酵母投入浓厚的世间。罪恶从我们手中夺走的世界，我们还将一寸寸地夺回来，并原样奉还给您，让它保持岁月的头一天早晨我们接受它时的那种秩序和圣洁。天主啊，不要计算我们的时间吧！我们的精神不能一直集中，我们很快就心猿意马！眼神不停地左顾右盼，寻觅不到出路；您的工人不断有人丢下工具跑掉。然而，您的怜悯却毫不松懈，您处处把剑尖指向我们。逃匿者又将拾起活计，不然就要在孤寂中丧生……哼！博闻强识的敌人，却不会了解您这怜悯！最卑鄙的人也随身带走自己的秘密，即有效涤罪的痛苦的秘密……撒旦，须知你的痛苦毫无价值！……至于我，被你引到此地，我准备接受你的最后一击……我不过是个可怜的普通神父，一时被你愚弄，还将像石头一样由你滚动……谁能跟你斗诡计呢？从何时起，你就换上我主的面孔，装出他的声音呢？是在哪天我第一次退让了呢？是在哪天我丧失了理智，好意接受了你能拿出来的唯一礼物呢？那礼物无非是圣徒受遗弃的骗人形象，你的绝望，而且对于一颗人心来说也是不可言喻的。你痛苦不堪，跟我一起祈祷，想起来多可怕啊！甚至那个圣迹……这又有何妨！又有何妨！剥光我吧！什么也不要给我留下！继我之后，还有一个，接着还会有，一代一代，发出同样的呼声，都拥抱十字架……我们不是善良人们所见到的画上的圣徒；那些圣徒蓄留胡须，金光闪闪，其雄辩的神态与健壮的体魄，甚至会受到哲学家的艳美。我们的遭遇绝非世人所能想象的。同我们的遭遇相比，天才所受到的束缚不过是儿戏。天主啊，任何美好的生活都为您做证；然而，圣徒的证词却像酷刑逼出来的。

这就是兰布尔本堂神甫在尘世向天主发出的最后怨愤，这就是他出于爱心的责备。然而，对于这位远道来访他的名人，他却另有一番话要讲。这张嘴在昏暗中发黑，宛似最后一声呼号所爆开的伤口。如果说它再也不能发出一点声音，但是他的整个躯体却摆出巨大挑战的姿态：

“你想要我的安宁，”圣徒厉声说道，“那就来拿吧！”……

附　录

作家简介

李玉民

乔治·贝尔纳诺斯（Georges Bernanos，1888—1948），法国小说家、评论家。生于巴黎一个具有西班牙、洛林等血统的天主教徒家庭。在教会学校念中学，继而上巴黎大学，攻读法律和文学，并开始参加保王派的政治活动。1913 年，他在鲁昂主持保王派的《诺曼底先锋周刊》，经常撰写社论。第一次世界大战爆发后，他投笔从戎，多次受伤并荣立军功。战后，进入一家保险公司当经纪人，同时开始创作。1922 年，在《周刊》上发表第一篇小说《达尔让太太》。1926 年发表长篇小说《在撒旦的阳光下》，一举成名，此后便专门从事创作。1931 年发表政论小册子《正统派的大恐惧》，抨击中产阶级的实利主义。他曾一度支持西班牙的佛朗哥政权，但在西班牙居住一段时间，回国后便同右派势力一刀两断，于1938年写了《月光下的一座座大公墓》，无情地揭露佛朗哥分子犯下的滔天罪行，以及宗教领袖对他们的“道义”支持。政治风云日益使贝尔纳诺斯忧虑。1938年7月，他携妻子女儿流寓巴西，从事农业投机。他深刻地意识到所谓慕尼黑协定所包含的道德沉沦（《真理的丑闻》，1939）。1940年6月，他声援他的同窗戴高乐将军。他的广播讲话和《致英国人的信》，对他的同胞都产生了影响。1945年回国，感到祖国在精神上缺少新气象，他又留居突尼斯，直至患病临终时才重新返回法国。

他的小说主要有《诈骗》(1927)、《欢乐》(1928，获费米纳奖)、《罪行》(1935)、《一个乡村教士的日记》(1936，获法兰西学院小说奖)、《穆谢特新传》(1937)、《乌义纳先生》(1943)。他的代表作无疑是《在撒旦的阳光下》与《一个乡村教士的日记》。

贝尔纳诺斯小说的主题，贯穿了善与恶这两种力量争夺人类灵魂的斗争。这一冲突尤其体现在他对教士的研究中。《在撒旦的阳光下》叙述了主人公多尼桑神父奇特的一生。《一个乡村教士的日记》，也是描写一个身患绝症的年轻教士百折不挠地与罪恶抗争的故事。贝尔纳诺斯小说中的人物体现了人类行为的两个对立面：高尚的德行与彻底的堕落。教士受难旨在赎回堕入邪恶的灵魂，拯救沉沦的社会道德。这两部小说显示了作者丰富的想象力和卓越的写实手法，具有强烈的戏剧色彩，充满了迷离恍惚的神秘气氛，使读者随同人物进入幻境，感到超自然的世界并不遥远与陌生，同时体会到作者的幽默与人情味。

四十年从此起步（重版后记）

李玉民

活着活着，就年轻了。这是改革开放四十年的总体感觉。

四十年如一日，就这么轻松地过来了。从一定意义上讲，年轻，就是轻松的状态。一天时光尽是晨，一年岁月皆为春。

今年对我而言，有三个整数年：北京大学校庆一百二十周年，我入北大学习六十周年，又逢改革开放四十周年。

四十年前，我活着活着，就老了，再确切点儿说，还没怎么活，就见老了。改革一开放，我就随着潮流进入1980年，身心一轻松，便自称起“80后”。八十年代，大家都意气风发，也没什么人对我的身份提出异议。

意气一旦风发，往往就想啥有啥：已成泡影的翻译梦，仿佛久别的朋友与我相逢，还把我带进开始汇集的年轻译者的队伍。许多出版社也如梦方醒，纷纷开始争夺文学翻译人才。如果说宽松是思想开放的一把尺子，那么争相吸引人才，就是事业发展的一种标志了。

无事不往来的师友，都频频联系起来，忽然都有了项目，有了出版计划，而且是大项目、大计划。从前连做梦也不敢想的事，就跟寻常事一般发生在眼前，本来应由学者专家翻译的名著，纷纷落到我们这些新手的头上。于是，“这浩浩荡荡的一代人上升，那么欢欣鼓舞，走向新生活”（纪德语）。

大项目大计划，别的出版社不说，单举不算大的漓江社为例，就推出好几套。其中有全国性影响的就有《法国廿世纪文学丛书》，由刘硕良和柳鸣九两位先生策划，确定出七十种。不可想象的庞大计划，却在轻轻松松的氛围中，不过数年，就（由安徽文艺出版社接续）如愿完成了。

那时候没有电话，主编柳鸣九先生就靠写信和面谈，组织翻译队伍。单说约我就面谈多次，不知往返多少信函。那时手勤脚勤，那种勤快是真正的年青派。

何止手勤脚勤，脑袋瓜儿也灵便了。到了不惑之年还没有怎么运转，真担心会锈死了。还好，上了油的这台机器，尽管久久搁置，零件却无一锈损，运转起来如全新一般。全新就不挑活儿，这也是新手的特点。

指派给我的活儿也是全新的。几年间分配给我十位作家，翻译十余部作品。全是陌生的，有的作家，如纪德、加缪、阿拉贡等，虽然略知其名，也于译事无补。正因为全新，翻译中就格外当心，一丝不苟，使出全身解数，尽量拿出好的译品。我应该感谢这套丛书的组织者和主编，不经过这样一批名著翻译的历练，我就难以养成翻译严谨的好习惯。

翻译的作品多，体裁也多样。不全是小说。即使是小说，纪德、阿拉贡、贝尔纳诺斯、加缪、杜拉斯、莫狄阿诺、居尔蒂斯这些作家的风格也各有特点，翻译中需紧扣文本，用心体会并琢磨。小说之外，还有加缪的戏剧（前面已有初步经验，在人民文学出版社出了《缪塞戏剧选》），以及三本诗集（阿波利奈尔、艾吕雅、马克·阿兰）。我还应该感谢，这套丛书在几年之内，给予我多种体裁名著的翻译机会，让我这个初手锻炼成为多面手。

这套丛书对我还有两种影响深远的助益。其一，二十世纪法国文学在我的知识面上，近乎一片空白，自从翻译这套丛书，我才真正开始接触并了解二十世纪法国文学的精髓。这是扎扎实实的起步。其二，我译过的这些二十世纪法国名作家，因为有了初步了解，近半数后来成为我的翻译重点，诸如纪德、加缪、阿波利奈尔、马塞尔·埃梅，继而又延伸向另一些重要作家。

人生快乐，莫过于梦想成真，尤其已经破灭的梦想变成现实。纯文学翻译构成我生活的最大乐趣。年轻不是装出来，要全身心处于轻松的状态。四十年翻译出版上百部作品，而翻译的基础正是开放初期八十年代打下的，二十世纪法国文学丛书的翻译，则是这百部作品的奠基石。说来也就不奇怪，百部译作中，二十世纪作家占半数。

借《旅伴文库·锦囊旧书》出版的机会，我要特别感谢刘硕良先生。刘先生看重我的译作已非一日，曾两次策划出版我的译文集：一次已着手组织编辑录入了我的一些译作；另一次还促成正式签订了出版合同，译文集列出六十卷书目。只怪数量太多，寻常出版社承受不起。事未果，并不妨碍刘硕良先生的厚爱令我心存感激。

借此机会，我同样要特别感谢二十世纪法国文学丛书主编柳鸣九先生。柳先生牵头主编许多套大型丛书，约我翻译了雨果的《巴黎圣母院》《悲惨世界》，加缪的《戏剧卷》，以及纪德、阿波利奈尔的精选集等。柳先生同样希望出我的译文集，并且愿意为之作序。2017 年夏，又一次去看望柳先生，我当面感谢他把这么多重头戏交给我。他笑着回答：“我要把机会交给有准备的人。”其实，翻译文学作品，每一部都是新的领域，一切都得从头做起，就我而言，实在谈不上“有准备”。有准备的只有两“态”，即认真敬业的态度和轻松愉悦的状态。

2018 年 6 月于大连金石滩

请记下你与日子的美好相遇

请记下你与日子的美好相遇

请记下你与日子的美好相遇

请记下你与日子的美好相遇

请记下你与日子的美好相遇

请记下你与日子的美好相遇

请记下你与日子的美好相遇

请记下你与日子的美好相遇

请记下你与日子的美好相遇

请记下你与日子的美好相遇

请记下你与日子的美好相遇

请记下你与日子的美好相遇

请记下你与日子的美好相遇

请记下你与日子的美好相遇

请记下你与日子的美好相遇

请记下你与日子的美好相遇